KB242829

액션!
청춘

액션! 청춘

초판 1쇄 인쇄 2012년 12월 5일
초판 1쇄 발행 2012년 12월 20일

지은이 박수진
펴낸이 김종길 **펴낸 곳** 글담출판사
책임편집 이은지
편집부 임현주·이은지·이송이·이경숙
마케팅부 김재룡·박용철 **디자인부** 정현주·박경은 **관리부** 이현아
출판등록 제7-186호
주소 (132-898) 서울시 도봉구 창4동 9번지 한국빌딩 7층
전화 (02)998-7030 **팩스** (02)998-7924
이메일 bookmaster@geuldam.com

ISBN 978-89-92814-62-1 03810
책값은 표지에 있습니다.

이도서의 국립중앙도서관 출판사 도서목록(CIP)는 e-CIP 홈페이지(http://www.nl.go.kr/ecip)에서 이용하실 수 있습니다.
(CIP제어번호 CIPCIP2012005545)

이 책은 글담출판사가 저작권자와의 계약에 따라 발행한 것이므로
이 책 내용의 일부 또는 전부를 사용하려면 반드시 글담출판사의 동의를 받아야 합니다.

글담출판사에서는 참신한 발상, 따뜻한 시선을 가진 기획 아이디어와 원고를 기다리고 있습니다.
작품 혹은 기획안을 한글이나 MS Word 파일로 작성하여 이메일로 보내주시기 바랍니다.
출간 가능성이 있는 작품에 대해서 개별적으로 연락을 드립니다.

행동하는 청춘 15인이 전하는
나와 세상을 바꾸는 긍정 에너지

액션! 청춘

박수진 지음

글담출판사
geuldam publishing

차례

'자기 세계'를 찾는 건
청춘 그 자신의 몫

'내가 좀 해봐서 아는데……'로 시작하겠다.

2004년 봄, 《한겨레21》에 몸담을 때다. 창간 10주년 기념으로 '인터뷰특강'이라는 이벤트를 기획했다. 당시로서는 전혀 다른 방식의 대중강연이었다. 일종의 토크 콘서트였다. 강연자 혼자 지루하게 떠들지 않고, 강연자와 관객이 왁자지껄 재밌게 소통해보자는 취지였다. '유쾌한 인문학 파티'라는 카피를 내걸고 손님들을 모았다. 반응이 꽤 좋았다. 앉을 자리가 모자랐다. 강연장의 열기만으로 증발시키기엔 콘텐츠가 아까웠다. 내용을 책으로 묶었다. 쏠쏠하게 팔렸다. 해마다 하게 됐다. 다른 곳에서도 비슷비슷한 이벤트가 많이 생겨났다. 그 결과물을 책으로 묶어내는 흐름도 마찬가지였다. 이젠 좀 지겹다는 생각마저 든다. 아니, 아, 이런…….

난 지금 이상한 추천사를 쓰고 있다. '주례사'를 피하려는 정신은 좋지만, 대뜸 시비부터 걸어도 되나. 이 책을 만든 이들과 독자에게 미안하다. 내 협

소한 경험에만 기대어, 정성스레 만든 책에 삐딱한 딱지를 붙이는 건 온당치
않다.

이 책을 읽는 맛은 새콤달콤하다. 군것질거리에 비유하면 츄파춥스다. 주
인공들의 면면과 이력을 살펴보면, 노련미보다 청순미가 압도한다. 유명짜한
분들도 있지만, 그렇지 않은 이들이 더 많아 좋다. 저자의 이름값만으로 어필
하려는 책은 결코 아니다. 포장지는 수더분하지만, 속에 숨은 알맹이는 탱글
탱글하다. 특히 20대 젊은이들의 아이디어와 패기와 수완에 마음이 동할 만
하다. 그 이름을 불러본다. 권상민, 김정현, 정지원, 윤승철, 황윤지, 윤한결,
김영경, 조성주, 일단은 준석이들……. 내 취향은, 선배들보다 후배들이 자극
을 줄 때 오르가즘을 느끼는 편이다. "난 니때 안 그랬어, 알긴 해?"라는 허세
를 휴지통에 던져본다. "난 니때 못 그랬어, 대단해."라는 자괴와 경외심을 이
책의 젊은 주인공들에게 바친다. 안주하지 않아온 그들의 삶을 보면서, 참 섭

게 살아온 내 과거를 되돌아본다.

　가려 읽을 필요는 있다. "가슴 떨림을 위해 살아라, 꿈을 가져라, 도전을 멈추지 마라, 자발성의 힘을 믿어라……"등등의 자신감 넘치는 명령어에 의심을 품어본다. 도전하면 다 되나? 꿈을 품으면 다 되나? 꿈을 이루지 못한 사람은 도전하지 못한 탓인가? "모든 성공사례는 예외사례"라는 말이 있다. 일본의 영화감독이자 코미디언인 기타노 다케시는 이런 독설을 날린 적이 있다. "노력해도 안 되는 놈은 안 돼. 노력하면 이뤄지는 '꿈도' 있지."(『기타노 다케시의 생각노트』) 나는 이 말도 진실이라고 생각한다. 'Dear 청춘'에서 마이크를 잡은 이들은 대개 '꿈을 이룬 특권층'이 아닌가. 아, 또 시비를 걸고 말았다.

부끄럽지만, 나도 가끔 강연을 다닌다. 2011년 『글쓰기 홈스쿨』이라는 책을 낸 뒤론, 초·중학생 학부모를 앞에 모셔놓고 '글쓰기 지도'에 관한 이야기를 한다. 그때마다 건네는 질문. "당신의 자식이 어떤 사람이 됐으면 좋겠습니까?" 그런 뒤엔 '자기 세계'를 획득하는 것의 중요성을 논한다. 정작 내 자식 교육과 글쓰기엔 별 신경도 안 쓰면서 반지르르 지껄이는 스스로가 가증스럽지만 할 수 없다. 자기 세계…… 다시 말해 '그만의 세계' '그녀만의 세계'는 멋지고 섹시하다. 김민식, 김남훈, 강은옥, 김용민, 탁현민, 이한철……. 노장축에 속하는 저자들도 죄다 확고하고 열광적인 '자기 세계'를 구축했다. 이 책을 본다고 해서 개성이 넘치는 당신만의 세계가 스르륵 열리지는 않는다. 가능성은 반반이다. 가슴이 아주 조~금 뛸지는 모르겠다. 뛰다 말지, 계속 뛸지, 그 다음은 독자인 당신의 몫이다.

_고경태(한겨레신문 토요판 에디터)

청춘은 꼭 아파야 할까요?

언제부턴가 책과 방송, 신문, 공연, 강연은 모두 '청춘'을 이야기하고 있습니다.

청춘들이 설 수 있는 자리는 점점 더 좁아지고 있는데, '청춘'에 관한 이야기는 쏟아지고 있는 현실이 역설적이면서도 안타까운 마음으로 다가왔습니다.

멘토들의 조언 속에 등장하는 청춘은 많지만, 정작 20대 청년들이 스스로 자신의 이야기를 꺼내놓을 수 있는 공간이 있을까요?

〈한겨레 TV〉에서 선보인 'Dear 청춘'은 이런 문제의식에서 출발했습니다.

하나의 문화적인 장르로 진화한 강연에는 20대 청년들이 마이크를 들고 자신의 이야기를 들려줍니다. 또 청년들을 응원하는 선배들의 뜨거운 연대로 어느 때보다 활발한 소통의 장이 열렸습니다.

방식은 테드(TED, Technology Entertainment Design)의 형태를 빌렸습니다.

1990년대부터 미국, 유럽 등에서 시작된 테드는 전 세계 리더들이 모여 '널리 퍼져야 할 아이디어(Ideas worth spreading)'를 18분이라는 짧은 시간 동안 풀어놓는 강연회로 국내외에서 각광을 받고 있습니다.

국내에서도 '테드엑스서울(TEDxSeoul)'를 비롯해 안철수·박경철의 '청춘콘서트' 등이 큰 관심을 모았습니다. 앞으로도 다양한 분야의 리더들이 자신의 아이디어를 공유하는 강연이 크게 늘어날 것으로 생각됩니다.

걱정대신, 열정으로!

위로보다는 행동력으로 이어진 청년들의 행보는 놀라웠습니다.

'Dear 청춘'의 강단에 오른 청년들은 머릿속에 담아둔 아이디어를 과감하게 실행해본 경험을 나눴습니다. 성공과 실패를 두루두루 겪었던 그들의 열정적인 경험은 더 나은 세상을 위한 새로운 생각으로, 건강한 사회를 만들기 위한 창조적인 아이디어로 이어졌습니다.

그 담백한 여정을 지금 여러분이 들고 계신 이 책에 아낌없이 담았습니다. 이 여정에 대한 지적 호기심과 더불어 희망을 만드는 일에 동참하신 독자 여러분께 가장 먼저 따뜻한 인사를 전하고 싶습니다.

여럿이 함께한다면, 누군가의 아픔을 공감할 수 있다면, 소박하지만 작은 것도 나눌 수 있다면, 분명 더 많은 사람들이 행복하고 건강한 사회를 만들 수 있다는 사실을 'Dear 청춘'을 통해 배우고, 깨달았습니다.

위로 받는 일보다는 자신만의 행동력으로 세상과 연대하는 15인의 긍정적인 에너지가 여러분께 큰 힘이 되고, 응원으로 이어졌으면 좋겠습니다.

'Dear 청춘'을 시작한 뒤, 얼마 지나지 않아 강연 내용을 책으로 정리했으면 좋겠다는 제안을 받고 무척 고민스러웠습니다.

일찍 사회생활을 시작했지만, 여전히 부족한 게 많아서 마음의 빚에 시달리곤 했습니다. 한편으로는 이 프로그램 역시 '청춘'을 파는 일에 동조하고 있는 것은 아닐까, 이런저런 생각들이 머리를 아프게 했습니다.

그럼에도 불구하고 프로그램의 취지에 먼저 공감해주신 글담출판사의 이은지 편집자님의 아름다운 마음을 거절할 수가 없었습니다. 좋은 기회를 주신 글담출판사와 이은지 편집자님께 진심으로 감사드립니다.

개인적인 이야기지만, 섭외 때문에 발을 동동 구르기도 하고, 매주 한 편씩 마감해야 하는 일정으로 식은땀이 날 때가 많았습니다. 이렇게 부딪히며, 겪어가며, 새로운 꿈을 계획하는 시간이 되었습니다. 이 모든 것은 'Dear 청춘'과 함께해주신 분들 덕분입니다.

강연을 책으로 엮을 수 있도록 도움을 주신 권상민 님, 강은옥 기관사님, 김남훈 님, 김영경 님, 김용민 선배님, 김민식 피디님, 김정현 님, 윤승철 님, 윤한결 님, 이한철 님, '일단은 준석이들' 이준석&장도혁 님, 정지원 님, 조성주 님, 탁현민 선배님, 황윤지 님께 고마운 인사를 전합니다.

이 책에 모두 담을 수는 없었지만 'Dear 청춘'에 출연해 푸른 시절을 들려주신 분들이 또 계십니다. 청년희망플랜의 권완수 님, 사회적기업 공감

만세의 고두환 님, 붕가붕가레코드 수석디자이너 김기조 님, 『은근 리얼 버라이어티 강남소녀』 저자 김류미 님, 신미식 작가님, 안태일 선생님, 한겨레 허재현 기자님, 뮤지컬 '빨래' 추민주 연출자님, 혜민스님, 〈빅이슈〉 전 역곡역 '빅판(판매원)' 이영철 선생님, 황이라 님, 금태섭 변호사님까지 함께해주신 모든 분께 진심으로 고맙습니다.

'Dear 청춘'을 제작할 수 있도록 큰 힘이 되어주신 한겨레 권복기 선배, 이경주 선배, 박종찬 선배와 함께해주신 문석진 선배, 이규호 선배, 박성영 선배, 정희영 선배, 이다연 씨, 강희정 님께도 고맙습니다. 글쓰기의 매력에 퐁당 빠뜨려주신 고경태 선배께 고맙습니다.

여기에 다 적지 못했지만, 여러모로 도움을 주신 한겨레의 선·후배, 동료께 따뜻한 인사를 전하고 싶습니다. 더불어 '정신적 지주' 윤수연, 류지영, 김소향, 장현숙, 박춘봉, 김민애, 김형국, 박연신, 은지희 님께 고마운 인사를 전합니다.

마지막으로 수현&동준, 세상에 나와 수많은 아침과 새봄과 처음을 만나게 해주신 아버지, 어머니께 고맙습니다.

서른 즈음에 박수진

CHAPTER 01
청춘, 세상에 지지 말자!

뭐든 미치도록 하고 싶다면 들이대기! 상처 받지 말기! 올인하기! _ **김민식·드라마 피디**
가슴 떨리는 인생을 살고 있나요? _ **김남훈·프로레슬러**
'나'라는 브랜드 만들기 _ **강은옥·KTX 기장**
'이타주의'는 새로운 블루오션이 열리는 삶 _ **김용민·시사평론가**
한국의 '우드스탁' 안되나요? _ **탁현민·공연 연출가**
자신만의 속도로 가도 괜찮아 _ **이한철·뮤지션**

세상과 로맨스를 꿈꾸는
로맨티스트

김민식
· 드라마 피디 ·

물론 마음이 받아들여지지 않을 때가 많죠.
그래도 상처 받지 않아요.
분명한 것은 상처 받지 않으면 또 들이댈 수가 있어요.
**'들이대고, 까이고, 상처 받지 않고,
또 들이대고, 까이고, 상처 받지 않고.'**
이런 과정을 반복하다 보면 어느 순간, 얻어걸리는 때가 옵니다.
드물게 얻어걸리는 경우가 반드시 옵니다.

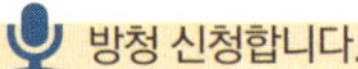 방청 신청합니다.

밤사이 쏟아진 스팸 메일 속에 단비 같은 메일 한 통이 들어와 있었다. 경건한 마음으로 그 내용을 확인하기 위해 스팸 메일부터 처리하기로 했다. 여느 때처럼 스팸 메일은 각종 다양한 얼굴을 하고 있었다.

'오늘밤은 어둠이 무서워요~'로 시작되는 도발적인 제목의 메일 한 통이 눈에 띄었고, 누군가 밤을 새우며 빼곡하게 채웠을 '보도자료'는 더 많은 사람들에게 소개되길 바라는 간절한 표정을 짓고 있었다.

'오늘만 50퍼센트!'라고 쓰인 메일을 클릭하면 아침부터 '지름신'과 접신하는 불상사가 생기니 주의 요망이다.

제목만 봐도 휴지통으로 들어가야 하는 메일인지, 다시는 얼굴 볼 일 없게 차단해야 하는 메일인지, 일단 누르고 볼 메일인지 순식간에 분류가 착착 되었다.

이 모든 과정을 마치고, 경건한 마음으로 '방청 신청합니다.'라는 제목의 메일을 클릭했다. 메일의 발신자는 'MBC 드라마국 김민식 피디'라고 씌어 있었다.

내용은 다음과 같다.

항상 청춘들과의 소통을 꿈꾸며 삽니다. 이번 기회에 좋은 이야기 많이 들었으면 합니다.

와우! 이거, 꿈인가?

시사 프로그램을 제작하는 피디를 꿈꾸던 고딩(?) 시절, 『피디가 말하는 피디』라는 책에서 김민식 피디가 쓴 글 〈조연출 삼세 번 끝에 찾은 나의 천직〉을 읽었던 기억이 떠올랐다.

"꼭 오셔서 자리를 빛내주시면 영광이겠습니다."

떨리는 마음으로 답 메일을 보냈다. 첫 녹화가 있던 날, 방청객으로 찾아준 김민식 피디님을 방청객에게 소개하며 그 자리에서 섭외하는 만행(?)을 저질렀다. 어쨌든 그분은 환한 미소로 출연을 허락해 주었다. 김민식 피디는 〈내조의 여왕〉,

〈글로리아〉 등의 드라마와 청춘 시트콤 〈뉴논스톱〉, 〈레인보우 로망스〉 등을 만든 로맨스 전문 프로그램 연출의 달인이다. 15년차 드라마 피디로 살아온 만큼 "이 시대 청춘들의 '로맨스'를 위해 일종의 사명감을 갖고 있다."고 말했다. 김민식 피디가 전수하는 '연애 비법'을 기억하시라!

그럼 진짜로 일어날지도 몰라요, 로맨스!

'연애 고픈' 청춘 남녀들은 연신 "까르르!" 웃음을 터뜨리느라 배꼽이 실종될 뻔했다고. 주말마다 방 구석을 사수하는 전국의 '건어물 남녀'의 마음에 (믿거나 말거나) 불을 질렀다는 후문도!

★ 김민식 PD와 더 가까워지고 싶다면 그가 운영하는 블로그(free2world.tistory.com) '공짜로 즐기는 세상'을 방문해 보세요.

★ ★ ★

뭐든 미치도록 하고 싶다면
들이대기! 상처 받지 말기! 올인하기!

MBC 드라마국에서 일하고 있는 김민식 피디라고 합니다. 여러분도 잘 알다시피 한국 드라마는 다 사랑 이야기죠. 저는 15년째 로맨틱 코미디나 멜로 드라마 같은 로맨스 분야만 연출하고 있어서 사랑에서만큼은 나름 전문가라고 자부합니다. 그래서 오늘 여러분에게 연애 비법을 전수해 드리려고 합니다. 제 강의를 듣고 나면 진짜로 일어날지도 몰라요, 로맨스!

제가 연애 비법을 전수하겠다고 하니까, 어떤 분들은 황당한 표정을 지으셨어요. 어떻게 저렇게 생긴 사람이 감히 연애 비법을 전수한다는 거지?

이렇게 생겼으니까 '비법'인 거예요. 잘생긴 사람이 연애 잘하는 데는 비법이 필요 없어요.

오늘 여러분에게 연애 기운 팍팍 넣어드리고, 희망을 안겨 드리고 싶어요. 저같이 생긴 사람도 연애해서 아름다운 부인을 얻었고, 올해 11년째 행복하게 잘살고 있답니다.

제가 알고 있는 연애 비법 세 가지만 전수해 받아 가신다면 아마 자신감이 생기실 거예요. 한번 믿어 보세요. 저같이 생긴 사람도 미모의 아내를 얻을 수 있는 그런 방법 진짜로 있다니까요.

가슴 아파도 7전 8기 정신으로!
소개팅·과팅·미팅에서 20번 연속으로 차인 남자

그럼 본격적으로 이야기를 시작해 볼 텐데요. 제가 과연 연애 비법을 거저 얻었겠느냐, 절대 그렇지 않아요. 제 얼굴을 보세요. 얼마나 힘들었겠어요. 제 마법의 숫자를 공개하자면 20입니다.

사실 20은 제게 정말 가슴 아픈 숫자인데요, 소싯적에 소개팅·과팅·미팅에 나가서 연속으로 차인 횟수예요. 연속으로 20번을 차였어요. 정말 믿고 싶지 않은 기록이죠?

애프터 신청을 해도 요즘말로 계속 까였어요. 어느 날 그 숫자를 헤아려 봤더니 일곱 번 연속으로 실패했더라고요. 과연 몇 번째에나 성공할까? 궁금해서 계속 세어 봤습니다. 매직넘버는 20에서 멈췄어요. 그럼 21번째에 는 성공했느냐?

20번 실패한 뒤 그냥 연애 포기하고 군대에 갔습니다. 매번 실패했는데, 왜 20번이나 소개팅 · 과팅 · 미팅을 했는지 궁금하시죠?

친구들이 항상 저를 데리고 나갔어요. 자기들 돋보이려고요. 그렇게 미팅마다 불려 나갔는데, 안타깝게도 한 번도 성공한 적이 없었어요.

연애는 시작도 못 해보고 연속으로 거절당하다 보니까 심각한 고민이 들더라고요. 제 얼굴이 이렇게 생겼지만, 저도 생물학자 리처드 도킨스 씨가 얘기한 것처럼 '이기적 유전자'의 산물이고, 저의 유전자를 후대에 남기고 싶었거든요. 그렇게 하기 위해서는 치열하게 연애 비법을 연구해야 했어요. 연애 비법을 터득하고자 책을 많이 읽었습니다.

연애를 글로 배웠어요!

철학자 에리히 프롬이 쓴 『사랑의 기술』을 읽었어요. '사랑의 기술'이라고 해서 연애하는 기술이나 비법이 적혀 있는 줄 알았는데, 그게 아니더라고요. 지금 고개를 흔드시는 분들은 이 책 읽어보신 거예요. 『사랑의 기술』은 철학 서적이죠. 예수님의 사랑, 공자님의 사랑, 부처님의 사랑, 소크라테스의 사랑까지 나옵니다. 현실에서 실행할 수 있는 연애 비법이 없어서 실망은 했지만, 이 책은 오랜 시간 동안 좋은 고전으로 추천되고 있는 책이에요.

남녀의 차이는 도대체 뭘까? 존 그레이가 쓴 『화성에서 온 남자, 금성에서 온 여자』도 탐독했어요. 『카네기 처세술』에는 상대방을 반하게 하는 여섯 가지 방법이 있는데요, 그것도 꼼꼼히 읽어봤습니다.

어떻게 하면 '김민식'이라는 상품을 팔아먹을까? 연구에 연구를 거듭한 끝에 결국 연애 잘하는 비법 3가지를 알아냈습니다. 여러분, 이 세 가지 비법만 기억하세요. 그러면 어떤 연애든지 성공할 수 있습니다.

첫 번째 비법, 들이대기!

첫 번째 비법은 '들이대기'입니다. 가장 먼저 들이대야 해요.

'저 여학생 괜찮네. 아, 그 남학생 느낌 좋던데!' 하면서 마음에 담아두고 있는 건 아무런 소용이 없습니다. 머릿속의 사랑을 현실에서 이루는 첫 단계는 들이대는 것입니다. 그런데 무조건 "당신을 좋아해요. 한번 만나주세요. 사귀어 주세요."라고 얘기한다고 이루어지는 사랑은 거의 없죠. 들이대기 쉽지 않습니다.

(특히, 남성분들에게) 몇 가지 작업(?) 멘트를 알려 드릴게요. 길에서 우연히 만난 여성이 마음에 들어서 만나보고 싶다는 생각이 들어요. 그럼 일단 가서 이렇게 얘기하는 거예요.

"죄송한데요, 같이 차 한잔할 수 있을까요? 초면에 실례인 건 아는데, 제가 오늘 이 얘기를 하지 않고 그냥 집에 가면 남은 평생 두고두고 후회할 것 같아서요."

물론 이렇게 얘기한다고 "남은 평생 후회하지 않게 제가 같이 차 한잔 해드릴게요."라고 하는 친절한 여성은 없을 겁니다. 당연히 차입니다. 그런데 이렇게 차였을 때, 바로 등을 돌리고 가버리면 안 됩니다. 잊지 마세요! 계속 들이대야 합니다.

저같이 생긴 남자가 거리에서 차 한잔하자고 그러면 대부분 이렇게 말하죠.

"저는 만나는 사람 있어요."

그럼 저는 이렇게 화답합니다.

"그렇죠. 이렇게 매력적인 분이 남자친구가 없을 리가 없겠죠. 남자친구도 있다고 하시니까, 부담 없이 차 한잔하시죠"

끈질긴 구애를 하다 보면 때때로 여성분이 화를 내기도 합니다.

"싫다는데 자꾸 왜 이러세요?" 하고 언성을 높이면, 바로 빌어야 합니다. 잘못했다고!

"정말 죄송합니다. 이렇게 아름다운 분에게 들이댔다가 거절당했다고 '아, 예. 안녕히 계세요.' 하고 바로 돌아서면 그것도 실례죠. 적어도 두세 번쯤 들이대야 최소한 예의를 다하는 것 같아서 그랬는데, 기분 나쁘셨다면 죄송합니다. 사과하는 의미에서 제가 밥 한번 사게 해주세요. 이대로 집에 가면 이 결례를 씻을 방법이 없을 것 같아요. 밥 한번만 사게 해주세요."

이렇게 최선을 다해서 들이댑니다.

계속 들이대는 게 첫 번째 방법인데요, 말처럼 쉽지는 않죠. 들이대는 게 어려운 이유는 두 번째 비법을 모르기 때문입니다. 두 번째 비법을 알면 들이대기 쉬워집니다.

두 번째 비법, 상처 받지 말지어다!

두 번째 비법은 '상처 받지 않기'입니다.

상대방이 거절해도 절대 상처 받지 말아야 합니다. 사실 상처 받을 이유가 없어요. 왜냐하면, 나의 자유의지에 충실하기 위해서 들이댔다면 거절하는 상대의 자유의지도 존중해 주어야 하거든요.

제 아내는 대학교 후배인데요, 학교 다닐 때 멀리서 저를 보고 필리핀에서 온 교환학생이라고 생각했대요. 이런 얘기에 바로 웃음이 빵 터지면 안 되죠. 의아한 표정으로 '아니, 왜?' 하고 고개를 갸우뚱하셔야죠. 이렇게 웃음이 터지면 저는 참 난감합니다.

어쨌든 제 아내는 저를 필리핀에서 온 교환학생이라고 생각했는데, 어느 날 갑자기 다가와서 마음에 든다고 열심히 들이댔으니 얼마나 놀랐겠어요. 제가 끈질기게 따라다니니까 하루는 제 자존심을 공격하더군요. 사람들이 상처 받는 건 자존심 때문이거든요.

"아니, 선배는 자존심도 없어요? 내가 그렇게 싫다고 말했는데……."

아내의 말에 제가 어떻게 화답했을까요?

"자존심? 그래, 내가 자존심은 없어도 살 수 있을 것 같은데, 너 없이는 살 자신이 없다. 그래서 이러는 거야. 자존심이 내 인생에 뭐 그리 중요하겠니? 난 그런 거 필요 없어. 자존심을 버리고 너를 얻을 수 있다면, 자존심 따위는 버릴게. 그럼 되겠니?"

저는 한 번에 포기하는 법이 없는데, 이유는 간단해요. 저를 위해서가 아니라 상대를 위해서예요. 상대방이 제품의 포장만 보고 결정을 내리는 건 손해잖아요. 그래서 안타까운 마음에 어떻게든 저를 제대로 소개할 기회라도 얻어야겠다는 생각에 끈질기게 들이댑니다.

물론 마음이 받아들여지지 않을 때가 많죠. 그래도 상처 받지 않아요. 나 같이 멋진 남자를 외모만 보고 거절한다면 그건 결국 그 사람 손해라고 생각하며 안타까워할 뿐입니다.

네, 압니다. 거의 미친 멘탈이죠. 웃음을 너무 참지 않으셔도 괜찮습니다. 그런데 이런 정신 상태로 사는 게 때론 인생을 즐겁게 하더라고요.

분명한 것은 상처 받지 않으면 또 들이댈 수가 있어요. '들이대고, 까이고, 상처 받지 않고, 또 들이대고, 까이고, 상처 받지 않고' 이런 과정을 반복하다 보면 어느 순간, 얻어걸리는 때가 옵니다. 드물게 얻어걸리는 경우가 반드시 옵니다. 이때 세 번째 비법이 필요합니다.

세 번째 비법, 올인하라!

세 번째 비법은 '올인(All In)'해 보는 거예요.

사람들이 연애를 시작하면 제게 많이 물어옵니다. 이성을 만나면 어떤 이야기를 해야 할지 모르겠다고요. 그럴 때마다 제가 하는 얘기가 있어요. 상대방이 좋아하는 이야기를 하고, 상대방의 입장에서 이야기하라고 조언합니다. '연애 화법', 그거 간단합니다.

상대방에게 올인하세요! 지금 내 앞에 앉아 있는 사람이 하는 이야기에 완전히 빠져서 잘 듣고 있으면 됩니다. 저는 연애할 때 말을 많이 하기보다 추임새를 많이 넣습니다. 같은 여자끼리 수다 떨 듯이 대화를 나눕니다.

"그랬어?"

"저런, 저런!"

"그럼, 그렇지!"

"아이고, 그랬구나!"

이렇게 상대방의 이야기에 호응만 잘 해도 화술 좋은 남자, 매너 있는 남자라고 인정받을 수 있어요.

이성을 만나게 되면, 지금 이 사람이 내 인생에서 만날 수 있는 유일한 사람이고, 지금 이 순간 역시 내 인생의 유일한 순간이라고 생각해요. 또 지금 함께 머물고 있는 이곳이 넓고 넓은 우주에서 유일한 공간이라고 생각해야 해요. 오로지 상대에게 올인해서 집중하는 게 필요해요. 그래야 그 사람의 이야기가 재미있고, 어떻게 저런 생각을 할 수 있을까 신기하기도 하죠. 멋진 멘트도 필요 없어요. 상대방의 말을 진심으로 재미있게 들어준다면, 그 어떤 이성도 마음을 열게 되어 있어요.

연애해! 쥐뿔도 없을 때, 연애하는 거야!

'올인'이란 말은 한 점에 꽂힌다는 뜻입니다. 연애의 고수와 하수의 차이가 뭔지 아세요? 연애의 하수는 사람을 만나면 꼼꼼히 따져봅니다. 능력도 좋고 외모도 좋고 성격도 좋고 집안도 좋고 다 좋은데 뭐 하나 사소한 버릇이나 결점이 보여 그 하나가 마음에 걸리면 사람을 좋아하지 못하는 게 연애 하수예요. 반면에 연애 고수는 사람을 만나면 여러 가지를 따지지 않아요. 어떤 매력이 있으면 그냥 그 한 점에 팍 꽂힙니다. 상대방의 한 가지 매력에 반해 사랑에 푹 빠지는 게 연애의 고수입니다.

연애 고수와 하수는 시간이 갈수록 점점 더 격차가 벌어집니다. 연애의 빈도가 차이 나잖아요. 연애 역시 경험으로 레벨이 올라가거든요. 세월이 흐르면 고수와 하수는 하늘과 땅 차이가 나게 되지요.

연애는 하고 싶은데 조건이 맞는 사람이 없어서 연애를 못 한다고요?

연애는 조건의 문제가 아니라 안목의 문제입니다. 기다리면 내게 맞는 조건의 사람이 나타날 거라고 생각하죠? 절대 그렇지 않아요. 연애는 나의 문제예요. 내가 아직 성숙하지 않아서, 누군가를 내 마음속으로 들일 자신이 없어서 사랑을 못 하는 거예요.

여러분에게 하고 싶은 이야기는 한 살이라도 어릴 때 연애를 시작하시란 겁니다. 나이가 한 살 더 많아진다고 해서 연애가 더 쉬워지지 않아요. 나이가 들수록 부담이 생겨서 사람 만나기가 더 힘들어집니다. 한 살이라도 어릴 때 연애하세요. 연애는 한 살이라도 어린 나를 미래의 남편이나 아내에게 선물하는 겁니다. 절대 미루지 마세요.

쥐뿔도 없는데 무슨 연애야! 바로 쥐뿔도 없을 때 하는 게 연애입니다. 돈 벌면 연애하고 취직하면 연애한다고 하는데요, 그렇게 만난 사람은 돈이 없어지면 애정이 식고, 회사에서 잘리면 떠날지도 몰라요. 쥐뿔도 없는데 만나서 사랑에 빠진다면, 그게 평생 가는 참 사랑이죠.

짝사랑, 양다리는 물론 불륜도 권한다
불꽃같은 연애는 20대만의 특권!

연애 비법을 전수해 드리고 있는데, 저는 여러분에게 다양한 연애를 제안합니다. 가장 권장하는 것은 짝사랑입니다. 짝사랑은 무조건 해봐야 해요. 짝사랑의 아픔을 느껴 보지 못하고는 인생을 논할 수가 없어요. 짝사랑 세게 하잖아요, 세상 모든 유행가가 가슴을 후버 팝니다. 영화 보다가 막 혼자 울어요. 짝사랑만큼 사람을 성숙하게 만드는 것도 없죠.

양다리도 권합니다. 양다리는 능력이에요. 아무나 못합니다. 열정이 있어야 하고요. 세상에 좋은 사람이 얼마나 많은데요. 또 평생 살면서 만날 수 있는 사람이 생각보다 많지 않거든요. 때론 양다리도 걸쳐 봐야 하고요. 심지어 불륜도 권해 봅니다. '불륜'이라고 하면 대부분 고개를 갸우뚱하죠?

제가 여러분에게 권하는 '불륜'은 효도라는 윤리를 거스르는 사랑, 즉 부모님이 반대하는 사랑을 의미합니다. 연애를 못하는 사람 중에 이런 부류가 있어요. 분명 내 마음에 드는 사람인데, 우리 부모님이 그 사람을 인정하지 않을 것 같아서 못 사귀겠다 하는 사람들이요. 뭘 망설이세요? 부모님이 반대하는 사랑도 해봐야 합니다.

왜 드라마 보면 자주 나오는 상황 있죠.

"내 눈에 흙이 들어가도 이 결혼은 절대 안 돼!"

만약에 어머니가 이렇게 얘기하면, "나는 이 사람 아니면 못 살아요. 그동안 키워주서서 고맙습니다. 안녕히 계세요." 하고 집을 나오세요. 그런 열정과 용기 있는 사랑을 해보는 건, 20대만의, 청춘의 특권이라고 생각합니다. 그런 연애도 해봐야 돼요. 절대로 부모님이 여러분 인생을 대신 살아주지 않아요. 연애와 결혼은 내가 하는 거예요.

꿈을 찾는 일도 연애하듯이!

사실 이 모든 과정은 연애를 잘하는 방법이기도 하지만, 내가 좋아하는 일 혹은 하고 싶은 일을 찾아가는 과정이기도 합니다. 어떤 일을 하고 싶어도 망설여질 때가 많잖아요. 저 회사에서 나를 받아줄까? 저 회사는 경쟁률이 너무 높지 않을까? 이렇게 머릿속에서 생각만 하고 포기해 버리는 경우가 많거든요. 그럴 필요가 없어요. 그 회사에서 나를 받아줄지 안 받아줄지는 내가 지원하기 전엔 알 수 없는 일이잖아요. 일단, 들이댑니다. 서류전형에서 불합격 통보가 오더라도 상처 받지 마세요.

어떤 회사에서 일하고 싶은 것은 나의 의지이지만, 나를 불합격시킨 것은 그 회사의 의지인 거잖아요. 쿨하게 인정하세요. 다른 회사에 지원하면 됩니다. 아니면 다음 기회에 다시 도전해 볼 수도 있겠죠. 이렇게 하다보면 또 얻어걸립니다.

어떤 회사에서 기회를 줘요. 그럼 내가 맡은 그 일에 최선을 다하면 됩니다. 어떤 직업이든 사랑에 빠지듯이 열심히 하면 원하는 성과를 이룰 수 있다고 생각해요.

진심으로 하고 싶은 일이 뭔지 찾아가기 위해서 열렬히 짝사랑도 해보고요, 지금 하고 있는 전공 공부와 하고 싶은 일이 다르면 양다리도 걸쳐 보세요. 만약에 부모님이 "너 그 직업 선택하면 굶어 죽어. 그 일을 계속 할 거라면 집에서 나가."라고 말해도 "예, 안녕히 계세요."라고 말할 수 있는 용기를 가지고 도전하세요. 당장은 부모님의 말씀을 거역하는 불효자식처럼 생각될지도 모르겠지만, 내가 하고 싶은 일을 찾아서 행복하게 사는 모습을 보여드린다면 그게 참된 효도라고 생각합니다. 부모님의 뜻을 거스르지 못해서 불행한 삶을 사는 건 진정한 효도가 아니랍니다. 결국 연애나 취직이나 다 행복하게 살자고 하는 건데, 누구의 눈치도 볼 필요가 없잖아요?

'들이대기, 상처 받지 않기, 올인하기' 이 모든 과정이 제가 생각하는 연애를 잘하는 과정이고요, 또 꿈을 찾아가는 과정입니다. 조금이나마 도움이 되셨는지 모르겠습니다.

저는 열심히 들이대고, 상처 받지 않고, 올인한 덕분에 예쁜 부인을 얻고 어여쁜 딸들까지 얻었어요. 그리고 현장에서는 예쁜 배우들과 함께 일하는 드라마 피디라는 직업까지 얻게 되었습니다.

여러분도 이 세 가지 비법을 통해서 좋은 인연도 만나시고, 하고 싶은 일도 찾으시기 바랍니다.

진심으로 하고 싶은 일이 뭔지 찾아가기 위해서
열렬히 짝사랑도 해보고요, 지금 하고 있는 전공
공부와 하고 싶은 일이 다르면 양다리도 걸쳐보
세요. 만약에 부모님이 "너 그 직업 선택하면 굶
어 죽어. 그 일을 계속 할 거라면 집에서 나가."
라고 말해도 "예, 안녕히 계세요."라고 말할 수
있는 용기를 가지고 도전하세요.

'하고 싶은 일'에
몸을 던진 낭만 파이터

김남훈
· 프로레슬러 ·

좋은 스펙을 쌓기 위해서 시간을 보내는 것도 좋겠지만,
저는 많은 청년들이 자신이 정말 좋아하는 일을 찾아서
그걸 하면서 즐겁게 살았으면 좋겠습니다.
가슴을 두근두근 떨리게 하는
일을 찾아서
살아가라는 얘깁니다.
그런데 여러분은 자신이 정말 좋아하는 게 뭔지 아세요?

🎤 '미(美)남'을 찾고 있습니다.

트위터에 접속해 멘션 창을 뚫어져라 보고 있는데, 프로레슬러 김남훈 씨(@namhoon)가 트친(트위터 친구)들과 이야기를 나누고 있었다.

3만 7천여 명의 '트친'과 열린 소통을 하고 있는 그는 (자칭) 한국이 자랑하는 '꽃미남 프로레슬러'다. 드디어 '美남'을 찾았다.

김남훈 씨는 링 위에서 여느 프로레슬러와 다름없는 악당으로 활약한다. 덕분에 한해 300번 넘게 차가운 링 바닥에 쓰러진다. 치열한 싸움을 끝내고 링을 내려오면 곧바로 전국의 '특수 지역'으로 향한다. 여기서 특수 지역이란 "고등학교, 전방 군부대, 교도소" 등이다. 청춘들이 아파하는 곳, 김남훈 씨는 긍정의 에너지가 필요한 곳이라면 어디든 달려간다.

프로레슬러, 전 UFC 해설위원, 라디오 디제이, 일곱 권의 책을 쓴 작가 등 다양한 활동을 하고 있었지만, 뜨거운 가슴으로 청춘들을 응원하기 위해서 스스로 '낭만 레슬러'가 됐다.

사실 나는 평소 김남훈 씨가 운영하는 블로그(blog.naver.com/heavy1) '청춘 매뉴얼 제작소'에 자주 드나들던 나그네였다. 시간을 거슬러 올라가 2010년 12월, 그의 블로그에서 '하고 싶은 일을 하면서 사는 사람'이란 제목의 글을 읽었다. 짧은 글이었지만, 깊은 울림을 주었다.

> 대개 내 나이 또래 또는 그 이상의 연령대에서 '하고 싶은 일'을 하면서 사는 사람들은 엄청난 불확실성에 몸을 던진 대가로 쟁취한 것이다. 그야말로 아무것도 안 남은 채 40을 바라볼 수도 있다는 불안함의 바다 속에 말이다. 그걸 영원히 모르는 사람도 있다.

누구나 그렇듯, 본격적인 사회생활이 시작되면 '하고 싶은 일'보다 '해야 할 일'이 우선순위가 되는 경우가 많다. 그의 말처럼 '하고 싶은 일'을 하면서 살아가기 위해서는 불확실성에 몸을 던져야 한다. 분명한 건, 용기를 낸다면 아직 가보지 못한 새로운 길이 열린다는 사실이다. 더 늦기 전에 나는 용기를 내고 싶어졌다. 불안한 바다 속에서 헤엄치는 것보다 내 마음을 떨리게 하는 그 무엇인가를 찾고 싶었다. 그래서 나처럼 용기가 필요한 분들에게 김남훈 씨의 이야기를 들려드리고 싶었다.

불확실하지만, 푸른 인생의 바다에 몸을 던져보시겠습니까?

용기를 내보시겠습니까?

★ ★ ★

가슴 떨리는 인생을 살고 있나요?

반갑습니다. 오래 기다리셨습니다.

대한민국이 자랑하는 꽃미남 프로레슬러 김남훈입니다.

제가 요즘 특수한(?) 지역에서 강연을 많이 하고 있습니다. 고등학교, 전방 군부대, 교도소를 돌면서 강연을 하다가 선남선녀가 앉아 있는 곳에 와서 강연을 하려니까 심장이 C코드 엇박자로 뛰는 것 같습니다. 아름다운 여성분들이 많이 와주실 줄 알았다면 외모에 좀 더 신경 쓸 걸 후회가 되네요. 떨리는 마음에 농담 한마디 했습니다.

저는 프로레슬러로 활동하고 있습니다. 실제로 프로레슬러를 본 적은 별로 없으시죠?

지리산에 사는 야생 반달곰의 숫자가 30마리 정도 된다고 하는데요, 한국에서 활동하는 프로레슬러가 약 30명 정도 됩니다. 확률로 따지면, 여러분은 지금 서울 시내 한복판에서 야생반달곰의 강연을 듣고 계신 거죠. 굉장히 진귀한 경험을 하고 계신 겁니다. 참, 오래살고 볼 일이죠?

꿈이 없는 20대, 누구의 책임일까요?

저는 오늘 여러분과 '가슴 떨림을 위해 살아라.'라는 주제로 이야기를 나누고 싶습니다. 이 자리에 오신 분들 중에 20대가 가장 많을 텐데요, 언제부턴가 선배들로부터 가혹한 이야기를 아주 많이 듣고 있죠. 선배들은 20대들에게 잔소리처럼 '20대는 꿈이 없다. 패기가 없다. 자신감이 부족하다.' 등의 말들을 합니다. 저는 선배들이 20대들에게 그런 이야기를 할 때마다 정말 그 말에 '진정성'이 있는지 의문을 갖습니다.

선배들은 여러분이 자신감 있고, 패기 있는 모습을 바라지 않습니다. 실제로 사회생활에서 패기 있고, 자신감 넘치고, 야심 있는 친구들은 화장실이나 건물 옥상으로 끌려가죠. 거기서 선배들에게 혼나고, 시간이 지날수록 후배들은 자신의 개성을 박탈당하기도 합니다. 이 안타까운 현실이 선·후배 사회의 논리입니다. 가만히 생각해 보면 선배들이 좀 비겁하죠.

진심으로 원하지도 않으면서 '20대에게 꿈을 가져라. 왜 패기가 없느냐.'라고 쉽게 말합니다. 그렇다면 선배들 말처럼 20대가 정말 꿈이 없고, 패기가 없는 걸까요?

현재 20대에게 혹독한 시스템을 만든 건 바로 여러분의 선배들입니다. 여러분은 이 시스템에 어느 정도 충족된 것일 뿐이죠.

찰스 다윈(Charles Darwin)의 진화론만 보더라도 환경에 강한 종이 살아남는 것이 아니라, 환경에 민감하게 적응하는 쪽이 살아남습니다.

만일 2012년을 살아가고 있는 20대가 꿈이 없고, 패기가 없다면 그것은 지금의 20대가 살아남을 수 있는 최적의 솔루션(해결책)이 바로 그것이기 때문입니다.

저는 여러분의 선배들이 거꾸로 얼차려를 받아야 한다고 생각해요. 이렇게 엉망인 시스템을 만든 사람들은 아무런 책임의식을 갖지 않고, '요즘 20대들은 왜 이렇게 꿈이 없느냐.'라고 질책하는 것은 뭔가 앞뒤가 맞지 않는 이야기라고 생각하기 때문입니다.

또 하나 의문은 20대 청춘들은 지금 과연 행복하게 살고 있을까요?

스펙 권하는 기득권, 스펙을 추종하는 청춘

영화 〈매트릭스〉 보셨나요?

영화를 보면 인간의 최종 진화는 바로 '배터리'입니다. 인류는 아키텍처(architecture)라는 컴퓨터에 전력을 공급하기 위해서 인간의 생체 에너지를 결국 전기로 공급하는 인간 배터리의 삶을 살게 되거든요. 이처럼 여러분이 스펙(Spec)을 추종하고, 누군가 정해 놓은 기준을 충족시키기 위해 안온한 삶을 살아간다면 어떻게 될까요?

결국 기득권을 위한 하나의 잉여이익을 생산하기 위한 도구로 전락하지 않을까 싶습니다. 제가 가장 싫어하는 말 중에 인재(人材)라는 단어가 있습니다. 이 말은 사람을 재료로 취급하는 말이죠. 여러분은 어떤 '인재'가 되고 싶으세요?

스펙 채우기에 혈안이 되어 있다면, 여러분은 잉여이익을 만들기 위한 인재로밖에 사용될 수 없는 그런 상황에 처해질 것입니다. 그런 인간 배터리는 좀 피했으면 좋겠습니다. 그런 배터리 말고, 내가 운전해야 움직일 수 있는 자동차나 오토바이처럼 각자의 능동적인 삶을 살자는 취지로 이야기를 해볼까 합니다.

그런 의미에서 '가슴 떨리는 삶을 살자.'라는 주제를 정했습니다.

사실 저는 가슴이 떨린 적이 별로 없어요. 그런데 지하철이나 엘리베이터에서 저를 본 여성들은 많이 떨려 하는 것 같더군요. 가끔은 가슴을 두근두근 떠는 남성들의 모습도 목격했고요. 하지만 걱정하지 마세요. 저는 결코 여러분을 해할 의도는 없으니까요.

여러분의 스펙은 안전합니까?

'스펙'이란 단어는 요즘 가장 많이 입에 오르내리는 단어죠.

사전에서 스펙이란 단어를 찾아보면 (자세한) 설명서, 사양(仕樣)이란 뜻을 갖고 있습니다. 이 단어는 영어권 국가에서 기계에 쓰이는 말입니다. 그런데 어느 순간부터 사람에게 쓰이게 됐죠. 이것은 굉장히 위험한 발상이라는 생각이 듭니다.

왜 기계에 쓰는 말을 서슴없이 사람에게 적용하게 됐을까요?

이 단어를 가장 애용하는 사람들은 누구일까요?

바로 우리 사회의 기득권 계층이나 거대자본이 아닐까요? 그들이 자신의 편의에 맞춰서 사용하는 말이 바로 '스펙'입니다. 기업의 입장에서는 최대의 이윤을 만들어낼 수 있는 사람을 가장 좋은 인재라고 생각하죠. 그런 차원에서 스펙을 강요하다 보니까, 여러분은 어느새 그들이 정한 스펙에 따라가기 위해 어마한 에너지를 쓰게 된 거죠.

그럼, 김남훈이 갖고 있는 스펙은 어떨까요?

저는 현대 사회에 적합하지 않은 스펙을 갖고 있습니다. 만일 원시농경 사회였다면 저는 그야말로 '왕'이었을 것입니다. 집 안에서 동물성 단백질을 섭취하는 유일한 방법은 수컷이 밖에 나가서 사냥을 하는 거였습니다. 저는 바로 그런 시대에 최적화되어 있는 사람입니다. 하지만 아쉽게도 지금처럼 고도로 분업화된 사회에서는 전혀 어울리지 않는 스펙을 갖고 있는 셈이죠.

또 하나 현대 사회와 어울리지 않는 스펙을 갖고 있습니다. 바로 외모에 관한 스펙인데요, 이런 걸 보고 자충수(自充手)라고 하죠.

저는 고등학교 때 동네 최강의 외모 스펙을 갖고 있었습니다. 어린 시절에 학교생활을 하다 보면 골목 한 귀퉁이에 비스듬히 기대어 서서 담배 피우고, 다리 흔드는 동네 무서운 형들 한둘씩 만나게 되잖아요. 저는 그 형들 많이 때리고 다녔어요.

제가 왜 이렇게 스펙에 관해 얘기를 하냐면, 스펙은 대중과 나를 구별하기 위한 하나의 조건이기 때문입니다. 그 조건이 한국에서는 기계가 아닌 사람에게 쓰여지고 있고, 누군가 정해 놓은 스펙을 일방적으로 강요한다는 게 문제죠.

약 150년 전, 이 땅에서 최강의 스펙을 가진 한 사람이 태어났습니다. 그 사람은 한문학 같은 전통 문학은 물론이고요, 인문 · 수리 · 서양문학에다 영어 · 일본어 · 프랑스어 · 러시아어 등 조선 반도 주변의 모든 외국 문명에 통달했죠.

요즘 말로 정말 천재였고, 최강의 스펙을 갖고 있었기 때문에 고종황제가 직접 이 사람을 거둬들여 나라를 이끌어나갈 인재로 키웠습니다. 그 사람이 바로 이완용입니다.

당대 최강의 스펙을 갖고 있었지만, 타인의 아픔에 공감하지 못하는 인성을 갖고 있었기 때문에 결국 최강의 스펙을 자기 자신만을 위해 사용했죠.

누구든 이완용처럼 최강의 스펙을 쌓아 올리기 위해 혈안이 되어 있다면 여러분이 싫어하는 드라마나 영화, 만화책의 악당과 똑같은 삶을 살아가게 될지도 모릅니다. 늘 경계해야 하는 부분이죠. 그렇다고 스펙을 완전히 무시할 수는 없죠.

지금 '스펙' 쌓고 계십니까?

저는 프로레슬링과 격투기와 관련된 일을 하고 있는데, 시합할 때 가장 중요한 스펙이 뭔지 아십니까? 체중은 기본적으로 맞추니까, 체중 말고 어떤 것이 있을까요?

체중 외에 필요한 스펙이 바로 '팔 길이'입니다.

제가 상대를 잘 때리려면 팔이 상대보다 한 뼘 정도 길면 됩니다. 다시 말해 저는 상대방 얼굴을 한 뼘쯤 되는 안전거리를 둔 상태에서 때릴 수 있다는 거죠. 반대로 상대가 제 얼굴을 때리기 위해서는 한 뼘쯤 되는 안전거리 없이 위험한 상태로 들어와야 가능하고요. 한마디로 이 한 뼘의 스펙 차이 때문에 맞을 수도 있고 안 맞을 수도 있는 셈이지요.

이러한 신체적인 스펙은 굉장히 불합리합니다. 제가 그 스펙의 기준을 만든 적이 없는데, 그것이 통용돼서 불리하게 작용할 때는 화가 날 때도 있습니다. 하지만 아무리 불합리한 스펙이라 해도 완전히 무시할 수는 없죠.

그나마 후천적으로 노력해서 얻는 스펙은 이보다 훨씬 더 합리적이라고 생각합니다. 예컨대 어떤 사람의 영어 점수와 일본어 점수가 좋다는 건 그 사람이 노력한 결과잖아요. 스펙 쌓기에 과열 현상이 문제이지만, 개인이 노력한 결과를 무시할 수는 없다는 거죠.

실제로 좋은 스펙을 쌓기 위해서 시간을 보내는 것도 좋겠지만, 저는 많은 청년들이 자신이 정말 좋아하는 일을 찾아서 그걸 하면서 즐겁게 살았으면 좋겠습니다. 가슴을 두근두근 떨리게 하는 일을 찾아서 살아가라는 얘깁니다. 그런데 여러분은 자신이 정말 좋아하는 게 뭔지 아세요? 워낙 우리나라 교육과정이 개인에게 그런 고민을 할 여유를 주지 않잖아요.

여러분도 알다시피 우리나라 교육은 학생들이 어떤 분야에 호기심을 느끼고 흥미로워하는지 찾을 수 있도록 길을 안내하는 교육이 아니죠. 그저 명문 대학에 진학만 시키면 된다는 암기식 교육과정이 중요시되고 있죠.

그래서 초등학교에 입학하자마자 입시 전쟁이 시작됩니다. 교육의 목적은 오로지 더 좋은 학교로 진학하는 것뿐이죠.

감동이 없는 한국의 교육과정

혹시 예능 프로그램 중에 〈남자의 자격〉 '합창단' 1편을 보셨나요?

그때 음악감독 박칼린 씨의 지휘 아래, 생애 처음 만난 사람들이 모여서 셀 수 없을 만큼 많은 횟수의 노래 연습을 하고, 무대에 서는 모습을 보면서 관객과 시청자들이 박수를 쳤습니다. 그 모습을 보고 우리는 왜 박수를 치고 함께 눈물을 흘렸을까요?

아마도 그건 우리가 그런 교육을 받아본 적이 없기 때문일 겁니다.

엄격하지만 자애로운 선생님들로부터 지도를 받고, 남모르는 친구들과 하나가 되어서 공통의 과제를 해결해 보는 감동 어린 과정을 경험해 볼 기회가 별로 없었던 것입니다. 사실 학교에서 이런 경험을 해야 하는데, 우리나라의 교육과정은 여러모로 아쉬운 점이 많습니다.

저는 교육을 통해서 배울 수 있는 가장 중요한 것 중에 하나가 '경험'이라고 생각해요. 내가 좋아하는 일을 어떤 방법으로 어떻게 찾아서 해야 하는지, 만일 실패를 했을 때 그 실패를 인정하고 어떻게 하면 다시 재기할 수 있는지 고민하고 소통하는 과정 말입니다. 또 교육의 진정한 의미는 교양을 배우는 일이라고 생각하는데, 우리는 교양을 배울 기회에서 소외되어 있는 경우가 많죠.

키워보자! 성취감의 탱크

여러분 중 스물일곱 살 넘으신 분 있나요? 축하드립니다. 당신은 이미 노화가 시작되었습니다.

인간의 신체는 스물일곱 살 이후부터 근섬유가 퇴화되고, 순발력이 떨어지고, 뇌세포가 사멸하면서 노화가 시작됩니다. 쉽게 말해 늙고 있다는 거죠. 노화가 시작되는 시점에서도 성장을 멈추지 않는 것이 있습니다. 그게 뭔지 아세요? 바로 '골반뼈'입니다. 여러분의 골반뼈는 일흔 다섯 살까지 성장에 성장을 거듭한다고 합니다. 나이가 지긋한 분들의 골반을 잘 보면 골격이 넓다고 느끼실 텐데요, 그 어르신께서 건강 관리를 안 하는 게 아니라, 인간의 몸에서 유일하게 골반이 계속 늘어나기 때문입니다. 어쨌든 골반은 계속 늘어나지만, 신체의 노화는 계속되고 있죠.

그런데 신체의 노화와 관계없이 계속 키울 수 있는 것이 있습니다. 바로 '탱크'입니다. 성취감의 탱크! 사람마다 갖고 있는 성취감의 탱크는 좋아하는 것을 계속하면서 용량을 늘릴 수가 있어요. 저는 이것을 '작은 승리, 그러니까 스몰 빅토리(Small Victory)'라고 부릅니다. 만일 여러분이 좋아하는 것이 있다면 한 번에 모든 것을 이루려고 하지 마시고, 작은 것부터 챙기는 게 좋습니다.

저는 일본어 선생님도 했고, UFC 격투기 해설자로도 활동을 했습니다.

격투기 해설자가 되어야겠다고 결심했을 때가 2003년이었습니다. 그때부터 2007년까지 대한민국에 있는 모든 방송국의 격투기 프로그램 해설자를 선발하는 오디션에 도전했죠. 하지만 4년 동안 한 번도 서류 통과조차 되지 않았습니다. 당연히 오디션은 꿈도 꿀 수가 없었죠. 진심으로 내가 하고 싶었던 일이었는데, 4년간 단 한 번도 기회조차 얻지 못했습니다. 그때 쓰린 마음을 달래며 곰곰이 생각했습니다. 그리고 '차근차근 김남훈을 알리자.'고 결심했죠.

처음에는 제가 운영하는 블로그에 칼럼을 썼습니다. 종종 잡지나 포털 사이트에 소개되는 글을 쓰기도 했죠. 직접 격투기술을 설명하는 UCC를 만들어서 인터넷에 배포하기도 했고요. 이렇게 제 자신을 알리기 시작했습니다. 제작했던 영상 중 〈로우킥의 비밀〉과 같은 동영상은 100만 가까운 조회 수를 기록하면서 문화관광부에서 선정한 UCC로 선발되기도 했습니다. 그러자 어느 날 거짓말처럼 방송국에서 먼저 제안이 왔습니다. 격투기 프로그램 해설자를 찾고 있는데, 오디션에 응해 보지 않겠냐는 거예요. 결국 저는 여섯 명의 후보와 함께 오디션을 치르고 격투기 해설자로 당당히 합격을 했습니다.

만일 제가 4년 동안 실패했기 때문에 '난 안 될 거야. 그만둬야겠어.'라고 생각했다면 이런 결과는 없었겠죠. 하지만 제 꿈을 위해서, 또 저를 세상에 알리기 위해서 수없이 많은 노력을 했습니다. 덕분에 좋은 기회가 계속 찾아왔죠.

일본어 공부도 마찬가지였습니다. 제가 일본어를 공부해야겠다고 생각했던 계기는 오토바이를 좋아했기 때문입니다. 오토바이를 좋아해서 처음으로 일본어로 적힌 오토바이 잡지를 사서 봤는데, 이게 무슨 내용인지 도통 알 수가 없었습니다. 그 잡지를 읽기 위해서 일본어 문법 공부, 회화 공부, 한자를 공부하다 보니까, 어느 날 부모님이 말씀하시더군요.

"너 어제 술 먹고 일본어로 주정하더라."

그때 하산했습니다. 맨 처음 제가 직접 구입했던 오토바이 잡지를 3년 만에 다시 꺼냈습니다. 무슨 내용인지 다 알겠더라고요. 정말 기뻤습니다. 내가 좋아하는 걸 하기 위해서 시간을 투자하고, 공부하는 즐거움을 나이 스물다섯 살에 처음 느낀 거죠. 원래 10대 때, 더 어린 시절에 그런 보람을 느꼈다면 공부를 잘했을 텐데, 깨달음이 좀 늦었습니다. 독학으로 일본어를 공부하면서 '작은 승리'의 성취감을 진하게 느꼈습니다. 그 뒤로 저는 새로운 분야에 도전하는 일을 망설이지 않았습니다. 어떤 일이든 용기가 생긴 거죠.

김남훈, 다시 걷고 싶었다

제 인생의 '작은 승리, 스몰 빅토리'의 정점은 바로 이 사건입니다.

2004년 프로레슬링 경기에 올라갔는데, 링 위에서 거꾸로 떨어지는 사고를 당했습니다. 하반신 마비가 반년간이나 지속됐습니다. 허리 이하를 손으로 아무리 눌러도 별로 감각이 없었습니다. 화장실에서 소변이나 대변을 봐도 느낌이 없었죠. 걸을 수도, 기어 다닐 수도 없었어요. 정말 끔찍했고, 깊은 절망에 빠졌습니다. 지금보다 체중도 불어서 140킬로그램에 가까운 거구였고, 건강은 더 나빠졌습니다.

그때 저는 두 가지 이유로 다시 일어나야겠다고 결심했습니다. 사고를 당하고 나서 언젠가 아버지가 서울에 올라오셨죠. 그날 아버지와 저는 같은 방에서 잠을 잤습니다. 아버지가 제 손을 꼭 붙잡은 채 놓지 않았어요. 그때 아버지의 손의 감촉이 잊혀지지 않았습니다. 제 손 안에서 느껴지는 아버지의 손의 감촉이 정말 따뜻하고 부드러웠죠. 오랜만에 잡은 아버지의 손은 말할 수 없을 만큼 작았습니다. 그때 저는 누워서 아버지의 손을 잡는 것도 좋지만, 다시 일어나서 안아드려야겠다고 생각했죠.

또 다른 이유는 햄버거가 먹고 싶었습니다. 누군가 제게 사다준 햄버거가 아니라, 내 발로 햄버거 가게에 걸어 들어가서 제 손으로 햄버거를 사먹고 싶었죠.

아버지를 안아 드리기 위해서, 햄버거를 사먹으러 가기 위해서 매일매일 조금씩 걷는 연습을 했습니다. 그때도 조금씩 천천히 '작은 승리'를 이루자고 생각했습니다. 하반신이 마비된 상황에서 한 번에 일어설 수는 없는 일이니까요. 맨 처음에는 화장실까지 기어가는 연습을 했습니다. 몇 달이 지난 다음에는 조심스럽게 일어서서 벽에 기대어 천천히 걷는 연습을 했습니다. 제가 살던 집 거실 한편에는 머릿기름과 손때의 흔적이 남아 있습니다. 다행히 어느 정도 시간이 지난 뒤에 어슬렁어슬렁 걷게 됐죠.

그 즈음에 햄버거를 먹으러 가야겠다는 생각이 들었습니다. 목표는 강남역 7번 출구 앞에 있는 햄버거 가게였어요. 새벽 첫차에 몸을 실었습니다. 왜 첫차를 타야 했냐면, 한참동안 하반신 신경이 둔화되어 있던 터라 몸에 힘이 하나도 없었기 때문입니다. 믿기 힘들겠지만, 초등학생이 툭 건드리기만 해도 쓰러지는 상황이었습니다. 그래서 인적이 드문 첫차를 타고 강남역으로 나갔습니다. 첫차를 타고 갔으니까, 가게는 당연히 문을 열지 않았습니다. 햄버거 가게 앞에서 2시간 동안 기다렸습니다. 2시간이 지나서야 문이 열렸죠. 아기가 처음 걷는 날처럼 아주 천천히 가게로 걸어 들어갔습니다. 햄버거 가게에서 일하는 직원이 깜짝 놀라더군요. 계산대 앞에서서 햄버거 세트와 콜라를 주문했어요. 햄버거와 콜라가 담겨진 쟁반을 받았는데, 들지 못하겠더군요. 그래서 제가 햄버거를 주문했던 직원 분에게 부탁을 했습니다.

"제가 몸이 너무 허약해서 그런데요, 쟁반 좀 들어 주시겠어요?"

그랬더니 그 직원 분의 동공이 500원짜리 동전처럼 커졌습니다. 말은 하지 않았지만, 얼굴 표정에는 이렇게 씌어 있었습니다.

"저놈, 정말 미친놈이 맞구나."

어쨌든 직원 분은 제 부탁을 사양하지 않고 햄버거 쟁반을 자리에 옮겨 주셨습니다. 저는 매일 꿈에 그리던 햄버거를 손에 들었습니다. 햄버거 빵을 한 입 베어 물어 빵 사이에 끼워진 양상추와 고기를 씹어 식도로 넘기는데 갑자기 눈물이 나는 거예요. 엉엉엉. 그 자리에서 대성통곡을 했습니다. 한참 있다가 고개를 드니까, 저를 도와줬던 직원 분의 얼굴이 공포에 젖어 있는 거예요. 제 사정을 모르는 그 직원은 얼마나 당황했겠어요. 아무도 없는 가게에서 커다란 덩치를 가진 곰 한 마리가 햄버거 한 입 베어 먹고 울고 있으니, 어떻게 위로해야 할지 모르는 표정이었습니다.

햄버거 먹기에 성공한 다음, 얼마 뒤 고속버스를 타고 고향집으로 내려가서 아버지를 안아 드렸습니다. 그리고 다시 재활훈련을 받고 링 위에 오를 수 있게 되었습니다. 물론 운이 나쁘지 않았습니다. 신경이 끊어진 게 아니라, 구부러진 빨대처럼 기능을 하지 못한 상태였던 거죠. 그래서 매일 조금씩 걷기 연습을 해서 생각보다 빠른 시간 안에 걸을 수 있었습니다.

진심으로 이루고 싶은 일이 있다면 너무 성급하게 생각하지 말고, 작은 것부터 실천해 보세요.

컨베이어벨트에서 뛰어내리시겠습니까?

꿈을 향해 간다는 것은 용기와 결단력이 필요합니다.

소설가 이윤기 선생님이 2010년에 소천하셨죠. 생전 선생님의 말씀 중에 제 가슴 깊이 남아 있는 이야기가 있습니다.

"컨베이어벨트에서 뛰어내린 게 가장 훌륭한 선택이었다."

감히 그 말씀에 부연설명을 하자면요, 컨베이어벨트는 자동생산, 대량생산을 의미합니다. 이 컨베이어벨트를 거치면 모양도 기능도 똑같은 제품이 생산되죠. 선생님께서는 이런 공장과 같은 삶을 거부하고 자신만의 삶을 찾아간 겁니다.

이 벨트에서 뛰어내리는 것과 떨어지는 것은 전혀 다릅니다. 이 벨트에서 뛰어내리는 것은 자신의 삶에 대한 목표와 용기, 결단력을 갖고 뛰어내리는 것입니다. 하지만 떨어지는 것은 그야말로 인생을 열정적으로 낭비하는 일이죠.

인생을 열정적으로 낭비하는 것과 내 꿈을 좇아 달려가는 것은 혼동하기 쉽습니다. 스스로에게 냉정하게 물어봐야 해요. 나는 뛰어내린 것인가, 떨어진 것인가? 그리고 다시 올라갈 수 있는가?

어쩌면 꿈을 향해 간다는 것은 험한 바다에 뛰어드는 일과 같습니다.

저는 일상을 육지에서 사는 삶이라고 비유하겠습니다. 육지에서 살아가는 데 필요한 노하우를 전수해 줄 사람은 주변에 많습니다. 많은 청년들은 부모님이나 선생님, 선배들이 만들어 놓은 길에 내비게이션의 안내를 받아 따라가고 있어요.

반면에 내가 좋아하는 일을 찾기 위해 그 꿈을 향해 가는 것은 불확실성의 바다에 몸을 던지는 것입니다. 이 바다에 몸을 던져서 5년 만에 목적지에 도착할 수도 있고, 10년~20년이 지나도 목적지에 다다르지 못할 수도 있습니다. 어쩌면 중간에 목숨을 잃을 수도 있습니다. 하지만 내가 정말 원하는 일이 있다면 그 험한 바다에 몸을 던질 수 있는 용기가 필요하다고 생각합니다. 또 그 길을 가는 중에 잊지 말아야 할 것은 타인의 삶에 공감하는 일입니다. 자신의 삶과 행복을 위해서만 살아간다면 결코 진정한 꿈을 이룰 수가 없거든요.

실화를 바탕으로 제작되었던 영화 〈도가니〉를 기억하시나요?

이 사건만 보더라도 많은 사람들이 피해 학생들의 아픔에 공감하며 오랜 시간 포기하지 않고 함께 싸웠습니다. 만일 타인의 아픔을 공감하지 못하고 자신의 안전과 행복을 위해서 살아간다면 역사 속 최악의 인물 이완용처럼 될 수도 있죠. 이완용은 당대 최고의 스펙을 쌓아 엄청난 부와 명예를 가졌지만, 결국은 최악의 선택으로 역사에 오명을 남겼습니다.

저는 지금 제 손에 흰 종이 한 장을 들고 있습니다. 물론 아무것도 안 보이죠. 이것이 여러분의 미래입니다. 미래가 보이지 않는다는 것은 너무 밝아서, 눈이 부셔서 보이지 않는 것일 수도 있습니다. 미래가 없기 때문에 안 보이는 것이 아니라, 너무나 눈부시기 때문에 보이지 않는다는 말씀을 꼭 기억하셨으면 좋겠습니다.

꿈의 속도를 달리는
철길 위 인생

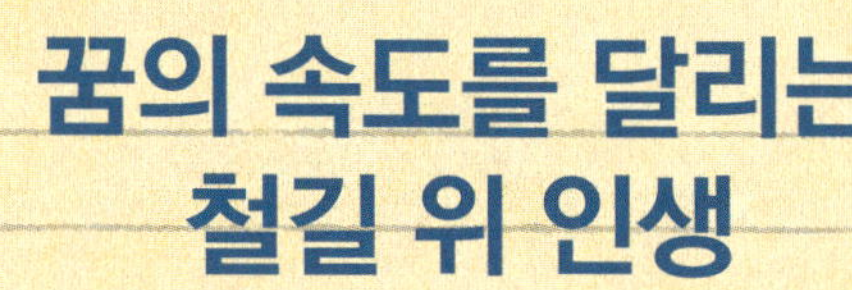

강은옥
· KTX 기장 ·

‘나’라는 브랜드는 이미 만들어졌잖아요.
그럼 나는 이제 이 브랜드를 어떻게 리모델링할 것인가.
이것은 개인의 문제라는 거죠.
내가 뭘 원하는지부터 알아야죠.
그것을 찾는 작업이 가장 중요하다고 봐요.
브랜드의 가치를 정립하는 두 가지 키워드를 생각해 봤어요.

‘나는 무엇을 원하는가.’와 ‘지금 놓치고 있는 것은 무엇인가.’

🎤 백두산 높이 2750미터 만한 열정을 갖고 떠났지만, 체력이 딸려 가장 힘들었던 출장길을 떠올려보니 2009년 뜨거웠던 여름으로 거슬러 올라간다. 매일 새벽 4~5시쯤 일어나 늦은 밤까지 7박 8일 동안 만주벌판 2000킬로미터를 누볐다. 정토회의 법륜스님이 이끄는 90여 명의 사람들과 함께 떠난 역사 기행에서 강은옥 씨를 처음 만났다.

깡마른 체격의 그는 험한 산도 잘 오르고, 특유의 냄새를 풍기는 중국음식도 맛있게 잘 먹었다. 나는 그저 가난해진 마음을 차갑지도, 뜨겁지도 않은 밍밍한 생수로 달래고 있었다. 밥상에 둘러앉아 각자 소개를 하는 시간이 다가왔다.

평소 역사에 관심이 많아서 휴가를 내고 왔다는 말에 자연스럽게 아이들을 가르치는 선생님일 거라고 생각했다. 그가 'KTX의 운전대를 잡고 있다.'고 고백했을 때, 모두들 놀라는 표정을 지었다. 강은옥 씨는 최초의 여성 기관사에서 최초의 여성 KTX 기장으로 매일 서울에서 부산까지 꿈의 속도 시속 300킬로미터를 달리고 있다.

대학에서 철학을 전공한 그는 20대 후반 철도전문대학에 진학해 새로운 공부를 시작했다. 사람들은 의아한 표정을 지었고, 그 역시도 철길 위의 인생은 상상하지 못했던 일이라고 했다.

만나는 사람들마다 강은옥 씨에게 묻는 공통적인 질문 두 가지가 있다.

하나는 '왜 그런 일을 하게 됐어요?'이고 두 번째는 '시속 300킬로미터라는 빠른 속도로 달리는 일이 무섭지 않냐?'는 것이다. 이 질문에 대한 답변은 강은옥 씨의 겁나게 솔직한 강연 속에 안내되어 있으니 직접 확인해 보길 바란다.

그는 '나'라는 브랜드 만들기라는 주제로 소통의 물꼬를 텄다. 또 이 시대 청춘들에게 "'놀이터'의 자발성을 회복하자."고 제안했다. 즐거운 마음으로 놀이터에서 뛰어놀던 그 '자발성'을 회복한다면, 우리에게는 어떤 신나는 일이 펼쳐질까?

★ '철길 위에서' 살아가는 강은옥 씨의 못다한 이야기가 궁금하다면 그가 운영하는 블로그(blog.daum.net/dreamktx)를 방문해 보세요.

★ ★ ★

'나' 라는 브랜드 만들기

반갑습니다. 저는 한국철도공사에서 KTX 고속철도를 운전하고 있는 강은옥이라고 합니다.

날짜도 잊을 수가 없습니다. 2009년 4월 1일에 한국에서 최초로 KTX 여성 기장으로 데뷔했습니다.

제 소개를 먼저 해야겠네요. 저는 2000년에 기관사가 됐고요. 9년 뒤에 KTX 기장이 됐습니다. 그 뒤로 지금까지 철길 위의 인생을 살고 있죠. KTX가 한국에서 유일한 고속열차 브랜드가 되어감에 따라 저 또한 '최초의 여성'이라는 타이틀을 가진 브랜드가 되고 있다는 사실을 자각했어요. 그 뒤로 좀 더 적극적으로 '나'라는 '브랜드' 만들기에 동참해 보자라고 생각했죠. "'나'라는 브랜드 만들기"라는 주제로 제 이야기를 들려 드리려고 합니다.

강은옥 설명서

생산년도	1968년 11월	생산지	부산, 대한민국	성별	여자
포장지	건국대 철학과, 한국철도대 운전기전과, 서울과학기술대 철도전문대학원 천도전기신호공학공학과 2학기 마침				
하는 일	KTX 운전				

'강은옥'이라는 브랜드를 설명하는 제품설명서예요.

저의 생산년도는 1968년 11월생이고요. 부산에서 태어나서 고등학교를 졸업할 때까지 부산을 떠난 적이 없습니다. 사실 저는 굉장히 독특한 이력을 가지고 있습니다. 20대 초반에 철학과를 졸업했고요. 스물아홉 살이란 나이에 한국철도대 운전기전과에 다시 들어갔습니다. 그리고 지금은 서울과학기술대 철도전문대학원 철도 전기신호공학과 2학기를 마친 상태고요. 여기까지가 제 포장지인 셈입니다. 제가 하는 일은 KTX를 운전하는 일이고요. 가족관계는 요즘 말로 돌싱(돌아온 싱글)입니다. 참고로 아이가 없는 마흔다섯 살의 여자로, 일흔 다섯 살의 노모와 같이 살고 있습니다. 여기까지가 현재 강은옥이라는 사람의 주소입니다.

'두려움'과 친구가 되자

만나는 사람들마다 공통적으로 묻는 두 가지 질문이 있습니다.

첫째, 왜 그런 일을 하게 됐어요?

둘째, 안 무서워요?

먼저 '무섭지 않냐?'라는 질문에 대한 답부터 할게요. 저라고 왜 안 무섭겠어요. 겁나게 무서웠죠. 그렇다고 대놓고 무섭다고 할 수도 없으니까, 남몰래 혼자 눈물도 많이 흘렸습니다. 2000년에 기관사가 됐는데, 대한민국에 어떤 여성도 해보지 않은 일이잖아요. 열차를 운전하는 일을 시작하면서 '내가 과연 잘할 수 있을까?'라는 생각에 어깨가 무거웠죠.

과연 내가 잘할 수 있을까?

눈만 뜨면 이 생각에 시달렸어요. 거의 3년 동안 그랬던 것 같아요.

KTX 기장이 되려면 기본적으로 일반 열차를 운전한 경험이 있어야 해요. 일정 정도의 자격을 갖춘 다음, KTX 기장직군에 다시 지원을 해서 거기서 선발되면 KTX를 운전할 수 있죠. 저도 이런 과정을 거쳐 기장이 됐습니다. 제게는 새로운 도전이었어요. 물론 그걸 택하기까지 무척 많은 고민을 했죠. 정말 어떻게 하다 보니까 얼떨결에 기관사라는 직업에 발을 담그게 된 것이거든요. 그러다가 KTX 기장을 준비하려고 하니 여러 가지 생각이 많았어요. 이미 일반 열차를 운전하고 있는데, KTX 기장은 안 해도 괜찮지 않을까, 아니면 다시 한 번 도전을 해야 하지 않을까? 하루에도 수십 번씩 두 가지 갈림길 앞에서 고민을 했죠.

새로운 길이 만들어졌으니까 누군가는 가야 하는데, 누가 그 길을 가야 하지? 내가 가야 되는 건가? 고민할 당시 후배들도 꽤 있었거든요. 그래서 후배들의 기회를 빼앗는 게 아닌가 하는 고민을 했죠. 하지만 결국 도전하는 걸로 결정했어요.

도전을 멈추지 말자. 여성 KTX 기장, 여기까지 내가 할 일이다. 어차피 내가 스타트를 끊었으니까 해보자고 결심했죠.

여러분, KTX가 시속 몇 킬로미터로 달리는 줄 아세요?

시속 300킬로미터로 달리는데, 정말 속도가 장난이 아니거든요. 이 속도를 견딘다는 것 자체가 정말 두려운 일이에요. 그제야 경험이 얼마나 중요한지 깨달았죠. 시간이 지나다 보니까 나 자신에 대한 믿음이 생기는 거예요. 그리고 내가 해보지 않았지만, 이미 누군가가 했잖아요. 또 시스템이 안전하게 보장되어 있고, 그 안에서 수많은 사람들이 호흡을 같이 하면서 고속열차가 달리고 있다고 생각하니, 하루하루 신뢰가 쌓이게 된 거죠. 조금씩 편안해지고, 어느 날부터 두려움이 많이 줄어들었다는 걸 깨달았어요. 그럼에도 불구하고 시속 300킬로미터라는 속도로 달리다 보면 가끔씩 마음이 편하지 않은 날이 있어요. 스스로 뭔가 께름칙한 거죠.

무슨 일이 생기면 어쩌지?

이런 두려운 마음이 문득 들면 괜히 또 불안해져요. 그런데 이런 과정을 반복하다 알게 된 사실이 있어요.

아! 이것이 삶이구나. 산다는 것은 어쩌면 끝없는 불안과 두려움을 만나는 과정이구나. 하지만 하루하루 시간을 살아가다 보면 저절로 괜찮아지는구나. 이런 게 바로 삶이구나라는 걸 깨닫게 된 거죠.

사실 무엇보다 두려움을 인정하는 것이 중요해요. 왜냐하면 일부러 무섭지 않은 척하면 정말 더 무섭거든요.

두려움이 찾아올 땐, 아! 그래. 무서워. 무서운 게 정상이야. 당연한 거야. 이렇게 생각하는 거죠. 이 과정을 자연스럽게 받아들이는 순간, 두려움이 날 압도하지는 않더라고요. 두려움은 사라지는 것이 아니라, 내가 그 두려움을 만들고 있다는 것을 알았을 때, 더 이상 그 감정 때문에 뭔가 새롭게 도전하는 일을 망설이지 않았던 것 같아요. 이 모든 것은 경험을 통해서 알게 되었죠. 두려움이란 아무 일(어렵고 힘든 일)도 생기지 않기 바라는 욕심 때문에 찾아오는 감정이고, 어려운 일이 생기고 안 생기고는 내 바람과는 상관없이 왔다 갔다 하는 거라는 거, 그런 걸 체득하게 된 거죠. 두려움과 원수가 되면 위기에서 주저앉게 되지만, 두려움과 친구가 되면 위기에 대처하는 능력이 생기는 거죠. 원수란 미워하고 거부하잖아요. 친구란 언제든지 환영하는 존재고요. 그런 뜻에서 두려움과 친구가 되자는 거예요. 그게 되면 두려움은 어떤 상황을 준비하게 하는 힘이 되거든요.

나를 이곳에 있게 했던 것은 무엇일까?

앞서 '왜 KTX를 운전하는 일을 하게 되었냐.'는 질문을 많이 받는다고 했잖아요. 사실 제가 고속열차를 운전하게 될지는 꿈에도 상상하지 못했죠.

언론과 인터뷰할 때, 꼭 묻는 질문들이 있어요.

어릴 적부터 열차와 인연이 있지 않았냐고.

철학을 전공한 강은옥 씨가 열차를 운전하게 된 영화 같은 사연이 있을 것 같다고.

이렇게 묻고, 굉장히 특별한 답을 원해요. 하지만 제 대답은 늘 똑같아요. 없다. 그런 거 없다.

굳이 인연을 얘기하라고 하면, 태어나서 20년 동안 살았던 부산 집이 송정역 바로 앞에 있었어요. 집에서 역이 보이는 곳에 살아서 늘 기차소리를 듣고 자랐죠. 그거 외에는 정말 없어요.

철길 위에서 10년쯤 살다 보니 문득 이런 생각이 들더군요.

나는 지금 왜 이곳에 서 있는가?

이런 생각을 정리하다 보니까 제가 어릴 때부터 굉장히 특별한 삶을 꿈꿨더라고요. 사실 누구나 그렇잖아요. 특별한 존재와 평범한 존재의 차이는 그것을 선택하느냐, 선택하지 않느냐에 따라 갈리는 거잖아요. 저는 특별한 존재로 특별한 삶을 살아보기로 선택했죠. 그래서 철학과를 졸업한 스물아홉 살의 나이에 딱딱하고 지루한 공부라고 예상되는 공학계통의 철도 대학에 다시 입학하는 문제에 대해서 크게 고민하지 않았던 것 같아요.

'뭐, 그럴 수도 있지. 그게 뭐 어때서?'

당시엔 그런 마음이었어요. 특별한 삶을 꿈꿔왔던 어린 시절의 제 마음은 아무도 하지 않은 일을 선택할 때, 망설이게 되지 않았던 거죠.

저는 어린 시절에 엄마처럼 살고 싶지 않았어요. 엄마는 하루 종일 부엌에서 일하고, 빨래하고, 아이를 돌보는 데도 집안에서 결정권은 별로 없었어요. 그런 엄마의 모습을 보면서 무슨 일이 있어도 나는 절대 엄마처럼 살지 않겠다고 결심했죠.

어릴 때부터 이런 각오가 굉장히 컸었던 것 같아요. 그런 마음 때문에 거칠고, 투박한 남성들의 세계에 거침없이 뚜벅뚜벅 걸어 들어간 것 같아요.

제가 농담처럼 하는 얘기인데요, 한마디로 '빨래터'에 앉기 싫었어요. 빨래터의 넋두리에 나는 절대 동참하지 않겠다, 뭐 이런 마음의 각오를 어려서부터 다졌던 것 같아요. 그래서 겁도 없이 '사냥터'에 찾아갔죠. 하지만 사냥터에 들어가 보니 장난이 아니더라고요. 생각해 보면 그땐 뭘 몰랐으니까 사냥터로 거침없이 갔던 거죠. 제가 제 발등을 찍은 거죠, 뭐. 결정권을 가지면 책임이 따른다는 걸, 어릴 땐 몰랐고요. 결정권을 휘두르는 게 멋지게 보였던 거죠. 자기 마음대로 뭐든 할 수 있을 줄 알았던 거라고 할까.

혹시 '빨래터'와 '사냥터'의 차이가 뭔지 아세요?

빨래터에서는 실수해도 괜찮아요. 그런데 사냥터에서 실수하면 내가 죽어요. 그리고 다른 사람을 위험에 빠뜨리죠. 사냥터에는 내가 책임져야 할 것들이 너무나 많아요. 그래서 결국 엄마처럼 살지는 않게 되었죠. 경제력을 가졌으니까요. 살다 보니까 이 부분, 빨래터와 사냥터라고 단순화시켰지만 참 복잡하고 어려운 거라는 걸 또 알게 됐죠.

나 혼자 애쓰고 있는 걸까요?

줄탁동시(啐啄同時)라는 고사성어가 있어요. 혹시 무슨 뜻인지 아세요?

닭이 알을 깔 때에 알 속에 있는 병아리가 껍질을 깨뜨리고 나오기 위해 껍질 안에서 부리를 쪼는 것을 '줄'이라 해요. 어미 닭이 밖에서 쪼아 깨뜨리는 것을 '탁'이라 하고요. 이 두 가지는 동시에 행해지죠.

제가 사냥터에 나가서 무서웠다고 했잖아요. 그런데 무서운 척을 하면 안 되잖아요. KTX 운전하는 여자가 무서워하면 그게 또 얼마나 웃기는 일이에요.

처음엔 함께 일하는 남자들이 정말 부러웠어요. 힘도 세고, 덩치도 큰 저 남자들은 무섭지 않을 것 같다는 생각이 들었거든요. 그런데 살면서 알게 됐죠. 저 남자들도 겁을 내고 무서워하는구나. 대한민국에서 남자로 태어나면 본인의 의지와 상관없이 강요되는 것들이 참 많잖아요. '남자는 눈물을 흘려서는 안 된다. 남자는 무서워하면 안 된다.' 등의 감정까지도 말이죠. 이런 사회적인 분위기 때문에 자신의 감정을 제대로 표현하지 못하더라고요. 주변에서 그런 남성들의 모습을 많이 봤어요.

더 안타까운 사실은 오랫동안 자신의 감정을 표현하지 못하는 것에 익숙해진 남자들은 두려움의 감정조차도 느끼지 못하더라고요. 그런 사실을 알게 되면서 전에는 잘 이해하지 못했던 남자들의 생활 방식과 일하는 방법 같은 걸 깊이 이해하게 됐어요. 그 뒤로 동업자 의식 같은 게 생기더라고요. 남자와 여자를 구별하는 건 부질없는 짓이구나. 이런 벽을 넘어서 나오니까 다른 게 보이더라고요. 남녀의 차이가 아니라, 개인의 차이라는 걸 알게 된 거죠. 그것은 능력의 차이일 수도 있고, 각자 원하는 삶의 방향의 차이일 수도 있죠. 사람은 저마다 다양한 차이를 갖고 있구나, 이게 삶의 다양성이구나. 뭐, 이런 생각을 하게 됐습니다.

나라는 브랜드를 만드는 과정 중에 눈을 크게 뜨고 주위를 살펴보면 분명 조력자들이 있을 거예요. 그게 누구일까요?

내가 알에서 깨어나는 이 과정에서 어미는 누구였을까요?

그동안 어떤 여성도 KTX를 운전한 일이 없었어요. 제가 알을 깨고 나올 수 있게 도와주었던 건 남자 동료들이었어요. 기술을 가르쳐 주고 동료가 되어 주었던 그런 분들, 그런 분들이 함께 이 알을 깨주었죠. 물론 저도 열심히 노력했지만, 제가 노력하는 순간에 그분들도 동시에 바깥에서 이 알을 깨주기 위해서 힘을 쓰고 있었다는 걸 깨달았어요.

여러분도 삶에서 마찬가지일 것 같아요. 어린 시절부터 성장하는 과정 속에서 그리고 그 뒤에 뭔가를 찾아가는 이 수많은 과정들 속에서 지금 나는 나 혼자 힘쓰고 있다고 생각하겠지만, 알고 보면 수많은 어미 닭들이 알을 깨고 나올 수 있도록 하기 위해서 애쓰고 있다는 걸 알게 될 거예요. 이 어미 닭은 다양한 모습을 하고 있어요. 우리 눈에 안 보이는 햇볕도 있고, 공기도 있고, 물도 있고, 사람도 있고, 그밖에도 수많은 것들이 있어요.

이런 것들을 찾아봤으면 좋겠고, 느껴보시길 바라요. 그런 존재를 알게 되는 순간, 그것 자체가 나에게 굉장히 큰 에너지가 되거든요. 가슴으로 느껴봐야 돼요. 그걸 가슴으로 느끼는 순간, 뭔가를 포기하지 않게 하는 어떤 힘이 되거든요. 그런 얘기해 드리고 싶고요.

전쟁터와 놀이터는 어떻게 다를까?

출근길, 사람들로 꽉 찬 지하철 안과 불타는 금요일에 홍대 클럽 안을 가득 채운 사람들은 어떻게 다를까요? 사실 우리는 출근길 지하철 안과 홍대 클럽 안에서 어떤 일이 일어나는지 알고 있죠. 각각의 장소가 뭐하는 곳인지 알고 있어서 그렇지 사실 뭐하는 곳인지 모른다면 사람들이 많이 모여 있는 두 공간에는 어떤 차이가 있을까요?

'전쟁터'와 '놀이터'에 관한 이야긴데요, 우리는 매일 아침, 출근길 지하철을 전쟁터라 느낍니다. 그리고 화려한 조명이 쉼 없이 흔들리는 클럽을 '놀이터'라 여기죠.

물론 전쟁을 너무 좋아해서 전쟁에 참여하는 사람은 없을 거예요. 다시 지하철을 타볼게요. 지하철을 타려면 빨리빨리 걸어야 하고, 뛸 때도 있고, 지하철 한 칸에 정말 많은 사람들이 타려고 하잖아요. 제가 생각하기에 '빨리'와 '많이'는 전쟁터의 개념이 아닐까 싶어요. 적군을 빨리 쏴야 내가 살 수 있고 또 많이 죽여야 아군이 승리하잖아요. 이게 전쟁터에서 벌어지는 일이죠. 아주 긴 세월 동안 열악했던 역사적 흐름 속에서 '빨리'와 '많이'는 우리들 마음에 내면화된 것 같아요. 빨리빨리, 많이많이. 솔직히 좀 숨이 막히지 않아요?

그렇다면 놀이터는 어떨까요? 재미와 즐거움이 가득하죠. 놀이터에 가

보면 누가 시켜서 노는 사람은 없잖아요. 전쟁터와 놀이터의 가장 큰 차이는 '자발성'이라고 생각해요.

클럽에서 밤새도록 놀면 얼마나 피곤해요. 그렇지만 자신이 정말 좋아서 하는 일을 하다 보면 만원인 전철에 시달리는 것보다 훨씬 피곤한데도 하게 되잖아요. 저는 이런 자발성의 힘을, 너무나 즐거웠던 그 마음을 회복해야 된다고 생각해요.

'리모델링'에 동참해볼래요?

'나'라는 브랜드 만들기는 결국 '리모델링(Remodeling)'이에요. 왜냐하면 개인의 최초 브랜드는 우리 어머니와 아버지가 자기들끼리 좋아서 만들어서 낳았어요. 이렇게 세상에 내놓고 자기들 마음대로 키우다가 어느 날 "야, 이제 혼자서 가라."고 하죠. 이게 '나'라는 브랜드를 만드는 초창기에 발생하는 문제예요. '나'라는 브랜드가 만들어지는 데 내 의사가 별로 반영될 여지가 없었다는 거죠. 그런데 알고 보면 우리 어머니와 아버지라는 브랜드도 똑같이 그랬어요. 그래서 리모델링이 필요하죠. '나'라는 브랜드는 이미 만들어졌잖아요. 그럼 나는 이제 이 브랜드를 어떻게 리모델링할 것인가? 이것은 개인의 문제라는 거죠.

어떻게 리모델링할 건가요?

리모델링을 위해서 무엇부터 시작해야 할까요?

내가 뭘 원하는지부터 알아야죠. 그것을 찾는 작업이 가장 중요하다고 봐요. 브랜드를 리모델링하는 데 먼저 브랜드의 가치에 대한 정립을 해야 되는데요. 이 브랜드의 가치를 정립하는 두 가지 키워드를 생각해 봤어요.

'나는 무엇을 원하는가.'와 '지금 놓치고 있는 것은 무엇인가.'

이 두 가지를 끊임없이 묻고 생각하는 것이 브랜드 가치를 정립해 가는 과정이라고 얘기하고 싶고요. 그 다음 스스로 무엇이 부족한지를 알아야죠. 내가 뭐가 부족한가, 그걸 찾아야죠. 아무도 찾아주지 않더라고요. 사실 찾아서 알려주는 경우도 있는데, 우리는 남들이 해주는 충고에 귀 기울이는 걸 힘겨워하잖아요. 자기가 부족한 게 뭔지 찾겠다는 마음을 먹으면 그때부터 그런 말들이 귀에 들어와요. 그렇지만 그걸로는 안 돼요. 자신이 주체가 되어 적극적으로 찾는 과정이 필요하죠. 그래야 자기 브랜드가 되는 거니까요. 남들은 어떻게 하고 있나 구경 좀 해보세요. 내 친구는, 내 선배는 자신의 브랜드를 어떻게 만들어가고 있고, 어떻게 리모델링하는지 구경하다 보면 아이디어를 얻을 수 있을 거예요. 그런데 구경하라고 하니까, 남들을 따라하느라 바빠요. 그건 좋은 방법이 아닌 것 같아요. 우리가 성장하면서 부모님이 하는 걸 보고, 다른 사람들이 하는 것도 보면서 걷는 것도 배웠고, 밥 먹는 것도 배웠고, 말하는 것도 배웠고 다 배웠잖아요. 따라하면서도 자기 걸 찾아가는 과정. 모방과 창조의 관계 같은 거죠. 재미있게 구경하고, 관찰해서 내 브랜드를 만드는 데 아이디어를 얻으면 좋을 것 같아요. 구경이라는 건 망원경 같은 걸로 넓게 본다는 뜻이고, 관찰한다는 건 현미경으로 깊게 본다는 의미라고 보시면 될 거예요. 넓게 보고 깊게 보는 걸 적절하게 사용해서 계속 찾아가는 과정 자체가 삶, 여기서 말하는 나라는 브랜드 만들기인 거죠.

때로는 시간이 약이다. 견디면 이긴다

우리는 뭐든지 너무 빨리 해내고 싶어 해요. 빨리 뭔가를 만들고 싶고, 내 손에 뭔가 쥐어지길 바라죠. 20대 때 저도 그랬어요. 생각해 보니 30대에도 그랬던 것 같아요. 좀 더 빨리 인정받고 싶어서 '최초의 여성'이라는 타이틀을 달고 싶었죠. 여자도 할 수 있다는 것을 인정받고 싶었어요. 그때는 시간이 해결해 준다는 걸 몰랐던 거예요. 물론 그저 시간이 흐른다고 해결해 주는 것은 아니고요. 나의 의지와 노력과 실천이 개입됐을 때 가능한 일이지요. 너무 조급하게 생각하지 마세요.

마지막으로 이 얘기를 전해 드리고 싶어요. 살다 보니 내 의사와 상관없이 세상에 던져진 것 같다는 느낌이 들 때가 있잖아요. 보통 자기연민에 빠질 때 그런 생각이 찾아오죠. 개인에 따라 지금의 모습이 좋을 수도 있고, 안 좋을 수도 있잖아요. 그런데 지금의 모습 그 자체가 나에게 새로운 브랜드를 만들어볼 수 있는 기회로 주어진 것이잖아요. 그러니까 나에게 새로운 브랜드를 리모델링할 수 있는 무한 기회를 제공해 주신 부모님이나 그런 여타의 존재들에게 감사하는 마음이 생겼을 때, 그때 정말 'I'm Ready.' 준비된 상태라는 걸 얘기해 드리고 싶어요.

저 같은 경우에는 'Are you Ready?' 'Yes, I'm Ready'. 하는 데까지 44년이 걸렸거든요. 여러분은 저보다 훨씬 센스 있게 해내실 거라고 믿어요. 그것이 결국 시대적 진보라고 생각해요.

잠자고 있던 가슴을 뜨겁게 하는 것을 찾아서

이렇게 지금 강은옥이라는 브랜드에 대해서 여러분에게 이야기했는데요. 저는 앞으로도 '나'라는 브랜드 가치를 새롭게 끊임없이 만들어갈 예정입니다. 여기서 또 하나 중요한 게 뭐냐면, 내가 나라는 브랜드 가치를 아무리 높여도 KTX라는 브랜드가, 코레일이라는 브랜드가, 대한민국이라는 브랜드가 크지 않으면 '나'라는 브랜드는 의미가 없다는 거예요. 이 말은 개인의 브랜드 가치가 사실은 너무나 많은 것들과 연관되어 있다는 걸 알게 될 때, 다시 한 번 자기 브랜드 가치를 높일 수 있게 된다고 말씀드리고 싶습니다. 그리고 그랬을 때 환영받는 브랜드가 될 수 있으니까요.

제가 생각할 때, '나'라는 브랜드 만들기에 있어서 가장 중요한 건 탐구와 실천인 것 같아요. 먼저 '나'라는 브랜드의 가치에 대해서 고민을 해야 된다는 거죠.

나는 무엇을 원하는가? 무엇을 할 때 가장 행복한가? 지금 이걸 하다가 죽어도 좋아라고 느껴질 만큼 내 가슴을 뜨겁게 하는 게 뭔지 고민해 볼 필요가 있어요. 이것이 탐구의 과정입니다. 그리고 탐구해서 얻은 답이 있다면 실천해야죠. 탐구가 없는 실천은 맹목적이거나 무모하게 갈 가능성이 있어요. 반면에 실천이 없는 탐구는 몽상입니다. "'나'라는 브랜드 만들기"의 가치 핵심은 탐구와 실천이라고 생각해요.

꼼수 없이 진심으로
청춘을 응원하다

김용민
· 시사평론가 ·

때로 타인을 위해서 희생하고 헌신할 줄 아는 사람들은
자신의 삶에서 새로운 가능성과 또 다른 희망을 찾을 수 있는
자신만의 노하우를 얻을 수도 있습니다.
뜨거운 이타주의를 한 번씩 경험해 보십시오.
그렇게 해서 불이익을 당한다면 그것은 절대 불이익이 아닙니다.
그건 바로 '스토리'입니다.
스펙만 쫓지 말고
내 인생의 스토리를 직접 써보세요.

🎤 "하하하! 아이고, 안녕하십니까? 한 주 동안 별일 없으셨고?"

익숙한 남자의 목소리가 전방 50미터 안에서 들려오는 날, 대체로 목요일 오후로 기억된다. 한겨레신문사 5층에 자리 잡은 〈한겨레 TV〉 스튜디오에서 〈김어준의 뉴욕타임스〉 방송 녹화가 진행되는 날이다.

여기서 잠깐 프로그램 소개를 간략히 하자면, 〈김어준의 뉴욕타임스〉는 한겨레신문사 인터넷 방송인 〈한겨레 TV〉에서 제작하는 시사 프로그램이다. 2009년 6월 23일 첫 방송을 시작했다. 딴지일보 총수 김어준 씨가 진행을 맡았고, 시사평론가 김용민 씨와 정봉주(17대 국회의원) 전 의원 등이 함께 출연했다. (이 글을 쓰고 있는) 2012년 여름에도 개편을 거듭하며 〈김어준의 뉴욕타임스〉 시즌 3이 방송 중이다.

김용민 씨의 등장에는 늘 동행하는 존재들이 있었다. 덩치 큰 노트북 가방과 생수가 가득 담긴 1.5리터짜리 페트병이 바로 그것이다. 그러니까 그는 1.5리터짜리 생수병에 담긴 물을 단숨에 벌컥벌컥 마셔버리는 터프한 남자였다.

한겨레신문사 5층 입구에서부터 마주치는 사람들과 다정하게 인사를 나눈 그는 내가 상주하는 자리 왼편에 마련된 책상에 앉았다. 이제야 고백하지만, 영광이 아닐 수 없었다(김용민 씨를 소개하는 글을 쓰다가 잠시 왼쪽 책상 위를 보니 1.5리터 생수통이 홀로, 그를 기다리고 있군요).

사실 '김용민'이란 이름을 처음 듣게 된 건, 매일 아침 비몽사몽 일어나 볼륨을 키우는 어느 라디오 방송 프로그램에서였다. 아침 7시, (SBS 〈이숙영의 파워FM〉을 통해) 1시간 빠른 조간 뉴스를 브리핑해 주던 김용민 씨의 목소리를 듣고 '꽃미남'인 줄 알았다(라고 씁니다). 그리고 얼마 뒤, 〈김어준의 뉴욕타임스〉를 통해 직접 만나게 된 김용민 씨는 매일 아침 '꽃미남일 거야.'라며 예상했던 그 김용민 씨와 똑같은 사람이었다는 사실을 확인했다. 그 순간의 놀람(?)은 여러분의 상상에 맡기고 싶다.

짧지 않은 시간 동안 가까이에서 만난 김용민 씨는 누구보다 대한민국에 살고

★ ★ ★

'이타주의'는
새로운 블루오션이 열리는 삶

반갑습니다. 시사평론가, 아! '생계형' 시사평론가 김용민입니다.

사실, 먹고 살기 위해서 시작한 일이었어요. 그동안 제가 했던 여러 가지 일과 많은 과거를 모두 들추기는 어렵겠지만, 당시엔 정말 취업이 안 됐습니다. 그래서 결국 프리랜서(Free lancer)의 길을 걷게 됐는데요. 말이 좋아서 프리랜서지 우리나라 현실에서는 '파리랜서'가 맞는 말입니다.

2013년이 되면 '파리랜서'로 살아온 지 10주년이 됩니다. 장구한 세월 동안 참 질기게 살아왔죠. 그만한 이유가 있었습니다. 제가 망하길 바라는 사람들을 위해서 '보란 듯이 성공해 보겠다.'라는 마음으로 살아왔는데요. 최근에 〈나는 꼼수다〉 때문에 소기의 성과를 달성하고 있는 것 같아요.

〈나는 꼼수다〉 토크 콘서트를 하러 공연장에 가면 3보 1배가 아니라, '3보 1사'를 경험합니다. 3보 1사가 뭐냐면, 세 걸음 걸으면 한 번 사인을 하게 되고 또 세 걸음을 걸으면 한 번씩 사진을 찍는다는 얘깁니다. 제 인생에 이런 날이 다 오네요. 〈나는 꼼수다〉를 사랑해 주시는 분들에게 정말 감사한 일이고요. 제가 망하길 바랐던 사람들이 다 봤으면 좋겠어요. 제 근황을 촬영해서 DVD로 보내주고 싶어요.

희망 없는 청춘에게 진 큰 빚

먼저, 참회합니다. 저는 청춘들에게 참 큰 빚이 있습니다.

2009년쯤으로 기억하고 있는데요. 20대들에게 희망이 없다는 말을 한 적이 있어요. 그 발언이 나간 뒤로 태어나서 여태 먹어온 욕의 다섯 배를 단기간에 들었던 것 같아요. 공식적인 자리를 통해 여러 번 사과하고 용서를 구했습니다만 아직도 욕먹고 있습니다.

제가 진심으로 사과하게 된 배경은 이 시대를 살아가는 20대 청춘들한테서 상당한 분노를 느꼈기 때문입니다. 분노의 표출을 통해서 세상을 바꾸려는, 이른바 변혁의 동력을 청춘들에게서 확인했던 것이지요. 꼭 그런 이유 때문만은 아니지만, 사실 "20대에게 희망이 없다."고 단정하는 것은 무리가 있었던 발언이었죠.

그 뒤로 오랜만에 다시 젊은이들 앞에 서서 이야기를 하는데, 아직도 마음의 빚이 남아 있습니다. 제가 이 시대를 함께 살아가는 청춘들을 사랑하고 응원한다는 사실을 진정성 있게 전할 방법이 뭘까 많이 고민했습니다. 열린 마음으로 들어주시면 감사하겠습니다. 그럼 본격적으로 이야기를 풀어볼까 합니다.

외모가 경쟁력! 동의하십니까?

오래전에 〈미녀들의 수다〉라는 텔레비전 프로그램에 출연한 한 여대생이 "키가 180센티미터가 안 되는 남성은 '루저'다."라는 발언을 했죠. 여러분은 어떻게 생각하세요?

키가 180센티미터 넘는 분은 한번 손들어 보세요. 아무도 없네요. 이런 루저들!

저는 이 여학생의 발언 중에서 '루저'라는 말보다 '외모는 경쟁력이 아닙니까?'라고 했던 게 더 충격적으로 다가왔습니다.

어느 여론조사의 결과를 보니까, 우리나라 대학생들의 대부분이 '외모는 곧 경쟁력'이라고 생각하고 있더라고요. 실제로 취업 준비생들이 스펙 쌓느라 눈코 뜰 새 없이 바쁜 외중에도 외모를 가꾸기 위해 신경을 많이 쓰는 것으로 알고 있습니다. 이미 사회생활을 시작한 직장인들도 승진을 위해서 외모를 가꾸는 분들을 종종 봅니다. 특히 스트레스 때문에 탈모로 고민하는 분들이 많은데, 탈모 방지를 위해서 애쓰는 중년들도 많죠.

어쨌든 '외모가 경쟁력'이 된 한국 사회, 슬프지 않습니까?

해마다 취업 시즌이 되면 보도되는 단골 뉴스가 있죠. 취업을 위해서 성형수술도 마다하지 않는다는 뉴스입니다. 수술대에 오르는 취업 준비생에게 성형수술을 결심하게 된 이유를 물으면 '미용' 때문이 아닌 경우가 많습니다. 먹고 살기 위해서 그야말로 '생계'를 목적으로 성형수술을 합니다.

"외모도 경쟁력이다."라는 말을 들으면서 많은 생각을 해봤어요. 외모가 경쟁력이 되면서 예쁘고 멋있어진 사람들이 많습니다. 내가 예쁘고 멋있어졌기 때문에 당연히 내가 만나는 연인이나 배우자감은 나의 외모와 상응해야 한다고 생각합니다. 그래서 일례로 남성의 배우자가 될 여성의 몸무게는 45킬로그램이어야 하고, 반대로 여성의 배우자가 될 남성의 키는 180센티미터가 넘어야 한다는, 좀 우스운 신체적 수치가 나온 것 아니겠습니까?

비참한 결과죠. 한 사람의 내면보다 '45킬로그램, 180센티미터'라는 신체적 수치를 기준으로 사람을 판단하는 현실은 가히 충격적이었습니다. 이런 모습은 우리 사회에 만연해 있는 '보상 심리'가 아닌가 싶습니다. 그러나 잘 드러나지 않는 심리죠. 이런 심리를 나쁘다고만 할 수 있을까요?

'품격' 있는 개인에게 사회는 무엇을 보상했나요?

왜 사람들의 마음속에는 이렇게 엄청난 '보상 심리'가 숨어 있는 걸까요?

한국에 살고 있는 많은 사람들은 공통의 경험을 갖고 있습니다. 대부분의 사람들은 성장 과정에서 부모님의 뜻에 따릅니다.

우리는 어린 시절, 어린이집이나 유치원에 보내지면서부터 공부를 시작합니다. 초등학교에 입학한 다음부터 내 옆에 앉아 있는 친구나 같은 교실에서 공부하고 있는 친구들은 치열한 경쟁상대가 됩니다. 한때 우리는 더 좋은 상급학교에 진학하기 위해서 선행학습을 받았습니다. 중학교를 마치고 고등학교에 진학하면 또 어떻습니까?

많은 부모들은 내 자식이 소위 말하는 명문대에 진학하길 원합니다. 그렇게 부모와 자식은 동시에 입시 지옥으로 뛰어듭니다. 그렇게 해서 간신히 대학에 합격하면 그 다음엔 또 뭐가 기다리고 있습니까?

바늘 구멍만한 취업의 관문을 통과하기 위해서 또 학점 경쟁, 스펙 경쟁에 돌입합니다.

이렇게 20년의 장구한 세월 동안 '품격' 있는 나를 만들기 위해서, 자신의 상품성을 높이기 위해서 애를 씁니다.

그렇다면 사회는 개인에게 그에 상응하는 보답을 해야 하지 않을까요?

많은 사람들이 이런 보상 심리를 갖는 게 잘못일까요?

어쩌면 그런 보상 심리를 갖게 되는 게 당연하다고 봅니다.

분명한 것은 기성세대들이 이런 상황을 만드는 데 한몫을 했습니다. 20대가 젊은이답지 않다고, 너무 계산적이고 속물적이라고, 어리석다고 비판하는 기성세대의 인식이 더 잘못되었다고 생각합니다.

청춘에게 '불안'을 안겨주는 사회

지금 우리 사회는 20대들에게 어떤 보상을 해주고 있습니까?

여러분은 한국에 살고 있는 20대가 몇 명이나 되는지 아세요? 약 700만 명쯤 됩니다. 그럼 이 중에서 대학생은 얼마나 될까요? 300만 명이 조금 안 됩니다.

대학을 졸업할 때쯤 많은 학생들이 취업 전선에 뛰어듭니다만, 취업이 안 된 사람들이 있습니다. 약 20퍼센트 정도의 청년들이 취업하지 못한 상황에 처해 있습니다. 당사자들에겐 참 비극이죠. 그런데도 정부는 20대 실업률이 3퍼센트라고 주장합니다. 쉽게 말해, 100명 가운데 3명만 쉬고 있다는 거예요. 통계를 축소한 겁니다. 국민들을 속이고 있는 것이죠. 어떻게 이런 결과가 나왔을까요?

취업을 하기 위해서 여러 번 도전하고 또 도전하다가 결국 구직 활동을 단념한 청년들이 있습니다. 청년 실업률에서 이렇게 구직 활동을 포기한 '구직 단념자'를 뺐어요. 20대 실업률이 3퍼센트라고 발표한 정부는 통계를 축소해 20대들의 고충도 축소시켜 버린 것이죠.

우리나라의 임금 노동자는 약 1,600만 명쯤 된다고 하죠. 이 중에서 비정규직의 비율은 얼마나 될까요? 절반입니다. 800만 명쯤 돼요. 나머지 800만 명이 정규직이라고 하는데, 사실 정규직으로 일하는 사람들도 언제 어떤 방식으로 해고될지 모르는, 그야말로 고용 불안 상태에 놓여 있습니다.

20년이 넘는 세월 동안 자신의 상품성을 높이기 위해 노력하고, 땀을 흘리며 자신을 경영해온 20대들에게 우리 사회가 도움을 준 것이 아무것도 없어요. 대학에 열심히 다닌다고 등록금을 챙겨주는 것도 아니에요. 비싼 등록금 때문에 아르바이트 자리를 구하랴, 공부하랴 고민이 많은 청년들을 위해서 '반값 등록금'을 시행해야 한다고 말하면 '좌파'로 낙인찍힙니다. 그런데 '반값 등록금'이라는 공약을 내세운 사람이 누구입니까?

바로 이명박 대통령입니다.

한국 사회는 청년들에게 어떤 보상도 해주지 못하면서 갈수록 더 큰 불안만 안겨줍니다. 비싼 등록금, 불안정한 일자리, 또 국가가 경제 위기에 처해 있을 때, 청년들에게 희생을 강요하고 있습니다. 저는 이런 현실이 너무 화가 납니다. 청년들이 이렇게 힘든 상황에 놓여 있는데, 기성세대들은 아무런 희망도 제시하지 못하고 있습니다.

푸대접 속에서 우리 20대들이 지금까지 참고 또 참아 왔습니다. 보다 못한 학생들이 거리로 나와서 반값등록금을 요구하는 집회를 열면 그런 학생들을 경찰이 연행해서 겁을 주고, 또다시 거리에 나오지 못하도록 합니다.

기성세대들의 답이 없는 가운데 청춘들이 자신의 삶을 위해서 보상 심리를 갖게 되는 걸 무조건 나쁘다고 생각할 수만은 없는 일이죠.

자, 그렇다면 기성세대들이 뭔가 답을 줄 때까지 가만히 앉아서 기다려야 할까요?

사회에서 뭔가 보답이 있을 때까지 지켜보고 있어야 할까요?

저는 그렇지 않다고 생각합니다. 이런 상황에 얽매여 있다 보면, 더 넓은 세상으로 나가지 못합니다.

'까임 방지권'이 실종된 사회

제가 참 존경하는 20대 청년 한 분이 있습니다.

중앙대학교 독어독문학과에 재학 중이었던 노영수 씨라는 학생입니다.

이 친구는 다른 학생들이 군대에 다녀와서 졸업을 하는 나이에 뒤늦게 입대해서는 스물여덟 살에 복학했습니다.

2008년 두산그룹이 중앙대학교를 인수했습니다. 그 뒤로 강도 높은 학과 통폐합 구조조정을 추진한 결과, 2010년에 18개 단과대학을 10개로, 77개 학과를 47개로 통폐합했어요. 그 과정에서 일본·중국의 언어와 문화를 다루는 학과는 아시아문화학부로, 독일·프랑스·러시아의 언어와 문화를 다루는 학과들은 유럽어문학부로 통합됐습니다.

노영수 씨는 효율성만 따지는 기업식 학과 구조조정에 반대하며 크레인에 올라가 고공 농성을 벌이다 퇴학을 당했습니다.

여러분, 20대의 특권이 뭘까요?

제가 생각하기에 20대에게는 '까임 방지권'이 있습니다. 제가 생각하는 '까임 방지권'이 뭐냐면, 20대는 살인이나 강간 등 타인의 생명과 인권을 해치는 범죄가 아닌 이상, 어떤 잘못을 해도 용서해 줄 준비가 되어 있어야 한다는 겁니다.

댄스 그룹 DJ DOC의 김창렬 씨 같은 경우에 피가 끓던 20대 청춘 시절 폭행 시비로 여러 차례 경찰서에 불려갔지만, 반성할 시간과 기회를 줘서 훈방이 된 경우도 있었어요. 왜 그랬겠어요?

이 청년이 어린 나이에 객기를 부릴 수도 있는 것 아닌가. 기성세대가 좀 더 너그럽게 이해해 줘야지 하는 분위기가 있었다고요. 다시 말해, 이 사회에서 구조적으로 용서해 줄 준비가 되어 있었습니다. 그런 사회적 분위기가 있었기 때문에 과거에 386선배들의 민주화 투쟁이 가능했던 것이 아닌가 싶습니다. 그래서 당시에 많은 청년들이 거리로 나와서 사회정의와 분

배정의를 위해서 싸웠던 것 아니겠어요?

앞서 말씀드렸지만, 노영수 씨 같은 경우에는 퇴학을 당했어요. 아마 어마어마한 금액의 손해배상 청구 소송도 당했을 거예요. 자신이 옳다고 생각하는 일에 대해 스스로 목소리를 낸 20대 청년을 용서해 주기는커녕, 그의 삶을 극단으로 몰아갔습니다. 대체 교육자라는 분들이 어떻게 이런 짓을 할 수 있을까요?

어느 날 갑자기 내가 소속되어 공부하는 학과가 없어진다고 하는데, 내가 공부하는 학과가 인기가 없다는 이유로, 취업이 잘 안 된다는 이유로 사라진다고 하는데 맘 편히 받아들일 학생이 있을까요? 기초학문을 홀대하는 대학을 상대로 관련 학과에 소속된 학생이 학과 통폐합에 반대한다는 의견을 표출하는 게 그렇게 잘못된 일일까요?

자신의 의견을 말하지 않고, 가만히 앉아 있는 학생들이 더 이상한 것 아닙니까?

제가 중앙대학교와 노영수 씨의 기나긴 싸움을 지켜보면서 느낀 게 있어요. 이제 노영수 씨는 한국에서 영원히 대기업에는 취업하지 못하겠구나 하는 거였어요. 한국의 자본 체계를 완전히 뒤엎지 않는 이상, 자신이 얻을 이익만 생각하는 자본가들로 즐비한 이 땅에서 당당히 목소리를 냈던 용감한 학생에게 과연 대기업 취업이 가능하겠습니까?

대기업을 운영하는 한국의 재벌들은 노영수 씨와 같은 학생을 이렇게 생각하고 있지 않을까요?

'저 학생 말이야. 나이도 어린 게 어디 버릇없이 학교 이사장에게 덤비나. 자신의 권리를 주장하는 학생을 어떻게 우리 회사에 받아들이겠나.'

아마 이렇게 생각하고 있을 겁니다.

자, 그럼 이런 현실 앞에서 낙담을 해야 할까요?

사실 이런 두려움 때문에 대학생들 중 상당수는 불의를 보고도, 내 삶에 불이익을 주는 문제라도 망설이는 경우가 많습니다. 만약 바른말을 했다가 행여 내 스펙에 빨간 줄이라도 그어지면, 나중에 취업을 못하는 건 아닐까 전전긍긍하며, 대중 속에서 익명성을 유지하고 있습니다. 이런 고민을 하고 있는 친구들을 참 많이 봤습니다.

어쩌면 그런 친구들이 생각하기에, 노영수 씨는 뭘 잘 모르는 철없는 친구이거나, 정말 의지가 투철한 친구라는 둘 중 하나의 평가로 갈리겠죠. 그러나 저는 그렇게 생각하지 않습니다.

노영수 씨와 박용성 중앙대학교 이사장은 동급입니다. 노영수 씨는 학과 구조조정의 부조리함을 느끼고 자신의 온몸을 던져 싸웠습니다. 중앙대학교가 학과 구조조정을 단행한 지 오랜 시간이 지났지만, 지금까지도 학교와 학생 사이의 마찰이 끊이지 않고 있습니다. 많은 학생들의 반발에도 불구하고 대학 측은 '효율성'과 '경쟁력'을 내걸고 팽팽히 맞서고 있는 상황이죠.

당당하게 목소리를 냈더니, 조용기 목사와 나는 동급!

저는 오래전에 극동방송이라는 보수적 성향의 개신교 방송에서 일을 했습니다.

당시 순복음교회 조용기 목사에 대해 비판하는 글을 썼다가 해고를 당했습니다. 교회 헌금이 들어간 비용을 가지고 음란한 내용으로 물의를 빚는 스포츠신문을 낸 것을 두고 일침을 가했던 것이지요. 해고를 당하고 나서 얼마 뒤, 어느 행사에 참석했습니다. 조용기 목사의 측근으로 예상되는 분이 저한테 와서 갑자기 험한 말을 하기 시작했어요. 이런 말을 하더라고요.

"김용민, 너 조용기 목사하고 동급이 되려고 그러는 거지?"

처음엔 이게 무슨 소린가 싶어 기분이 영 좋지 않았습니다. 나중에 시간이 좀 지나서 든 생각인데, 나는 조용기 목사의 잘못된 행위를 비판했다가 결국 회사에서 해고됐지만, 나와 조용기 목사는 같은 급이 되었다는 걸 느끼게 되었어요. 물론 조용기 목사는 인정하지 않겠지만, 많은 교인들이 인정했습니다. 김용민이란 친구가 조용기 목사보다 낫네. 이 사건으로 인해 저는 도덕적인 우월성을 지니게 된 거죠.

그 뒤로 또 하나의 에피소드가 있었습니다.

2003년 2월, 이제는 고인이 된 노무현 대통령이 취임을 앞둔 시점이었어요. 노 대통령 취임 이후 한미관계가 틀어지게 됐다고 판단했던지, 그 많은 보수 성향의 교인들이 교회 버스를 동원해서 서울광장에 모여 시위를 했어요. 저는 화가 났습니다.

당시 함께 교회 다니고 있던 청년들 중 몇 명이 보수 성향의 기독교인들이 벌이는 시위에 문제가 있다고 판단해 시청 광장을 마주보는 대한문 앞에서 시위를 벌였습니다. 다음날 신문에 똑같은 크기의 사이즈로 보도가 됐어요. '서울 광장 앞에서 갈라진 좌우 기독' 이렇게 말이죠. 대한문 앞의 우리 청년들은 고작 열 명쯤이고, 반대편 서울 광장 안에는 만 명쯤 인원이 동원되었는데, 동급으로 취급되었던 거죠. 뒤늦게 중요한 사실을 깨달

있습니다. 그런데도 저는 과거의 방식대로 직장을 구하려고 했죠.

생긴 대로 살자!

노동자의 권리를 인정하지 않는 저열한 자본가 밑에서 밥벌이하기는 글렀던 시절이었지만, 저는 그때까지도 자각하지 못했어요. 그래서 방송국에서 해고되고 나서 다른 방송국에 들어가려고 입사원서를 무지하게 써댔는데, 면접 때마다 물어보는 거예요.

"김용민 씨, 노조에 대해서 어떻게 생각하십니까?"

당시에 지원하는 회사마다 이미 저에 대한 정보를 다 파악하고 있는 거예요. 노조에 대한 생각을 집중적으로 물었습니다. 다섯 번 쯤 면접을 봤던 것으로 기억하는데, 네 번 다 똑같이 말했습니다.

"회사에 노동조합은 당연히 있어야 되는 거 아닙니까? 건강하고 투명한 경영을 위해서 노조와 사용자가 동반자가 되어야 한다고 생각합니다."

그때 저는 나름대로 사용자의 입장도 고려해서 얘기한 건데, 어디에서도 합격 통보를 받지 못했습니다. 마지막으로 면접을 봤던 회사는 정말 일하고 싶었던 곳이었습니다. 그런데 아니나 다를까 거기서도 똑같이 물어봤어요. 노동조합에 대해서 어떻게 생각하냐고 하더군요. 그때 저는 거짓말을 했습니다. 전 직장에서 노조 활동을 할 때, 일반 노조원이었을 뿐이라고 말했죠. 사실, 저는 노동조합의 필요성을 느껴서 사람들을 모으고 노조를 만드는 데 앞장섰는데, 마지막으로 면접을 본 회사에서 정말 일하고 싶어 사실과 다른 얘기를 한 것이지요.

첫 직장을 다닐 때, 결혼하고 신혼여행을 갔다 와보니까 제가 구조조정 대상이 되어 있더라고요. 저도 먹여 살려야 하는 가족이 생겼고 나도 먹고 살아야 하는데, 그야말로 눈앞이 캄캄했죠. 면접을 보고 나서 돌아오는데 스스로 얼마나 부끄럽던지, 그때 그 모욕감을 잊을 수가 없어요. 스스로 '셀프 그레이트 빅 엿'을 먹은 거죠.

시간이 지나도 이 모욕감 때문에 참을 수가 없는 거예요. 그 뒤로 '생긴 대로 살자.'고 다짐했습니다.

그때부터 자본 집단에 들어가 상사의 눈치를 보면서 회사 다니고 그러지는 말자고 결심했어요. 그렇게 해서 '프리랜서' 10년의 세월을 맞이하게 되었습니다.

이타주의, 나만의 새로운 블루오션이 열리는 삶

저는 그렇게 생각해요. 더 나은 사회를 위해 옳은 소리를 하다가 피해를 입고 생계를 이어갈 수 없을 정도로 곤궁한 처지가 된다고 할지라도, 이 사회는 결코 여러분을 버리지 않는다! 이 얘기를 하고 싶습니다. 제게도 노영수 씨에게도 새로운 기회의 땅이 펼쳐졌습니다.

우리는 스스로에게 부끄럽지 않은 도덕적인 우월성을 갖고 있고, 일정 부분 인정을 받았어요. 그리고 더 나은 사회를 만들기 위해 대안을 찾고 있기 때문에 그 뜻을 함께하는 좋은 동료들이 점점 더 많이 생기고 있습니다. 지난 수십 년의 세월을 그렇게 살아왔습니다. 살만 합디다! 그러다 〈나는 꼼수다〉로 3보 1사의 영광도 누리게 되고 말이죠.

제가 우리 청춘들에게 꼭 하고 싶은 말은 바로 이겁니다.

여러분도 보상을 원하십니까?

스스로 생각하기에 옳은 길을 가고 싶은데, 바른 이야기를 하고 싶은데 보상이 없다면 어쩌지 하는 이런 공포심과 두려움이 있지 않습니까?

두려워하지 마십시오. 열린 마음으로 주변을 바라보면 더 좋은 사회를 만들기 위해 건강한 마음을 갖고 살아가는 사람들이 많이 있어요. 이타주의(利他主義)적인 생각과 행동을 하게 된다면 분명 그에 상응하는 이 사회의 보답이 있을 겁니다. 새로운 기회의 땅이 바로 그것입니다. 공포감에 쫄지 마세요. 제가 요즘에 캐럴송 하나를 개발했습니다.

"쫄면 안 돼, 쫄면 안 돼……."

마음 졸일 필요가 전혀 없습니다. 우리 사회의 많은 자본가들이 돈을 쥐고 이 사회의 시스템을 흔드는 것 같지만, 인간의 마음속에는 여전히 사회의 정의를 회복하기 위한 욕구가 꿈틀거리고 있고요, 이 땅의 정의를 구현하려는 용사들에 대해서 존경할 마음을 갖고 있습니다.

여러분 마음속에 이타주의적인 생각을 키워 보세요. 그리고 아무래도 방학 중에는 시간적인 여유가 있지 않습니까? 방학 동안에 청년들이 이타적인 활동을 했으면 좋겠어요. 물론 등록금을 마련하기 위해서 또 아르바이트 전쟁이 뛰어들어야 하는 청년들이 많겠죠. 생계를 고민하는 청년들에게 이타적인 활동을 하시라고 제안할 수는 없을 것 같습니다. 그러나 조금이라도 시간을 냈으면 좋겠습니다.

부모님이 도와주셔서 등록금 걱정을 안 하는 청년들이 있다면, 전적으로 헌신해 다른 사람들을 이롭게 하는 행동을 한번 해보십시오. 이를테면 환경·평화·정의·통일뿐만 아니라 정치개혁, 반값등록금 투쟁 등에 벗이 되어 주시고 힘이 되어 주세요. 이게 바로 이타주의 아니겠습니까?

때론 타인을 위해서 희생하고 헌신할 줄 아는 사람들은 자신의 삶에서 새로운 가능성과 또 다른 희망을 찾을 수 있는 자신만의 노하우를 얻을 수도 있습니다.

뜨거운 이타주의를 한 번씩 경험해 보십시오. 만약 그렇게 해서 불이익을 당한다면 그것은 절대 불이익이 아닙니다. 그건 바로 '스토리'입니다. 스펙만 쫓지 말고 내 인생의 스토리를 직접 써보세요.

그렇게 청춘의 부흥기를 만들어 봅시다. 요즘 우리 청춘들이 도서관에서만 살고 있으니까, 존재감을 못 느껴요. 그래서 우리 각하께서 신경을 안 써요.

대통령이 공약으로 내세웠던 '반값 등록금' 문제도 사과받아야 하는 일입니다.

"약속을 못 지켜서 죄송합니다." 하고 고개 숙여 사죄해야 할 판에 그런 말을 하지 않았다고 발뺌합니다. 청년들을 얼마나 우습게 생각했으면 그랬겠어요. 청춘이 무서워야 세상이 바뀝니다. 이타주의로 똘똘 뭉쳐 보십시오.

이타주의로 무장된 청춘, 업그레이드된 청춘, 이런 청년들이 세상을 바꿀 수 있습니다. 여러분이 그 출발점이 되어 주시길 바랍니다.

'문화'라는 도구로
세상에 저항하다

탁현민
· 공연 연출가 ·

대중문화가 본질적으로 갖고 있는 특징 중에 하나가 바로 '저항성'입니다.

대중문화가 개인을 억압하는 것에 대해서 불복종하거나
저항해야 한다고 했을 때,
무슨 문화가 그래야 되냐고 하는 사람들이 꽤 있을 겁니다.
무겁고, 딱딱한 이야기 말고,
문화는 그 자체로 즐겁고, 재밌고, 행복한 얘기만
해야 된다는 사람들이 분명히 있어요.
하지만 대중문화의 저항성은 오랜 역사가 있을 뿐만 아니라
우리가 사는 이 시대, 그 이전 시대에도 분명히 확인됐던 겁니다.

🎤　홍대 라이브신을 중심으로 활동하는 인디밴드를 만나 그들의 음악을 소개하고 인터뷰 했던 프로그램 〈착한 콘서트, 두드림(Do Dream)〉에 마침표를 찍었다. 3년 가까이 남다른 애정을 갖고 제작한 프로그램이었던 터라 예상치 못했던 후유증이 찾아왔다.

새로운 프로그램을 기획해야 하는데, 도무지 아무런 생각이 떠오르지 않았다. 요즘 유행하는 말로 '멘붕'이었다. 그 와중에 참 좋아하지만, 늘 부탁만 해서 미안한 선배의 얼굴이 떠올랐다. 그는 불세출의 공연 연출가이자 성공회대 겸임교수인 탁현민 씨다.

그를 찾아가 다짜고짜 말했다.

"(물론 미안한 마음으로) 새로운 아이템이 필요합니다. 아이디어 좀 주세요."

돌아온 답은 그랬다.

"너 좀 더 놀아야겠다."

소소한 이야기를 나누던 중에 그는 또 한마디를 툭 던졌다.

"대학생이나 20대들이 직접 나와서 자신들의 이야기를 할 수 있는 그런 장을 만들어봐."

냉큼 받아 적었다. 그의 이야기는 〈Dear 청춘〉을 만드는데, 결정적인 모티브가 됐다. 앉으나 서나 섭외 생각으로 주말에도 예외 없이 '섭외의 달인'이 되어야만 했던 어느 날. 문득 생각이 난 그 사람! 오래전부터 섭외 리스트에 올려둔 '탁빛' 연사가 있었으니, 바로 탁현민 씨였다.

그를 섭외한다고 했을 때, 주변의 많은 여성 동지들이 흐뭇한 미소를 지었다.

섭외 요청 차, 오랜만에 전화를 걸었다.

"요즘 좀 바쁜데…… 어떤 얘길 하면 될까?"

나는 알고 있었다. 말하지 않아도 응원해 주고 있다는 걸, 뜨거운 마음으로 청년들과 나눌 이야기를 들려줄 거라는 걸.

탁현민 교수는 이 시대의 문화에 대한 분석으로 이야기를 시작했다. 대중이 문화를 향유하는 시대, 그에게 '저항성'은 대중문화의 본질에 가깝다. 그에게는 분명한 소신이다.

그는 윤도현 밴드, 김C(뜨거운 감자), 정태춘과 박은옥, 강산에, 들국화, 신해철, 이은미 등 내로라하는 가수들의 공연을 도맡아 만든 것은 물론 2010년부터는 토크 콘서트, 정치 콘서트, 스피치 콘서트 등 공연의 새로운 장르를 앞장서 개척했다. 김제동의 토크 콘서트, 문정현 신부 헌정 공연 '가을의 신부, 길 위의 신부', 문재인의 『운명』 북콘서트 '우리들의 운명', 버라이어티 가카 헌정 공연 '나는 꼼수다' 등을 제작했다.

강연에 참석한 청년들은 탁현민 교수가 안내하는 대중문화의 흐름을 따라 웃고, 소통하며 '저항의 평원'을 함께 걸었다. 이제 당신과 함께 걸을 차례다.

★ ★ ★

한국의 '우드스탁' 안 되나요?

당신은 문화의 시대에 살고 있습니까?

반갑습니다. 아무래도 제가 공연 연출을 하고 있으니까 이와 관련한 이야기를 나눠보면 좋겠다는 생각을 했습니다. 그래서 '대중문화란 무엇인가'에 대해서 이야기를 해보면 어떨까 싶어요.

우리는 흔히 21세기를 문화의 시대라고 하잖아요. 동의하시나요?

'21세기는 어떤 시대입니까?'라는 질문을 던져보면 많은 학생들이 문화의 시대라는 이야기를 하기보다는 '정보화의 시대', '소통의 시대'라는 이야기를 많이 하는데요. 정보화든 소통이든 그 무엇이든 간에 결국 이 모두를 설명할 수 있는 단 하나의 단어를 찾으라면 그것은 결국 '문화'인 것 같아요.

그렇다면, 이전 시대는 '문화의 시대'가 아니었을까요?

지금 우리는 문화의 시대에 살고 있는 게 맞나요? 이런 생각 한번쯤 해 보셨어요?

'문화의 시대'는 무엇인가 고민하기 전에 과연 한 시대를 문화로써 이야기하는 것이 가능할까라는 것을 먼저 생각해 볼 필요가 있을 것 같아요. 그렇다면 본질적이고 근원적인 질문을 던질 수밖에 없죠. 도대체 문화란 뭘까요?

'문화가 뭐냐?'라는 질문을 하면 흥미롭게도 대부분 정면을 바라보면서 얘기하는 사람이 별로 없습니다. 기본 자세가 이래요. 고개를 45도쯤 들고 바라본 어디쯤이라고 생각합니다. 아래를 바라보는 사람은 아무도 없어요. 그건 정말 유의미한 행동이라고 생각해요. 왜냐하면 오랫동안 문화라는 것이 우리의 눈높이에 있거나 혹은 우리가 생각하는 것보다 쉬운(혹은 가벼운) 쪽에 있다고 생각하지 않았던 것 같으니까요.

대부분 저 멀리에서 반짝반짝하는 것이라고 생각하면서 살았던 게 아닌가 싶습니다. 그것은 문화와 예술을 동등하게 놓고 생각했을 때, 생겨날 수밖에 없는 필연적인 오해라는 생각이 듭니다.

일상생활의 모든 것이 문화

오랜 시간 동안 우리는 문화로부터 소외됐어요. 한편으로는 '예술이 곧 문화'라고 생각하면서 살았던 게 아닌가 싶습니다. 그것은 우리가 개인으로서 혹은 사회 구성원으로서의 문화적 필요나 요구들을 소비하거나 생산하면서 살았던 게 아니라, 단지 몇몇 사람들과 특정 계층만이 문화적인 것이라고 일컬어지는 예술 행위를 즐겼기 때문인 것 같아요.

우리가 떠올리는 문화인의 모습은 어떻습니까?

공연도 많이 보고, 음악도 많이 듣는 사람을 두고 문화적으로 충만한 삶을 살고 있다고 생각하잖아요. 그런 사람들을 두고 문화적인 삶을 사는 것 같다고 생각했고, 이렇게 오해들을 한다는 거죠.

처음부터 말씀드렸지만, 우리가 사는 이 시대에는 그런 예술까지 문화의 영역에 포함시킵니다. 다시 말해서 문화 전체가 예술보다 훨씬 더 넓은 범위의 무엇이라고 정의할 수 있다는 거예요.

여기서 잠깐, 문화라는 이름이 붙어서 어색한 것을 찾아보죠. 뭐가 있을까요?

방송 뒤에 문화를 붙여 봅시다. '방송 문화' 어색하지 않죠. 또 뭐가 있을까요?

음식 문화, 패션 문화 모두 어색하지 않습니다. 심지어는 화장실도 문화입니다. 그렇지 않은가요?

우리가 사는 일상생활의 모든 것이 문화입니다. 삶의 총체적인 것들을 다 문화라고 이해하더라도 하나도 어색하지 않습니다. 괜히 멋있어 보이거나, 옳은 것 같아서 문화라고 얘기하는 게 아니라, 실제로 우리가 사는 이 시대는 문화로서 설명이 될 수밖에 없는 시대인 것 같습니다. 그렇기 때문에 우리는 문화의 시대에 살고 있다고 정의할 수 있다는 거죠.

우리가 문화의 시대에 살고 있는 이유를 설명하고 있는데요, 이런 예를 들어볼게요.

한 시대를 살아가는 사람으로서 나에게 가장 필요한 것 중에 하나는 나의 정체성을 어떻게 규정(규명)하느냐가 아닐까 싶어요. 그것은 나와 타인과의 관계 혹은 개인적인 관계에서도 마찬가지라고 생각해요.

내가 과연 어떤 사람인지 정의하느냐에 따라 내 삶의 궤적이 달라지고 내 삶의 이유와 목적이 달라진다고 생각해요. 그만큼 자신의 정체성을 드러내는 일은 매우 중요합니다. 심지어 미팅이나 소개팅에 나가서도 자신의 정체성을 규정하는 건 아주 중요하죠.

우리가 어떤 상대방을 만났을 때, 상대 여성이나 남성을 계속해서 만나도 될지를 판단하는 데 솔직히 1분 정도밖에 안 걸리잖아요? 그 짧은 시간 안에 총체적으로 스캔이 되죠? 그리고 나머지 시간은 그다음 약속을 잡기 위해서 서로간의 예의상 벌어주는 시간이거나 혹은 빨리 그 자리를 빠져나가기 위해서 핑계거리를 찾는 절체절명의 시간이죠.

다시 말해 내가 마음의 드는 상대를 만났던 그 미팅이나 소개팅 자리에서 우리가 할 수 있는 최선의 방법은 가장 빠르고 분명하게 그나 혹은 그녀에게 내가 어떤 사람인지를 알려야 합니다.

탁현민 : (남성 관객에게) 여자친구 있어요? 어, 의외네요. 여자친구 어떻게 만나셨어요?

남성 관객: 페이스북을 통해서요.

탁현민: 아, 그래요? 역시…… (다른 여성 관객에게) 소개팅이나 미팅에 나가서 만난 사람이 있습니까? 아니, 그게 부끄러운 일이에요? 남자친구 있어요?

여성 관객: 없어요.

탁현민: 저런, 왜 없는지 잘 모르겠죠? 저는 알 것 같은데요. 웃자고 하는 진담이고요. 기분 상해도 어쩔 수 없고요. 짧은 시간 안에 나를 설명할 수 있는 좋은 방법을 찾아야 합니다. 상대가 나에게 지루함을 느끼기 전에 내가 얼마나 훌륭한 사람인지, 내가 얼마나 멋진 사람인지, 내가 얼마나 가능성 있는 사람인지를 설명해야죠. 동의하세요? 미팅이나 소개팅에 나가봤지만, 아직 남자친구를 구하지 못하셨다는 여성 관객에게 추가로 질문을 드리도록 하겠습니다. 당신하고 나하고 소개팅 자리에서 만났어요. 예를 드는 거니까, 너무 기분 나빠하지 마세요. 자, 비극적으로 당신은 내가 마음에 들어요. 그럼 어떻게 본인을 설명하겠습니까?

여성 관객: (가만히 앉아 웃음만)

탁현민: 상대방에게 내가 어떤 사람인지 얘기해 줘야 하잖아요. 그렇게 가만히 웃으며 앉아 있는 것도 하나의 방법이 되겠죠.

여성 관객: 제 취미를 이야기해 줄 것 같아요.

탁현민: 처음 만났는데 저는 취미가…… 이렇게 얘기하실 거예요? 그래서 아직 남자친구가 없는 거예요.

여러분도 한번 생각해 보세요. 마음에 드는 상대에게 어떻게 나를 설명할 수 있을까요?

어떻게 설명하면 짧고 분명하게 내가 어떤 사람인지에 대해서 이야기할 수 있을까요?

그것은 곧 나의 정체성을 이야기하는 것과 마찬가지죠.

스마트한 이 시대에 상대에게 나를 가장 잘 설득할 수 있는 방법은 일상적인 이야기를 나누는 것입니다.

내가 어떤 영화를 좋아하는지, 내가 어떤 음악을 듣는지, 어떤 책을 읽는지, 어떤 드라마를 봤는지, 어떤 옷을 입었는지, 어떤 생각을 하고 있는지 얘기하면 되는 거죠. 그것을 총체적으로 종합해 보면 앞에서 설명했던 그 문화라는 것이죠.

나를 설명하는데 있어서 나의 문화적인 코드를 이야기하면 가장 자연스럽게 상대방을 설득할 수 있기 때문에 우리는 문화의 시대에 살고 있다고 당당하게 얘기할 수 있는 겁니다. 이 두 가지 사례만 보더라도 우리는 문화의 시대에 살고 있는 게 분명합니다.

자, 그렇다면 '문화라는 것을 어떻게 정의할 수 있을까.'에 대한 답은 나왔다고 생각해요. 이제 다음의 이야기로 넘어가도록 하죠.

대중문화의 본질은 저항적이다?

문화는 우리의 삶 그 자체입니다.

우리가 대중으로서 소비하고 있는 문화적 본질 또는 문화적 특징은 무엇인가에 대해서도 한 번쯤 고민해 볼 필요가 있습니다. 그것은 '대중문화의 본질은 무엇인가.'라는 질문으로도 요약해 볼 수 있을 것 같습니다.

여러분께 여쭙죠. 대중문화의 본질은 뭘까요? 뭐, 그렇게 어렵지 않습니다. 우리가 일상적으로 소비하고 있는 문화가 갖고 있는 근본적인 것들이죠. 여러 가지 종류가 있겠지만, 음악을 예로 들어보겠습니다.

우리가 수많은 '걸 그룹(Girl Group)'에 열광하는 이유가 뭐죠? 그들의 수준 높은 음악성? 다들 왜 웃어요? 누군가에게는 상당히 불쾌한 웃음일 수도 있어요. 대중들이 걸 그룹의 음악을 좋아하는 이유가 기존의 음악 체계나 화성을 뛰어 넘는, 새로운 시도와 발견을 목적으로 하는 뉴 트렌드의 음악적 지향 뭐, 이런 걸까요?

물론 저는 아이돌 그룹이나 걸 그룹의 음악에 대해서 지독한 편견을 갖고 있는 사람입니다. 그래서 좋은 말을 하진 않아요. 그러나 제가 오늘 여러분께 말씀드리고자 하는 것은 그들의 음악적 지향이나 특징이라기보다는 '대중문화의 본질'이니까 그 점은 오해 없으시길 바라고요.

우리가 소녀시대나 걸 그룹에 열광하는 여러 가지 이유 중에는 드물게 수준 높은 음악적 취향도 있긴 하겠지만, 거의 대부분은 그들이 보여주는 관능적이거나 선정적인 모습이라고 생각해요. 저는 그것들이 대중문화의 가장 큰 본질이라고 생각합니다.

대중문화는 선정적이고 관능에 약하지만 이것을 추구하기도 한다는 것이죠. 만약에 소녀시대가 버선을 신고, 발목까지 내려오는 한복을 입고, 족두리를 쓰고 그랬다면 우리가 과연 이렇게 열광할 수 있었을까요? 상당히 의심스러운 대목이죠.

대중문화의 본질에는 또 뭐가 있을까요? 아직 한 가지가 남아 있습니다. 오늘 제가 가장 강조하고 싶은 이야기인 것 같아요. 대중문화가 본질적으로 갖고 있는 특징 중에 하나가 바로 '저항성'입니다. 학계에서는 인정하지 않지만, 저는 줄기차게 주장하고 있습니다. 대중문화가 갖고 있는 이런 '저항성' 때문에 어쩌면 저는 그러한 공연을 만드는 작업을 계속하고 있는지도 모르겠어요.

그럼 대중문화가 갖고 있는 이 저항성이라는 것을 어떻게 확인할 수 있을까요?

우리가 대중문화를 선정적이라고 이야기했을 때, 그것에 대해서 부정하는 사람은 극히 드물거나 없다고 봐도 무방하죠. 대부분의 사람들은 대중문화의 선정적인 욕망들에 대해서 부정하지는 않거든요.

그러나 대중문화가 개인을 억압하는 것에 대해서 불복종하거나 저항해야 한다고 했을 때, 무슨 문화가 그래야 되냐고 하는 사람들이 꽤 있을 겁니다. 무겁고, 딱딱한 이야기 말고, 문화는 그 자체로 즐겁고, 재밌고, 행복한 얘기만 해야 된다는 사람들이 분명히 있어요.

하지만 대중문화의 저항성은 오랜 역사가 있을 뿐만 아니라 우리가 사는 이 시대, 그 이전 시대에도 분명히 확인됐던 겁니다.

문화를 되찾기까지 험난했던 여정

사실 우리가 대중으로 살기 시작했던 것은 그리 오래된 일이 아닙니다. '대중'이란 말의 출현 자체도 18세기 후반이나 돼서야 나온 말이죠.

그렇다면 그 이전 시대에는 대중이 있었을까요, 없었을까요?

사람은 있는데, 왜 없었겠어요. 대중을 어떻게 규정하느냐에 따라 다르겠지만, 대부분의 역사학자들의 공통적인 견해는 프랑스 대혁명 이후에 대중의 존재가 부각되기 시작했다고 전합니다. 이건 제 견해가 아닙니다.

프랑스 대혁명 이전 시대에 존재했던 대중들은 분명히 있었으나, 그들이 즐겼던 문화와 삶은 기록되어 있지 않아요. 우리가 알고 있는 프랑스 대혁명 이전 시대의 문화라는 것은 그 시대의 권력을 가진 위정자들의 문화이거나 지배계급의 문화였습니다. 그 시대에 살았던 우리와 같은 평범한 사람들의 문화라는 것은 분명히 있었겠지만, 지금은 존재하지 않거나 아주 미약하게 남아 있겠죠. 어떻게 보면 그 시대의 대중문화는 존재하지 않았다고 해도 과언이 아닐 거예요.

우리는 프랑스 대혁명을 통해 인간으로서 갖추어야 할 가장 기본적인 권리인 참정권을 얻게 됐죠. 참정권은 한 개인이 스스로 삶의 미래를 결정할 수 있는 권리죠. 내가 내 삶의 미래를 결정할 수 있는 권리를 갖게 되면서부터 우리는 한 명의 대중으로 설 수 있게 되었어요. 그 뒤로 우리가 즐기고 느끼고 생각하는 것들을 하나하나씩 정리해 나가고, 기록하게 되면서 대중 문화라는 것이 생겼죠. 그리고 여기까지 흘러오게 되었다는 거예요.

저는 권력을 가진 계급들과 치열하게 싸웠던 저항의 역사를 통해서 우리의 문화를 회복할 수 있게 되었다고 봅니다. 그리고 이 점이 가장 중요하다고 생각합니다.

물론 그 이후에도 수많은 질곡의 역사가 있었죠. 대중문화는 아주 선정적이고, 퇴폐적으로 흘러갔던 적도 없지는 않습니다. 여전히 선정적인 콘텐츠들이 그렇지 않은 콘텐츠보다 훨씬 더 많은 것도 사실이지만, 우리의 문화에는 분명히 저항성이 담겨 있다는 겁니다.

금지하는 것을 금지한다

우리가 한 명의 대중으로서 자각하고 그 자각이 스스로의 문화를 만들어냈던 바로 그 시점부터 지금을 있게 한 역사적인 사건은 1969년 뉴욕주 북부의 한 농장에서 열렸던 '우드스탁 페스티벌'이라고 생각해요. 제가 만들고 있는 공연 연출의 어떤 모티브도 사실은 그쪽에서 나온 거나 마찬가지입니다.

1969년 8월 15일부터 3일간 열린 우드스탁 페스티벌에는 30만 명 이상의 사람들이 모였어요. 당대에 활발하게 활동했던 지미 헨드릭스(Jimi Hendrix)를 비롯해 많은 뮤지션들이 그 자리에 모여서 3일 간 쉼 없이 공연에 올랐죠. 뮤지션들이 그런 공연을 했다는 것도 중요하지만, 그런 콘셉트의 공연에 30만 명이 넘는 청춘들이 모였다는 것 자체가 그 무엇보다 감동적이었다고 생각합니다.

그들이 모였던 이유는 여러 가지가 있었죠. 당시 절정에 달한 반전운동이라든지 히피즘(Hippism)에 기반한 자유주의적 정서와 같은 열기가 그 많은 사람들을 모이게 한 큰 동기가 되었을 겁니다. 그러나 제가 주목하고자 하는 것은 우드스탁 페스티벌이 열리기 이전 해인 1968년 5월, 프랑스에서 학생과 근로자들이 연합해 벌인 대규모 사회운동인 '68혁명'에서 부르짖었던 슬로건입니다.

"모든 권력을 상상력에게"
"불가능한 것을 요구한다"
"금지하는 것을 금지한다"
"파괴의 열정은 창조적 희열이다"

여러 가지 슬로건 중에 지금 여러분과 제가 기억해 둬야 할 것은 '우리를 금지하려는 그 모든 것들을 금지하겠다.'는 것입니다. 이것은 68혁명의 가장 중요한 슬로건이었고, 바로 이 슬로건은 그 이듬해에 열렸던 우드스탁 페스티벌의 선전 구호가 됐습니다.

우드스탁 페스티벌은 대중문화의 본질에 숨겨져 있는, 대중들의 마음 깊은 곳에서 꿈틀대고 있는 그 저항성을 확인시켜 줬던 자리였다고 저는 믿고 있습니다.

아무도 하지 않는 공연을 만드는 연출가

최근 몇 년 동안 공연연출가로 살면서 여러 가지 고민을 하게 됐어요. 이를테면 내가 계속 즐겁고 행복하고 재미있는 공연만 만들어서 관객들이나 나 스스로에 어떤 위안을 얻고 사는 것이 맞을까. 어떤 순간에 이르러서는 이것만이 전부가 아니라는 결론을 얻게 됐습니다.

그 후 저는 가능하면 이 저항성을 모티브로 한 공연들을 만들어보고 싶었고요. 그것이 공교롭게도 고 노무현 전 대통령의 추모 공연 '다시 바람이 분다'부터 시작해서 4대강 반대 콘서트 '강의 노래를 들어라', 문정현 신부님을 위한 헌정 공연 '가을의 신부, 거리의 신부', 김제동의 토크 콘서트, 문

재인의 북콘서트, 최근에는 버라이어티 가카 헌정 공연 '나는 꼼수다' 공연
까지 연출하게 됐던 가장 큰 동력이었던 것 같아요.

공연을 만들 때, 어떤 확신이 없으면 안돼요. 제가 생각하는 확신은 두
가지입니다.

하나는 관객들이 이것을 보러 올 것이라는 확신이고요. 또 다른 하나는
공연을 만드는 사람으로서, 창작자로서 내가 만들어내는 작품에 대한 확
신입니다. 전자와 후자가 같이 있으면 성공이라고 생각해요. 그러나 후자
만 얻게 된다면, 그건 상업적인 성공이지 예술적인 성공이나 작품으로서
성공은 아니라고 생각합니다. 반대로 관객들이 오지 않는다면, 예술적으로
의미가 있을지는 모르지만 대중들을 설득하는 데 있어서는 실패한 공연이
될 수밖에 없겠죠.

선택이라고 생각했어요. 연출가로서 선택할 수 있는 것은 대중문화가 갖
고 있는 여러 가지 모습 중에서 저항성에 집중하고 그것을 콘텐츠로 만들
어 냈을 때, 우드스탁에 30만 명 이상이 모였던 것처럼 어쩌면 우리 시대
의 대중들도 그러한 저항성에 주목하고, 함께 즐길 수 있는 시간이 만들어
지지 않을까라는 생각을 하게 됐습니다.

그것이 불세출의 공연연출가가 불세출하려고 노력하는 것 중에 하나입
니다.

문화의 시대에 대중문화의 본질 중 하나인 저항성을 모티브로 하는 공
연들을 통해서 여러분과 제가 만나고 있고요. 공연 이후에도 우리들의 삶
이 문화적 저항성을 통해서 만들어진 풍부한 대중문화와 더불어 우리 스
스로의 문화를 만들어가는 일로 계속 이어지기를 바랍니다.

한 시대를 살아가는 사람으로서 나에게 가장 필
요한 것 중에 하나는 나의 정체성을 어떻게 규
정하느냐가 아닐까 싶어요. 그것은 나와 타인과
의 관계 혹은 개인적인 관계에서도 마찬가지라
고 생각해요. 내가 과연 어떤 사람인지 정의하느
냐에 따라 내 삶의 궤적이 달라지고 내 삶의 이
유와 목적이 달라진다고 생각해요.

음악으로
세상과 소통하다

이한철

· 뮤지션 ·

여러분은 어떤 속도로 살고 있나요?
이왕이면 정해진 시간에 더 많이 보고,
더 빨리 가는 삶을 원하시나요?
아니면 조금 오래 걸리더라도
천천히 두리번거리면서
나무도 보고 지나가는 사람들과
인사도 나누는 그런 삶을
원하시는지 한 번쯤 생각해 봤으면 좋겠어요.

 아마도 늦은 여름이었을 거다.

'○○○ 채용에 응해주셔서 감사합니다. 보내 주신 이력서와 자료는 꼼꼼하게 검토했습니다만, 좋은 소식을 드리지 못해 아쉽습니다.'

하필 그날 버스 기사님이 볼륨을 높인 라디오에서 이 노래가 흘러나왔다.

"괜찮아~ 잘 될 거야. 너에겐 눈부신 미래가 있어……."

〈슈퍼스타〉가 흐르는 동안, 나는 창밖을 보며 닭똥(?) 같은 눈물을 흘리고 있었다. 그 뒤로 '닭똥'만한 크기의 눈물은 기본이요, '소똥'만한 눈물을 흘릴 일도 참 많다는 걸 살면서 몸소 경험하고 있는 중이다. 대학교 4학년, 취업을 결심한 뒤로 나 역시 '서류만 30번 낙방' 대열에 합류했다. 매일매일 땅이 꺼질 것처럼 한숨이 쏟아져 나왔다. 불안하고, 피곤하고, 머리가 아프고, 외로울 때, '음악'은 깊은 위로가 되었다. 365일, 24시간 항시 대기하다가 부르면 언제나 귓구멍으로 달려와 마음을 달래주는 좋은 친구가 되어주었다. 그 시절 이한철 씨는 변방에서 온 소녀(?)의 '절친'이 되었다. 전 국민 '격려송' 〈슈퍼스타〉로 대중의 큰 사랑을 받았던 이한철 씨는 1994년 MBC 대학가요제에서 대상을 받아 가요계에 입문했다. 그 뒤로 언더와 오버, 솔로와 밴드를 끊임없이 넘나들며 독특한 음악 세계를 만들어 온 한국의 대표적인 싱어 송 라이터다. 1995년 포크와 하드록 사운드를 구사한 밴드 '지퍼', 펑크와 라틴 음악으로 융합한 '불독맨션', 싱어 송 라이터 프로젝트 밴드 '주식회사'까지 다양한 장르의 밴드를 결성해 폭넓은 음악적 스펙트럼을 선보였다. 2009년 봄, 15년 동안의 수많은 음악적 실험을 거쳐 만든 솔로 정규 3집 〈순간의 기록〉을 발매하며 본격적인 '이한철표 음악'을 선보였다. 2012년 여름에는 미니앨범 〈작은 방〉을 발표했다. 나는 이한철 씨가 작사·작곡한 많은 노래의 가사를 외워서 부를 만큼 그의 노래를 참 좋아했고, 지금도 여전히 좋아한다.

2009년 늦은 여름, 나는 취재라는 다소 근사한(?) 명목으로 '사심' 인터뷰에 나설 기회를 얻었다. 그동안 음악으로 만났던 이한철 씨를 앞에 두고 수줍게(?)

이야기를 나눈 덕분에 나는 그에게 눈도장을 확실히 찍었다(고 지금까지 생각하고 있다).

오래전 인터뷰지만, 지금도 또렷하게 기억하는 이야기가 있다.

인터뷰가 막바지에 이르렀을 때, 조심스럽게 질문을 던졌다. 내용인즉, 이한철 씨는 사회적인 메시지가 담긴 의미 있는 무대에 자주 서는 것 같다, 앞으로도 그런 무대에서 자주 만날 수 있을지 궁금하다는 내용이었다. 그의 대답이 이어졌다. "음악에 정치적·사회적 메시지 등을 고려하지 않았는데, 몇 년 전부터 문득 그런 생각이 들었어요. 사람이 살면서 사회적 환경이 변화하고 정치적 이슈와 사회적 이슈가 쏟아져 나오는데, 내 음악이 과연 그것과 무관할 수 있을까? 그래서 앞으로도 생각을 같이할 수 있다면 활동을 해야겠다고 생각해요. 거창하지는 않지만, 음악에 사회적 메시지를 담으려고 노력하고 있습니다."

그는 대중들과 음악을 통해 소통하지만, 나는 이한철 씨의 남다른 인생철학을 여러분께 들려 드리고 싶었다.

★ ★ ★

자신만의 속도로 가도 괜찮아

안녕하십니까? 이한철입니다. 반갑습니다.

저는 원래 음악을 만들고 노래하는 사람이잖아요. 그래서 말을 썩 잘하지는 못합니다. 제 말투가 억양이 좀 세요. 경상도 사람이라 사투리를 섞어 말할 때가 있습니다. 그리고 오랜만에 제가 갖고 있는 생각을 여러분과 나누려고 생각하니까, 조금 쑥스럽기도 한데요. 흐뭇한 눈길로 봐주세요. 노래도 하려고 기타도 메고 왔거든요. 제가 기타 연주하면서 노래할 때, 박수한 자락 거들어 주시면 더 신나고 즐거운, 행복한 시간이 될 것 같습니다.

저는 여행을 정말 좋아하거든요. 여행하면서 경험했던 좋은 순간들은 제가 하고 있는 음악에도 영향을 미치고, 살아가는 데 힘이 되더라고요. 그런 이야기를 들려 드리려고 합니다.

여행은 짧은 인생을 사는 것

저는 여행 갈 때 꼭 가지고 가는 것 세 가지가 있어요. 하나는 옷이나 생활필수품이 들어 있는 배낭이고요, 두 번째는 기타예요. 여행 중에 제가 기타를 치면, 사람들이 금세 모여요. '음악은 통역이 필요 없는 세계 공통어'란 말이 있잖아요. 나라마다 언어도 다르고 낯설지만, 기타를 들고 노래를 부르면 그 지역에 사는 사람들과 금방 친구가 될 수 있어요. 마지막으로 아내에 대한 미안함을 가지고 가요. 저 혼자 여행을 갈 때가 많으니까, 미안한 마음이 많이 있습니다.

여행은 '짧은 인생을 사는 것' 같아요. 상투적인 말일지도 모르겠으나, 우리는 인생을 딱 한 번 사는 거잖아요. 문득 그 짧은 여행의 순간도 인생을 사는 것과 비슷하다는 생각이 들어요. 여행 장소에 도착하면 처음에는 정말 낯선 곳에 던져진 느낌이잖아요. 그러다 하루 이틀 지내다 보면 조금씩 익숙해지고, 어느 순간에는 또 아쉬운 이별을 해야 되잖아요. 그렇게 짧은 인생을 살아본 다음 다시 돌아와 내 자리에서 살아가야 할 때, 여행에서 배운 것들을 생활에 반영하게 되는 것 같아요. 그래서 저에게 여행은 짧은 인생을 사는 것과 같다고 얘기할 수 있을 것 같습니다.

공정여행으로 떠난 아프리카

지난 아프리카 여행 때 공정여행을 경험했어요. 의자를 놓고 칸을 나눠서 마치 버스처럼 개조한 트럭을 타고 여행을 했습니다. 그런데 에어컨도 없고, 의자 등받이도 딱딱하게 고정된 것이었고, 창문도 흙바람을 많이 맞아서 잘 안 열렸어요.

굉장히 덥고, 울퉁불퉁한 지면 상태를 온몸으로 느끼게 해주는 교통수단이었지만, 그곳은 아프리카니까요. 그래서 신나게 트럭의 덜컹거림을 즐기면서 여행할 수 있었습니다.

한 트럭에 25명쯤 탔는데요, 세 팀 정도로 나눠서 식사 당번, 설거지 당번, 식탁과 의자를 세팅하는 당번 이렇게 나눠서 끼니를 해결했어요. 각자 조금씩 역할을 분담해서 여행하는 것도 공정여행의 일부분이죠.

트럭 여행은 물 사용도 제한적입니다. 트럭에 싣고 다니는 물로 식사와 설거지 등을 해결해야 하는데요, 큰 대야 세 개에 물을 조금씩 받아놓고 손 씻기도 하고, 설거지도 했어요. 여행 중에 환경을 보호하고, 물을 절약하기 위해서 이렇게 생활했습니다.

손 씻기를 예로 들면, 대야 세 개 중 첫 번째 대야에만 비눗물을 풀어요. 그리고 25명이 그 대야 앞에 줄을 서요. 맨 앞에 있는 사람이 비눗물로 손을 씻고, 두 번째 대야에 헹구고, 마지막 대야에 다시 헹구면 깨끗해지는 거죠. 근데 운이 없어서 스물다섯 번째에 서면요, 세 대야에 담긴 물이 다 똑같아 보여요.

공정여행은 우리가 여행에 지불하는 비용이 현지인들에게 직접 전해질 수 있도록 노력해요. 아프리카 트럭 여행에도 3명의 현지인 가이드와 함께 하게 되는데 그들이 함께 요리도 하고, 운전도 해주면서 여행의 일정을 함께 보내요.

또 현지에서 만든 물건을 직접 구매하거나, 가져간 물건과 공정무역으로 만든 제품을 교환하기도 하죠.

아프리카에서는 기타가 참 귀하다고 하더라고요. 여행 중에 거리에 상점을 펼친 어떤 친구가 제 기타를 보더니 자신의 물건과 교환을 하자는 거예요. 기타를 주면 그 친구가 팔려고 가지고 나온 토산품 몽땅 주겠다고 하더라고요. 제 기타를 교환할 수는 없었지만, 잠깐 시간을 내서 기타도 가르쳐 주고 즐거운 시간을 보냈습니다.

만남, 첫 인사 '잠보!'

23시간 45분 동안 비행기를 세 번 갈아타고 가장 먼저 케냐로 갔습니다.

아프리카 동쪽을 여행했거든요. 케냐, 탄자니아, 짐바브웨, 잠비아를 거쳐서 드넓은 세렝게티 초원을 달렸고, 세계에서 두 번째로 큰 빅토리아 폭포도 만났습니다.

케냐와 탄자니아에서는 '스와힐리어(Swahili language)'라는 언어를 쓰더라고요. 스와힐리어로 '잠보(jambo)'라는 말은 '안녕'이란 뜻입니다. '잠보'라고 인사했다고 '잠보'라고 답하면 안 되더라고요. 공항에서 누가 저한 테 "잠보!"라고 인사해서 정말 반가운 마음으로 "잠보!"라고 외쳤는데, 그 게 아니래요. 다시 가르쳐 주더라고요. '맘보(mambo)'라고 해야 된대요.

영어도 "How are you?" 하면 "Fine thank you, and you?"라고 답 하잖아요. 영어처럼 그런 방식으로 인사를 주고받아요. 그래서 아프리카 에서 누군가 "잠보!"라고 인사하면 "맘보!"라고 답하고, 그럼 제가 또 "보아 (boa)!"라고 해야 하나의 인사가 완성된대요.

순수한 아프리카 친구들은 "잠보!"라고 먼저 인사하고, 상대방이 "맘보!" 라고 말할 때까지 기다려요. 처음 인사하는 사람들은 잘 모르니까 갸우뚱 하고 있잖아요. 고민하다가 "잠보!"라고 해도 그렇게 인사하는 거 아니라 는 표정을 지어요. 말이 안 통하니까, 표정을 짓고 기다리죠. 나중에 "맘 보!"라고 화답하면 "보아!"라고 말하고 씩 웃으면서 지나가는 그런 친구들 을 만날 수 있었습니다.

아프리카 사람들이 많이 쓰는 말들 중에는 '하쿠나 마타타(Hakuna matata)'라는 말도 있어요. '하쿠나 마타타'는 스와힐리어로 '근심 걱정 을 잊어.'라는 뜻인데, 제 노래 〈슈퍼스타〉의 후렴구 '괜찮아 잘 될 거야.' 와 비슷해요. '하쿠나'는 '노(No)'라는 의미고요, '마타타'는 '프러블럼 (Problem)' 문제없다는 뜻이래요.

초록빛 초원과 푸른 하늘처럼

아프리카에 가면 정말 초록색과 파랑색 밖에 안 보여요. 세렝게티를 달리다 보면 눈앞에 초록빛 초원이 펼쳐져 있고, 그 위는 전부 다 파란 하늘이에요. 세렝게티는 잘 아시겠지만, 넓고 푸른 초원이죠. 화산이 폭발해서 화산재가 깔리면 약간 높은 지대가 생기잖아요. 그곳에 식물들이 자라면서 동물들이 살아갈 수 있는 터전이 마련됐죠. 정말 넓은 초원에는 대 식구가 몰려다니는 코끼리 떼도 있었고, 하이에나, 사자 같은 동물들을 가까이에서 볼 수 있었습니다.

아프리카에서는 왼쪽 어깨에서 시작해서 오른쪽 어깨까지 하늘이 반원을 그리면서 저를 감싸고 있더라고요. 그런 자연을 바라보면서 마음이 탁 트였고, 진정 자유인이 된 것 같은 느낌을 받았어요. 같이 여행을 다니던 친구들과 이동하면서 노래를 만들었어요. 한 소절씩 한 소절씩 릴레이로 가사를 만들었죠. 그래서 탄생한 신곡이 〈초록과 파랑 사이〉입니다. 앨범에 수록되지 않은 곡이에요. 그러니까, 거의 최초로 들려 드리는 겁니다.

사실 지난 연말에 공연을 하는데, 제가 이 노래를 불렀거든요. 그런데, 제 친구가 이 곡은 정치적인 색깔이 농후하다는 거예요. 도대체 네 정체성은 뭐냐면서, 왜 초록과 파랑 사이에서 헤매고 있냐고 하더라고요. 지금은 색깔이 바뀌었지만, 원래 초록색과 하늘색하면 떠오르는 한국의 정당들이 있잖아요. 초록색은 민주당이 썼던 색이고, 하늘색은 새누리당(구 한나라당)이 활용하던 색이었잖아요. 정치에 관심이 많던 친구가 그런 얘기를 했었습니다.

그 친구의 바람과는 달리, 〈초록과 파랑 사이〉는 푸른 초원과 하늘에 관한 이야기였어요. 초원과 하늘이 잘 맞닿아 있듯이 정치도 그랬으면 좋겠다는 생각도 들었어요.

오늘 들려 드리는 곡은 대부분 미발표곡인데요, 제 노래들에는 자주 등장하는 말이 있습니다. 후렴구에 '나나나'가 무지하게 많아요. 그러니까 처음 들어도 따라 부를 수 있는 그런 곡들이 많아요. 이 노래도 '나나나'가 많이 나옵니다. 시작부터 '나나나'군요. 자, 그럼 한번 불러보겠습니다.

〈초록과 파랑 사이〉

나나나 나나나~ 나나나 나나나~
초록과 파랑 사이 나무와 풀이 있다
우리에겐 저만치 가야 할 곳이 있네

누군가 그은 회색선 그 위에 빨간 점 하나
한 없이 걷고 있는 저 여인은 어딜 가나

혼자 걷고 있지만 같이 가고 싶다
혼자 걷고 있지만 같이 가고 있다

나나나 나나나~ 나나나 나나나~
사람과 사람 사이 마주보고 웃어주자
나무 같은 마음으로 서로 안아주자
혼자 걷고 있지만 같이 가고 싶다
혼자 걷고 있지만 같이 가고 있다

아프리카 잠보!

느릿느릿 흘러가는 삶

아프리카에는 산과 들, 초원만 있는 게 아니에요. 아름다운 바다도 있습니다. 바다에서 배를 타고 왔다갔다 오갈 수 있는 '잔지바르'라는 섬이 있어요. 영국의 록밴드 '퀸(Queen)'의 작곡가이자 보컬리스트인 프레디 머큐리(Freddie Mercury)의 고향이 잔지바르예요. 이 섬에 들어갔다가 다시 배를 타고 나올 때, 이 배는 어딘가를 향하고 있었지만 저는 그냥 흘러가는 기분이었어요. 문득 조금 느리게 사는 삶에 대해 여러 가지 생각을 하게 되었어요.

킬리만자로라는 여객선을 타면 3시간 만에 탄자니아의 다르에스살람에서 잔지바르 섬으로 넘어갈 수 있어요. 아프리카 여행 중에 표정관리가 안되던 일이 있었는데요, 도착해야 될 배가 4~5시간쯤 연착됐어요. 그런데 이건 여러 가지 에피소드 중의 일부였고요, 아프리카 사람들 진짜 약속을 안 지킵디다.

귀한 시간을 내서 그 멀리까지 23시간 45분 동안 비행기를 타고 갔는데, 처음엔 내 금쪽같은 시간이 이렇게 흘러간다는 생각을 하니까 야속한 마음이 들었어요. 그래서 현지인 관계자들에게 왜 약속을 안 지키느냐, 배가 왜 이렇게 늦게 오느냐고 항의를 해봤죠. 그랬더니 실실 웃으면서 돌아오는 말이 '하쿠나 마타타'래요. 나는 안 괜찮은데, 노 프러블럼(No problem)! 문제가 없대요. 그러면서 "디스 이즈 아프리카(This is Africa)"

라고 말해요.

여기는 아프리카. 천천히 천천히

"여기는 아프리카잖아. 그러니까 아프리카의 시계에 맞춰 달라."고 해요. 아프리카 시간의 흐름으로 맞춰서 이해해 달라는 얘기를 하고, 그 다음에 '뽈레뽈레(Pole Pole)'란 얘길 해요.

그런데 나중에 얘기를 들어보니까, 뽈레뽈레는 '느리게 천천히'란 뜻을 갖고 있더라고요. 한글 발음으로 '빨리빨리'와 비슷한데, 의미는 정확히 반대였어요. 이게 참 재밌더라고요.

그래서 〈뽈레뽈레〉라는 곡을 만들었어요. '느리게 사는 삶에 대한 예찬'이 담겨 있는 곡이죠.

여러분은 어떤 삶을 지향하고 있나요?

사실 저는 성격이 조금 급한 편이에요. 그러다 보니까 약속을 잘 지키지 않는 아프리카 사람들이 야속했던 거죠. 그런데 한 달쯤 여행을 하다 보니까, 문득 아프리카 사람들이 사는 삶의 속도가 더 맞는 것일 수도 있겠다는 생각이 들더라고요. 어쩌면 서울에서 내가 살던 하루하루가 너무 많은 것을 하고자 하는 욕심 때문에 빨리빨리 움직였던 것은 아니었는지 되돌아보게 되었어요.

여러분은 어떤 속도로 살고 있나요? 이왕이면 정해진 시간에 더 많이 보고, 더 빨리 가는 삶을 원하시나요? 아니면, 조금 오래 걸리더라도 천천히 두리번거리면서 나무도 보고, 지나가는 사람들과 인사도 나누는 그런 삶을 원하시는지 한 번쯤 생각해 봤으면 좋겠어요. 노래가 어렵지 않아요. 한 문장에 '빨리빨리'와 '뽈레뽈레'가 있는데, 여러분이 원하는 부분을 함께 부르는 걸로 하시죠. 그럼, 〈뽈레뽈레〉 들려드리겠습니다.

〈뽈레뽈레〉

빨리빨리 빨리빨리 Pole~ Pole~
빨리빨리 빨리빨리 Pole~ Pole~
빨리빨리 빨리빨리 Pole~ Pole~
빨리빨리 빨리빨리 Pole~ Pole~

시계바늘에 쫓겨 살던 우리
이젠 모든 걸 바람에 맡길래
너무 빨리 달리지는 마요
초원의 친구들 우릴 볼 수 있게

Let's go!

빨리빨리 빨리빨리 Pole~ Pole~
빨리빨리 빨리빨리 Pole~ Pole~
빨리빨리 빨리빨리 Pole~ Pole~
빨리빨리 빨리빨리 Pole~ Pole~

길도 넓고, 차도 많고, 탈도 많아

이젠 내려서 천천히 걸어요

멀리서 불어온 시원한 바람

생긋 웃으며 우릴 반겨주죠

〈뽈레뽈레〉 불러봤습니다. 이 노래 재밌죠?

"음악이 장난이냐?" 주변에서 이런 얘기도 해요. 저는 장난처럼 재미있게 음악하고 싶어요. 음악이 가지고 있는 가장 큰 힘은 사람들을 즐겁게 해줄 수 있다는 것이잖아요. 또 누군가를 위로할 수 있다는 게 정말 기분 좋은 일인 것 같아요. 때론 제가 이렇게 재미있는 곡을 만들고 부르면서 위로를 받기도 하거든요. 여러분과 즐거운 시간을 함께 보낼 수 있으니까요.

오늘 우리는 처음 만났지만, 제가 여러분에게 일방적으로 이야기하고 노래를 들려 드리는 게 아니라, 여러분도 오늘 공연의 일부가 됐잖아요. 저는 오랜만에 밴드 없이 혼자 공연했는데, 여러분이 규칙적인 박수도 쳐주고, 웃어 주시고, 노래도 해주셨어요. 그러니까 오늘은 '이한철과 청춘합창단'이 함께 공연을 한 거죠.

누구나 자신의 인생에서는 '슈퍼스타'

마지막 이야긴데요, 여행 중에 좋은 사람을 만날 수 있다는 건 큰 행운인 것 같습니다. 제가 앞으로 좀 더 노래하면 가수생활 20년이 되거든요. 20

주년을 맞아 디너쇼 한번 할까요? 이렇게 오랜 가수 생활 중에 저의 유일한 히트곡 〈슈퍼스타〉에 관한 이야깁니다. 이 노래를 만들게 된 이야기를 짧게 들려 드리려고 합니다.

〈슈퍼스타〉란 노래를 발표하기 전까지 저는 '불독맨션'이라는 밴드의 멤버로 활동을 했어요. 그런데 상황이 여의치가 않아서 밴드는 해체됐고요. 그 뒤로 가끔씩 혼자서 공연하고, 앨범을 내야겠다는 생각으로 곡을 만들고 있었어요. 그렇게 밴드로 여럿이 활동하다가 모든 걸 혼자 해야 하는 어려운 시간을 보내고 있었는데, 저보다 더 어려운 상황인 친구를 만나게 됐어요.

그 친구는 김해에 있는 어느 고등학교의 야구선수였는데, 대학 진학을 꿈꾸고 있다가 좌절됐대요. 대학 야구팀에서 그 선수를 지명해야 하는데, 지명을 못 받았나 봐요. 중학교 때부터 야구선수를 꿈꾸고 야구만 했다는데, 어느 날 갑자기 야구선수로도 더 이상 갈 곳 없이 큰 벽 앞에 놓이게 된 거죠.

공부를 다시 하기에는 이미 때가 늦은 것 같고, 그래서 엄청나게 방황을 하다가 집에 있는 비디오 게임기를 팔아서 그 돈을 들고 무작정 서울로 올라온 거예요. 그러다 우연히 홍대 앞에서 저와 만나게 됐고, 일주일쯤 저희 집에서 같이 지냈어요. 제가 공연하면 같이 다니고, 라디오 게스트로 출연할 때도 함께 다녔죠.

그때는 〈슈퍼스타〉라는 노래가 가사도 없이 멜로디만 있던 때였어요. '스다리 바바라 리비바' 이렇게 말도 안 되는 외국어로 허밍하듯이 가사를 만들면서 연습하고 있는데, 이 친구하고 눈이 딱 마주친 거예요. 그때 저는 아무 말도 하지 않았는데, 그 친구의 눈빛을 해석해 봤죠. (추측이지만, 그 친구의 눈빛에 의하면) '형은 그렇게 유명한 가수는 아닌 것 같은데, 노래도 무지 잘하는 건 아닌 거 같은데 말이지. 그래도 꿈꾸고 있는 걸 하고 있는 거, 그게 참 보기가 좋아요. 나도 하고 싶은 일이 있었으면 좋겠다.' 뭐, 이런 눈빛이었어요.

그 친구가 다시 고향으로 내려가면서 저한테 편지를 주고 갔는데, 실제로 제가 예측한 내용이 적혀 있더라고요. 꼿꼿꼿꼿한 명조체 글씨로 편지를 남겼어요. 자기도 형이 즐겁게 음악을 하는 것처럼 그런 일을 찾아보겠다고 했어요.

그래서 〈슈퍼스타〉의 노래 가사를 쓸 때, 이 친구를 위해서 응원하는 노래를 써야겠다고 생각했어요. 그 친구를 위한 곡을 만들어야겠다!

가사 중에 '모습은 까무잡잡한 스포츠맨'이란 소절이 있는데, 그 친구는 누가 봐도 야구선수였거든요. 얼굴에 투수라고 적혀 있었어요. 키도 크고 피부도 까무잡잡해가지고 말이죠. 〈슈퍼스타〉는 그 친구한테 선물한 곡입니다. 지금은 야구를 그만두고, 군복무 마치고 소믈리에(Sommelier)가 되기 위해서 열심히 와인 공부를 하고 있습니다.

저도 〈슈퍼스타〉란 곡을 만들기 전에 밴드가 해체되면서 많이 힘들었거든요. 더 이상 뭘 어떻게 해야 될지 몰라서 앞으로 나아가기가 힘들어진 상황 있잖아요. 만약에 히트곡이라도 하나 있었으면 어느 공연에 가더라도 관객들과 어울려서 노래를 부를 수 있을 텐데, 공연에도 많이 초대될 텐데, 이런 생각을 하던 때가 있었어요. 히트곡을 만들려고 다양한 곡들을 분석해 보고 그랬는데, 그럴 때는 정말 히트곡이 안 됐어요. 그런데 한 사람에게 선물해야겠다고 만든 곡이 좋은 계기가 돼서 많은 사람들에게 알려지고, 여러분이 함께 따라 불러주는 곡이 됐어요.

지금 여러분은 어떤 꿈을 꾸고 계신지 모르겠지만, 이 노래의 가사처럼 '괜찮아, 잘 될 거야.'라고 긍정적인 생각을 많이 했으면 좋겠어요. 긍정적인 생각만으로도 내가 원하는 방향으로 한 걸음씩 옮길 수 있는 원동력이 되더라고요. 저는 그런 여러분의 꿈을 믿습니다. 마지막으로 〈슈퍼스타〉 들려 드릴게요.

〈슈퍼스타〉

지난날 아무 계획도 없이 여기 서울로 왔던 너
좀 어리둥절한 표정이 예전 나와 같아
모습은 까무잡잡한 스포츠맨 오직 그것만 해왔던
두렵지만 설레임에 시작에 니가 있어

괜찮아 잘 될 거야~ 너에겐 눈부신 미래가 있어
괜찮아 잘 될 거야~ 우린 널 믿어 의심치 않아

너만의 살아가야 할 이유
그게 무엇이 됐든
후회 없이만 산다면
그것이 슈퍼스타

괜찮아 잘 될 거야~ 너에겐 눈부신 미래가 있어

괜찮아 잘 될 거야~ 우린 널 믿어 의심치 않아

널 힘들게 했던 일들과

그 순간에 흘렸던

땀과 눈물을 한잔에 마셔버리자

워우워~

괜찮아 잘 될 거야~ 너에겐 눈부신 미래가 있어

괜찮아 잘 될 거야~ 우린 널 믿어 의심치 않아

랄랄라!

너만의 인생의 슈퍼스타

CHAPTER 02

청춘, 스스로 질문을 던지자!

머릿속으로만 생각하고 있는 일이 있나요?
'도전'해보면 짜릿한 일이 생겨요! _ **권상민·대학생**
잉여력이 세상을 바꾼다! _ **김정현·대학생**
삶의 골치 아픈 질문을 피하지 말고, 던지자! _ **정지원·질문 잡지 《헤드에이크》 편집장**
열정 없는 꿀벌보다 도전하는 똥파리가 되려고 해요 _ **윤승철·대학생**
청춘의 텃밭을 무럭무럭 키우는 방법 _ **황윤지·대학생**

한국의 '마이클 무어'를 꿈꾸다

권상민

· 대학생 ·

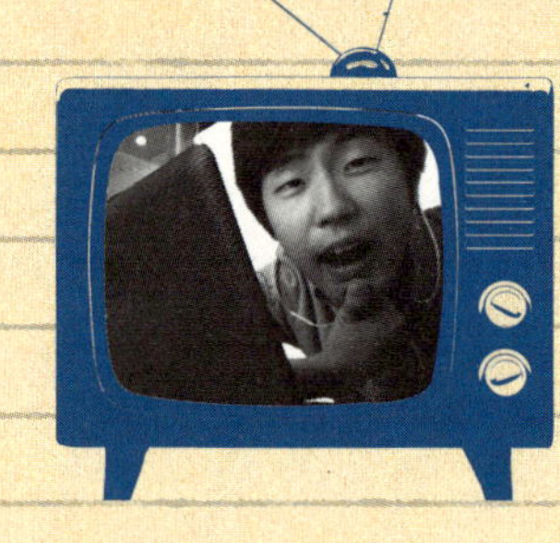

마음속에 담아둔 멋진 아이디어를
희망사항으로만 간직하지 말자고요.
직접 한번 실행해 보자고요.
제가 해봤는데, 그런 일을 할 때는 정말 설레고
기분이 좋더라고요.
'젊은이여 도전하라!' 따위의 자기계발서 같은 이야기는 아니고요.
여러분의 친구로서 하고 싶은 이야기예요.

2011년 10월, 트위터에서 〈나경원 후보 네거티브 실체분석〉이란 제목의 영상이 화제가 됐다. 어딘가 이동하던 길에 우연히 그 문제적(?) 영상을 보았다. 걸음을 멈추고 길가에 서서 보고 또 보고 다섯 번쯤 봤다.

상민 씨가 제작한 영상은 재미도 만점이었지만, 강력한 메시지를 담고 있었다. 기획·구성·편집·내레이션까지 영상을 표현하는 방법이 신선하게 다가왔다.

〈볼링 포 콜럼바인〉과 〈식코〉 등의 다큐멘터리를 제작한 미국의 마이클 무어 감독이 떠올랐다. 나는 한국의 마이클 무어 권상민을 만나고 싶었다.

마음이 급해졌다. 트위터를 통해 그에게 메시지를 보냈다. 얼마 뒤 연락처가 날아왔다. 떨리는 마음으로 꾹꾹 전화기 버튼을 눌렀다. 수화기 너머로 밝은 목소리가 들렸다.

예상과 달리, 그는 자신에게 쏟아지는 관심을 부담스러워했다. 계속되는 출연 요청을 고사했고, 나 홀로 애타는 시간을 보내야만 했다. 그에게 부담을 주고 싶지는 않았지만, 그의 이야기를 듣고 싶은 마음이 커져서 주 2회 꼴로 다시 전화기를 붙잡았다.

'진심이 통할 때까지' 고백해 보기로 했다.

이제 마지막이라는 생각으로 전화를 걸었던 어느 날 오후.

"네, 그럼 한번 해보겠습니다."

상민 씨가 출연을 결심했다는 소식에 정말 눈물이 날 뻔했다.

그는 〈과자 과대포장 고발 영상〉이라는 재치 있는 다큐멘터리를 제작해 2011년 최고의 유튜브(Youtube) 영상에 수여하는 '유튜브 어워드'의 영광을 차지했다. 이 영상은 시중에서 다양하게 판매되고 있는 유명 과자의 포장지를 제거하고 내용물을 담았을 때, 얼마나 많은 공간이 포장으로 채워져 있는지 리얼하게 보여주었다. 영상에 직접 출연한 그는 과자 봉지를 뜯어가며 과대 포장의 실태를 고발했다. 〈과자 과대포장 고발 영상〉은 뒤늦게 사회관계망서비스(SNS)를 타고 알려지기 시작했다. 그제야 언론은 그의 영상을 소개하기 시작했다. 상민 씨는 그렇게 스스로 뉴스의 주체가 되고 있었다.

그는 어떤 일을 하던 자신이 옳다고 믿는 가치를 위해 작게나마 행동할 줄 아는 실천적 지식인이 되고 싶다고 했다. 그리고 생각보다 어렵지 않은 일이니 함께 해보자고 제안했다. 매회 새로운 아이디어를 고민하며 자신만의 색깔이 담긴 뉴스를 만드는 그의 무한도전을 응원한다.

★★★

머릿속으로만 생각하고 있는 일이 있나요? '도전'해보면 짜릿한 일이 생겨요!

안녕하세요. 저는 권상민이라고 합니다. 언론정보학과 정치외교학을 공부하고 있는 학생이고요, 여러분과 같은 20대예요. 영상제작이나 뉴스보도 같은 저널리즘 분야를 많이 좋아하고요. 그래서 계속 공부중이고 시간이 될 때마다 유튜브에 올라온 영상을 많이 봐요.

여러분도 유튜브 이용하세요? 최근에 점점 많은 분들이 유튜브를 이용하시는 것 같아요. 저는 유튜브에 올라온 다양하고 실험적인 영상을 많이 보면서 공부하고 때로는 직접 제작한 영상을 올리기도 합니다. 이 자리도 제가 올린 영상이 이슈가 되어서 오게 되었고요.

〈과자 과대포장 고발영상〉 보셨나요? 보셔야 해요. 좋은 영상이니까. 하하하. 이 영상은 2011년 6월에 이슈가 되었습니다. 평소 과자를 사먹을 때, 과대포장이 심한 것 같다고 생각했어요. 전공 수업을 듣던 중에 '과자 과대포장'을 주제로 영상을 만들어보면 어떨까 생각하게 되었죠.

이후 국내 4대 제과업체의 대표 과자를 구입해서 과자 포장 대비 실제 내용물이 얼마나 들어 있는지 촬영하고 이에 대한 제과업체의 입장을 문의한 후 유튜브에 올렸어요. 그러자 많은 분들이 공감하면서 과자 과대포장에 대한 비판 여론이 일었어요. '질소를 사니 과자가 따라왔다.'는 말이 유행한 것도 이때쯤이었죠.

2011년 10월에는 〈나경원 후보 네거티브 실체분석〉이란 제목의 영상을 만들었어요. 서울시장 보궐선거 때, 나경원 후보와 강용석 의원이 박원순 후보에게 제기한 의혹이 왜 정당한 후보 검증이 아닌 네거티브(Negative)인지 확인해 보고자 제작한 영상이었죠.

당시에 저는 두 후보의 선거 전략이 여론에 어떤 영향을 미치고 있는지 공부하고 있었거든요. 양 캠프에서 발표하는 논평과 이를 보도하는 기사들, 두 후보의 방송, 두 캠프가 주장하는 근거들, 제기되는 여러 의혹 등을 토대로 몇 주간 전개되는 과정을 검토했죠. 그러면서 박원순 후보에 대한 의혹이 '정당한 후보 검증'을 가장한 비방과 음해라는 확신이 들었고요. 물론 네거티브도 선거 전략의 일환이고, 그 누구 편을 들고 싶다는 생각도 들지 않았지만 뭐랄까, '적어도 이런 방식으로 선거에서 이기는 선례를 만들면 안 되겠다.'는 생각이 들었어요. 그래서 영상을 제작하게 되었는데, 정말 많은 분들이 봐주셨어요.

제가 제작했던 두 영상이 모두 이슈가 되었어요. 인터뷰 기사도 나왔고요. 여러 방송에서 소개됐죠. 덕분에 방송이나 사회 분야 쪽으로 다양한 일을 할 수 있는 기회도 생겼어요. 그리고 구글 코리아에서 선정한 2011년 '유튜브 Best UGC 어워드'도 수상을 했고요.

 〈과자 과대포장 고발영상〉 보기

 〈나경원 후보 네거티브 실체분석 영상〉 보기

저의 영상을 많은 분들이 봐주신 데에는 특별한 무언가가 분명히 있었겠죠

제 자랑을 하려는 건 아니고요, 사실 앞에 보여드렸던 영상은 뉴스 가치로 따지자면 그렇게 중요한 건 아니에요. 이미 보도되었던 내용이거든요.

2008년 자원순환사회연대에서, 2009년 YMCA에서 국내 과자 전문 제조업체의 과자 과대포장을 비판하는 보고서를 냈거든요. 또 박원순 후보의 의혹을 해명하는 근거 자료와 분석 기사들은 한겨레신문이나 오마이뉴스, 위키트리(wikitree) 등을 통해 많이 보도가 되었고요. 그럼에도 제가 제작한 영상을 많은 분들이 봐주신 데에는 특별한 무언가가 있었다고 생각하신 것 같아요. 그게 뭔지 여러분들에게 말씀드릴까 해요.

그동안 여러분이 본 시사고발 프로에서 제작자가 카메라에 얼굴이 크게 나오도록 들이대는 거 보셨나요? 못 보셨죠? 무슨 근거 없는 자신감

이냐는 이야기를 많이 들었는데요, 〈과자 과대포장 고발 영상〉의 첫 장면에서 제 모습입니다. 사실 일부러 이렇게 했어요. 비디오 블로깅(video blogging)이라고 외국인들이 올린 유튜브 영상에서 이런 장면을 쉽게 보실 수 있어요. 그 친구들은 자신을 드러내는 게 자연스러운데, 우리가 보기엔 낯설기도 하고 신선하기도 하잖아요. 제 영상을 클릭한 사람들의 이목을 끌기 위해서 이렇게 찍은 거예요.

영상은 시사고발 프로그램인데, 분위기가 밝고 재미있죠? 제 말투는 대화하는 것처럼 가볍고 '어~'와 같은 비음도 넣고, 머리를 긁적이기도 합니다. 중간 중간에 경쾌한 팝송도 흐르고요. 심지어 인터뷰이를 조롱하기도 합니다. 일부러 이렇게 제작했어요.

제과업체의 과대포장 상술과 서울시장 선거 전략에 관해 기존의 시사 프로그램, 이를테면 MBC 〈PD수첩〉이나 보통의 뉴스처럼 제작했다면 제 영상을 이렇게 많은 분들이 보진 않았을 거예요. 현실적으로 아마추어 언론학도 한 명이 그만큼 만들기가 어려운데다 제가 잘하는 스타일도 아니었어요. 유튜브에서는 완성도는 좀 떨어지지만 재미있고 참신한 영상을 많이 볼 수 있는 게 장점이죠. 저는 오랫동안 그런 영상들을 봐왔고 그게 제가 잘할 수 있는 거였어요. 그래서 그렇게 만들 수 있었죠.

2011년부터 화제가 되었던 〈나는 꼼수다〉와 마이클 무어 감독의 〈식코〉(미국 민간 의료 보험 조직인 건강관리기구(HMO)의 부조리적 폐해의 충격적인 이면을 폭로하는 다큐멘터리)모건 스펄록 감독의 〈슈퍼사이즈 미〉(한 달 내내 하루 세 끼 맥도날드의 음식만 먹으면서 변화하는 감독 자신의 상태를 기록하며 패스트푸드 문화의 폐해를 담은 다큐멘터리)와 김재환 감독의 〈트루맛쇼〉(평범한 식당을 방송 추천 맛집으로 변신시키는 미디어 제작자의 탐욕과 조작을 다룬 다큐멘터리) 같은 작품들이 제게 영감을 주었어요. 이들의 공통점은 일단 재미있고, 발상이 자유롭고, 참신한 시도를 주저하지 않는다는 점이에요. 할 말은 하고 마는 작품들이죠.

영상이 이슈가 되는 과정에서 재미있는 일이 많았어요.

2008년부터 2009년 사이에 공신력 있는 시민단체가 '과자의 과대포장이 심하다.'는 보고서를 냈는데, 언론사는 이 자료를 받아서 기사를 썼죠. 그러자 대중들은 그 기사에 제과업체를 비판하는 댓글을 너도나도 달았어요.

2011년, 평범한 소비자인 제가 똑같은 주제를 가지고 제작한 영상을 유튜브에 올렸습니다. 대중들은 트위터로 이 영상을 퍼트렸고요. 일부에서는 영상에 등장하지 않는 과자를 직접 찍어 올리고 외국 과자와 국내 과자를 비교해 보자는 제안도 했어요.

〈나경원 후보 네거티브 영상〉의 경우에는 몇몇 파워 트위터리안의 알티(RT)에 힘입어 3,000번 이상의 알티를 기록했어요. 이렇게 이슈가 되자 언론사에서 제게 인터뷰를 요청해 왔고, 영상과 관련한 기사를 쓰기 시작했죠. 기사는 이미 많은 분들이 영상을 보신 뒤에야 나왔고요.

재밌지 않으세요? 분명 콘텐츠를 만들고 이를 확산시키는 주체가 달라지고 있습니다. 제 영상이 이슈가 된 데에는 단순히 제가 영상을 잘 만들어서가 아닐 거예요. 영상이 이슈가 될 만한 새로운 사회적 흐름이 갖춰져 있던 거죠. '1인 미디어'가 발달하고 독립적인 콘텐츠는 SNS를 통해 집단 지성을 만났죠. 이런 조건은 모두에게 똑같이 열려 있어요. 흥미진진한 세상 아닌가요?

제가 여러분과 나누고 싶은 이야기는요, 각자 머릿속에만 담아두고 있는 일 있잖아요. 차마 실행하지 못하고 있는 일, 그걸 해봤으면 좋겠어요. 주변 친구들과 이야기를 해보면 모두들 나름대로 멋진 생각을 가지고 있어요. 그런데 이런저런 상황을 핑계로 계획하고 있는 것들을 마음속에만 담아둘 때가 많은 것 같아요. 창업을 꿈꾸면서 여러 아이템을 구상하는 친구가 있는데, 학점 관리나 취업 준비로 일상을 보내다 창업은 그냥 마음속에 묻어둔대요. 자연스레 늘 뒤로 밀린다고 하더라고요. 그런 걸 보니 괜히 제가 아쉽더라고요. 그래서 한 번 해보라고 꼬드기기도 하는데…….

실은 저도 영상을 만들면서 들었던 이야기가 많아요. 제과업체가 바본 줄 아냐, 시민단체나 환경부에서 조사하는 걸 네가 어떻게 하겠냐, 사람들이 네가 만든 영상을 볼 것 같으냐 등등 지겹게 들었던 말이에요. 그런데 뭐 어떡하겠어요. 제가 좋아하고 하고 싶은 일이었는데요. 제가 정말 하고 싶은 일이라면 큰 성과가 없더라도 충분히 많이 배우고 즐길 수 있을 거라고 생각했어요. 그래서 만든 거예요.

저는 지금 여러분을 꼬드기는 거예요. 동시대를 살아가는 20대로서 마음속에 담아둔 멋진 아이디어를 희망사항으로만 간직하지 말자고요. 직접 한번 실행해 보자고요. 제가 해봤는데, 그런 일을 할 때는 정말 설레고 기분이 좋더라고요. '젊은이여 도전하라!' 따위의 자기계발서 같은 이야기는 아니고요. 여러분의 친구로서 하고 싶은 이야기예요.

저는 앞으로도 꾸준히 공부하면서 재미있는 기획이나 아이디어가 있으면 언제든 다시 실행에 옮겨보려고 해요. 우리 모두 각자의 분야에서 마음속에 담아 둔 멋진 생각을 실제로 해봤으면 좋겠어요. 그렇게 다시 만났으면 좋겠어요.

'청춘의 유쾌함'이
우리를 자유롭게 하리라

김정현
• 대학생 •

'잉여력 돋는다.'라는 말을 많이 하잖아요.
남는 시간을 활용해서 재미있게 노는 방법을
고민하다가 패러디 영상을 만들었고,
덕분에 '본부 점거'는 새로운 국면을 맞게 됐죠.
'잉여력이 세상을 바꾼다.'는 말이
조금 지나친 과장으로 들릴 수도 있겠지만,

**많은 학생들이 경험을 통해
'나의 잉여력이 세상을 바꾼다.'라는
말을 증명했어요.**

알 만한 사람은 다 아는 팟캐스트 시사풍자 프로그램 〈나는 꼼수다〉가 인기를 끌면서 짝퉁 방송들이 속속 등장하기 시작했다. 급기야 2011년 10월에는 국내 최초 20대 헌정 방송 〈나는 껌수다〉가 등장했다. 껌처럼 씹히는 20대의 처지를 안타까워하며, 꼰대들을 잘근잘근 씹어보겠다는 취지로 '나껌수'가 되었다(나 뭐라나). 이들은 노골적으로 〈나는 꼼수다〉의 인기에 묻어가겠다고 당당히 밝혔다.

어쨌든 명랑한 대학생 3인방이 매주 수요일 아침 〈한겨레 TV〉 스튜디오에 모여 20대 당사자들이 겪고 있는 현안에 대해 날선 '구라'를 풀었다.

여기서 잠깐, 등장인물을 소개하자면 '깔대기 지존' 박솔희 씨, 미래권력을 지향하는 애국애족감성청년 김쌀(행정명 김정현) 씨, 아버지만 부자인 CEO 아들 양태훈 씨가 그 주인공이다.

매주 수요일 아침의 만남이 자연스러워진 어느 날이었다. 순조롭게 녹음을 마치고 점심 밥상에 둘러앉았는데, 정현 씨가 서울대학교 법인화를 반대하는 학생들의 목소리를 뮤직비디오로 소개한 〈총장실 프리덤〉을 제작했다고 고백했다. 순간 그 영상의 유쾌한 장면과 재미있게 개사된 가사가 떠올랐다. 〈총장실 프리덤〉이 소개된 날, 각 포털 사이트의 메인을 장식하면서 뜨거운 화제가 됐던 일과 함께 말이다. 옆에 앉아 밥을 먹고 있는 친구가 〈총장실 프리덤〉 제작에 참여했다니, 그 자리에서 정현 씨를 꼬드겼다.

〈총장실 프리덤〉 영상을 보면서 문득 놀면서 권위를 허물고 웃음으로 승화시킨 그들의 모습에 박수를 보내고 싶었다. '놀면서 투쟁하기'의 진수를 보여준 학생들의 명랑함이 세상을 변하게 하리라 믿었다. 그리고 청춘의 명랑함이 우리를 좀 더 자유롭게 하리라 생각한다. 이것이 김정현 씨를 초대한 이유다.

★★★

잉여력이 세상을 바꾼다!

안녕하세요. 저는 서울대학교 사범대학 교육학과를 다니다 현재 휴학 중인 대학생 김정현입니다.

저는 여러분께 2011년 6월, 뜨거웠던 한 달 동안 서울대에서 진행됐던 대학본부 점거 시위에 대해서 이야기하려고 합니다.

사실 초대받았을 때, 걱정을 많이 했거든요.

학생들이 총장실을 점거한 이야기를 어떻게 해야 할까?

이 얘기를 듣는 사람들은 학생들의 총장실 점거를 어떻게 생각하실까?

어떻게 이야기하면 잘 전달이 될까? 이 이야기를 전하는 게 과연 의미가 있을까?

각종 다양한 고민을 많이 했습니다. 왜냐하면 저는 "제가 이렇게 잘 살았으니까 여러분도 나처럼 살아 보세요."라거나 "제가 이런 일들을 했는데, 참 멋지지 않아요?"라는 이야기를 하고 싶어서 나온 건 아니거든요.

본부 점거 이야기를 하겠지만, 쉽게 할 수 있는 이야기는 아니에요. 무엇보다 별로 내키지가 않았어요. 하지만 서울대 본부 점거 시위를 겪으면서 느꼈던 것들을 같이 나누고 싶었어요. 그리고 기회가 된다면 여러분은 학생들의 본부 점거 시위를 어떻게 생각하는지 듣고 싶기도 했고요. 본격적으로 이야기를 시작해 볼 텐데요, 우선 서울대 본부 점거 시위가 무엇인지,

그것에 대해서 좀 더 자세히 알려드리겠습니다.

'서울대 본부 점거 시위'를 아시나요?

2009년, 서울대에서 총투표가 있었습니다. 법인화 찬성과 반대의 여부를 묻는 투표였습니다. 학생들은 자신의 권리를 행사했죠. 79.28퍼센트의 학생들이 법인화에 반대했습니다. 또 학내 구성원으로 이루어진 '법인화 반대공동대책위원회'가 지속적으로 총장과의 대화를 요구했습니다. 그러나 총장님은 거절했습니다. 그 뒤로 1년 동안 국회에서 상정되지 않던 '서울대법인화 법'은 2010년 12월, 새해 예산안 강행 처리 때 슬며시 끼워져 '날치기' 통과됐죠.

2011년 5월 30일, 제가 대학에 입학한 뒤 처음으로 비상총회가 열렸어요. 그리 넓지도 않은 광장에 2,300여 명이 모였습니다. 그 자리에 모인 대다수의 학생들은 국립대학교인 서울대가 법인으로 바뀐다는 것이 부당하다고 느꼈어요. "서울대학교 법인화 추진화에 대해서 다시 논의하자."고 주장했습니다.

일차적으로 대학본부의 법인화 추진에 대한 찬반여부를 묻고, 반대 의견이 압도적인 상황에서 "학생들의 의지를 표명하는 방법으로 본부를 점거하자."는 안건을 상정했습니다. 이 역시 80퍼센트 가까운 지지를 얻어 4주에 걸친 본부 점거가 시작됐습니다.

5층 높이의 행정관 건물에 여러 학과의 학생들이 모여들었고, 직원들이 출입하지 못하도록 곳곳의 문을 걸어 잠그기도 했습니다. 이런 일이 있었다는 것을 알고 있는 사람은 생각보다 많지 않겠죠. 그리고 기억하는 사람은 그보다 적을지도 모릅니다. 어쨌든 그때 저는 그곳에 있었습니다.

학생들이 대학 법인화를 반대했던 이유

결론부터 이야기하자면 졌어요. 학생들은 하나같이 서울대 법인화를 추진하는 일을 중단하고, 학생들이 납득할 수 있는 이유와 근거를 들려 달라고 했습니다. 총장과 교수들은 이미 법이 통과됐으니, 법대로 할 뿐이라고 했습니다. 수십 번의 회의가 열리고, 비공개 협상도 진행됐습니다. 공개 토론도 하고 언론에 보도가 됐지만, 끝내 법인화를 막을 수는 없었습니다.

법인화가 되면 이사회의 권한이 강해집니다. 대학 총장을 이사회에서 뽑고, 무엇보다 대학이 독립적으로 활동할 수 있게 됩니다. 대학이 수입을 얻을 수 있는 사업을 벌일 수도 있고, 회계도 따로 운영합니다. 정부의 감사를 받긴 하지만, 전보다 눈치를 덜 보게 되니까 대학은 투명하게 운영되기 어렵겠죠. 일부 사립대의 병폐들을 알고 있었기 때문에 학생들은 학교를 지키고 싶었습니다.

사실 학생들은 대학 법인화에 대해서 정확히 잘 몰랐어요. 저 역시 마찬가지였고요. 모두들 잘 모르니까, 많은 사람들의 지혜를 모아 논의하고, 적법한 절차를 거쳐야 한다는 생각이 들었어요. 또 법인화가 야기할 부작용을 걱정하지 않을 수 없었습니다.

기초학문은 분명히 위기를 맞을 것이고, 이미 많은 대학이 기업화되었지만 그게 더 가속화되는 것은 시간 문제였어요. 직원들은 더 많은 숫자의 비정규직으로 채워질 수도 있어요. 불 보듯 뻔한 일이었죠. 학생들은 학교가 법인화되면 발생하는 문제들에 대해서 이야기를 하고 싶었어요.

저는 그런 건 아무래도 좋았어요. 왜냐하면, 제가 대학을 다니는 동안 단 한 번도 대학이라는 곳이 나의 공간이라고 느낀 적이 없었기 때문이에요. 또 같이 학교를 다니는 사람들과 함께하고 있다는 느낌을 제대로 느껴보지 못했어요. 기껏해야 교내에서 잡지를 내는 데 참여하는 정도의 목소리를 내는 게 전부였죠. 운동권은 불편했고, 수업은 재미가 없었어요. 그러다가 '본부 점거'가 시작된 거예요.

집단 지성의 힘! '본부 점거'

기말고사를 앞두고 심신이 지치고 피로할 때, '본부 점거'라는 큰 사건이 생겼어요. '본부 점거'는 그곳에 모인 많은 학생들이 집단 지성을 모아 해결해야 하는 공통 과제가 됐죠.

'본부 점거'라는 건 굉장히 상징적인 것이잖아요. 직원들이 제대로 일을 못하게 된 점은 안타까웠지만, 학생들이 자발적인 목소리로 자신들의 의견을 학교에 강력히 요구하고 있다는 사실이 저를 흥분시켰어요. 가능한 날이면 언제나 본부에 갔습니다. 처음 만난 친구들과 밤새 이야기도 나누고, 침낭을 갖다 놓고 거기서 잠이 든 적도 많았어요.

어느 날, 학내 구성원 전체를 대상으로 메일이 도착했습니다. 내용인즉 점거 학생들이 "물리적 수단을 통해 의사를 관철시키려는 것은 지성의 전당에서 절대 용납될 수 없는 일."이라고 못 박았죠. 점거는 "불법적"이며 점거학생들은 "반지성적"인 학생이라며, 학생 총의를 폄훼하기 시작했습니다.

2,000명이 넘는 학생들이 대학 법인화에 대해서 문제의식을 갖고 '본부 점거'에 동의해서 시작된 일인데, 학교 측에서 일부 학생들의 난동 정도로 '본부 점거'를 격하시킨 것이죠.

또 행정관을 점거한 학생들이 "본부 전체를 마비시켰다."고 주장했고, 그 때문에 용역업체 노동자들, 봉사 장학생, 시간강사 등의 임금을 지급할 수 없다고 했습니다.

그러나 재무과의 업무는 진행 중이었습니다. 재무과가 실제로 업무를 보고 있고, 교직원들의 급여는 지급되는데, 비정규 노동자나 강사, 학생들의 장학금만 지급이 안 된다는 학교 측의 주장은 오히려 학생들의 강력한 반발을 샀습니다. 대학신문은 이 부분을 공식적으로 문제 삼았고, 봉사 장학생으로 활동하던 학생들도 학교 측의 주장을 반박하는 연서를 냈습니다. 이 부분을 문제 삼아 언론에 기사를 낸 학생도 있었습니다. 학내 여론은 점거 투쟁을 지지하는 쪽으로 오히려 무게가 쏠렸습니다.

밥, 책상, 콘센트, 모든 것은 '연대'라는 이름으로

기말고사 기간임에도 불구하고 많은 학생들이 시위에 동참하고 있었기 때문에 총장실에서 공부를 했습니다. 학생들은 자신의 목소리를 내기 위해 시위도 하지만, 대학생의 본분인 공부를 포기할 수 없다는 의지를 온몸으로 강력하게 표현했습니다. 총장실이 도서관이 됐죠. 점거 초반에 이런 모습이 화제가 되어서 학교 밖에서도 '서울대 법인화' 문제에 관심을 갖기 시작했습니다. 시위도 공부도 두 마리 토끼를 다 잡아야 하는 학생들이 모여 있었기 때문에 학생들의 의지가 남달랐고, 그래서 그런지 도서관보다 학습 분위기가 좋았습니다.

처음엔 모두 서먹한 사이였지만, 매일 만나고 이야기를 나누면서 금세 같이 밥을 나눠먹는 막역한 사이가 됐습니다.

보이지 않는 곳에서 물품과 금전적인 지원이 계속됐습니다. 서울대 의대와 간호대가 있는 연건 캠퍼스는 대학로에 있잖아요. 그곳에서 '밥 셔틀'이 출동했습니다. 병원에서 쓰고 남은 도시락이 매일같이 본부로 공수됐습니다.

이름도 모르고 얼굴도 본 적 없는 선배들이 치킨과 피자, 만두와 김밥, 컵라면, 생수, 과일, 오이, 이불 등등을 보내줬습니다. 누군가는 꿀도 보내줬어요. 제가 눈독을 좀 들이고 있었는데, 어느 순간 다 없어졌더라고요. 어쨌든 자취방보다 훨씬 나았습니다.

많은 학생들이 모여 있는 곳이다 보니 전기를 쓰는 문제도 고민스러울 때가 있었습니다. 전기과 학생들이 콘센트 하나당 사용할 수 있는 전력량을 계산해서 벽에 붙여 놨습니다. 복잡한 계산이 적혀 있었지만, 결론은 마음 놓고 써도 문제없다는 거였죠.

이에 질세라 건축과 학생들은 앉아서 공부할 수 있는 책상을 만들어줬습니다. 미술대학 학생들은 대자보에 그림을 그렸고, 글을 쓸 수 있는 학생들은 글을 썼습니다.

그렇게 모든 학생들이 자신이 할 수 있는 방법으로 자신의 의견을 표현했어요. 그런 방법은 본부 점거에 참여하지 않는 학생들에게도 어떤 격렬함이나 거부감을 느끼지 않게 했고, 즐겁고 재미있는 방식으로 투쟁이 이뤄지도록 해줬어요.

매일 저녁에는 문화행사가 열렸습니다. 학생들끼리 라디오 방송도 하고, 잡지를 만드는 친구들은 '특별호'를 제작해 배포했지요. 그동안 반쯤 기관지라고 생각했던 대학신문은 확실한 색깔로 학교를 비판(?)했습니다. 그걸 받아보는 선배들이 무슨 생각을 했을지 궁금하더라고요.

'날라리 대학원생 지지모임'이 만들어졌고요. 대학원에서 공부하는 학생들뿐만 아니라, 다른 학교 학생들과 시민사회단체에서 본부를 점거하고 있는 학생들을 지지하는 목소리가 높아졌습니다.

어느 날에는 몇몇 직원들이 항의 방문을 왔어요. '법인화반대공동대책위원회' 소속의 교수들이 학생들을 대신해서 안전망을 만들어주기도 했습니다. 항의 방문을 온 직원들이 온 길을 되짚어 가서 함께 이 문제를 해결해보자고 직접 토마토 주스를 만들어 대접하기도 했습니다.

본부는 항상 분위기가 좋았어요. 웃음이 끊이지 않았죠. 본부에서 같이 밥도 먹고, 잠도 자고 하다 보니까 모두 친구가 됐어요. 여러분은 친한 친구들끼리 뭘 하세요?

친구끼리 놀잖아요. 우리는 노는 일에 좀 더 의미를 부여하기로 했어요. 다른 사람들에게 '본부 점거 시위'를 더 많이 알릴 수 있는 방법으로 놀아보자는 의견이 모아져 순식간에 여러 가지 일들이 꾸며졌습니다.

밥값하고 싶었어요!

　그때 저는 학교 중앙전산원에서 하루에 7,000원을 내면 대여할 수 있는 비디오카메라를 빌려서 이 사건을 기록해 둬야겠다고 생각했어요. 카메라를 가지고 본부 안에서 이곳저곳을 촬영했습니다. 제 나름의 방법으로 현장을 남겨두고 싶어 카메라를 들고 다녔던 거예요.

　그러다 사범대 노래패 '길'에서 활동하고 있는 아는 후배의 부탁으로 〈총장실 프리덤〉의 촬영을 맡게 됐어요. 노래패에서 UV의 〈이태원 프리덤〉을 개사하고, 중앙 몸짓패 '골패'에서 안무를 만들어 학생들에게 전파하고 있었습니다.

　솔직히 말하면, 단 한 번도 제 손으로 뮤직비디오를 만들게 될 거라고는 상상해 본 적이 없어요. 비디오카메라를 다뤄 보거나 뭔가 촬영해 본 일도 없었거든요. 그나마 할 수 있었던 건 비디오카메라의 빨간색 녹화버튼을 누를 줄 안다는 점이죠.

　그런데 한번 해봤어요. 그때 '나도 밥값은 해야겠다.'고 생각했어요. 저도 뭔가 하고 싶었고, 마음속에서 끓어오르는 에너지와 열정을 어떻게 주체할 수가 없었거든요. 제가 촬영을 하고, 편집기를 다룰 줄 아는 공대 학생이 최종 편집을 맡았습니다. 기본적인 뮤직비디오 내용이나 촬영 구도는 원곡인 〈이태원 프리덤〉 뮤직비디오를 그대로 따왔죠. 여기에 서울대학교라는 장소와 본부 점거라는 독특한 상황 요소를 더해서 패러디 뮤직비디오를 만들었습니다. 촬영에 동원된 사람 숫자만 합치면 한 50명쯤 될 거예요. 돈도 하나도 안 받고, 저 같은 경우는 오히려 카메라 대여료를 내가면서 창작을 한 셈이죠. 어쩌면 그래서 더 독창적으로, 재미있게 만들 수 있었던 것 같습니다.

완성된 〈총장실 프리덤〉 뮤직비디오를 유튜브에 올렸는데, 각종 포털 사이트에 〈총장실 프리덤〉이라는 검색어가 오르내렸어요. 여러 언론사에서 기사를 썼고, 포털 사이트의 메인을 장식하기도 했습니다. 이른바 '대박'이 난 거죠.

덕분에 더 많은 사람들의 지지와 격려 메시지가 이어졌습니다. 제가 이 뮤직비디오를 제작하는 데 참여했다는 사실에 뿌듯함을 느꼈습니다.

재미있는 에피소드가 있어요. 뮤직비디오 가사 중에 '총장님은 총장실, 내 이름은 정봉권'이란 내용이 나오는데, '정봉권'이란 이름이 포털 사이트의 인기검색어에 올라갔어요. 뮤직비디오에 출연한 정봉권 학생의 학생증을 찍은 화면에 있었는데, 그 친구는 자고 일어나 보니 화제의 인물이 된 거죠.

우리의 잉여력이 세상을 바꾼다?

잘 아시겠지만 〈총장실 프리덤〉은 UV의 〈이태원 프리덤〉을 패러디한 영상이에요. 이런 패러디는 학생들만의 '잉여력'에서 탄생하게 된 거죠. 요즘 '잉여력 돋는다.'라는 말을 많이 하잖아요. 남는 시간을 잘 활용해서 재미있게 노는 방법을 고민하다가 패러디 영상을 만들었고, 덕분에 '본부 점거'는 새로운 국면을 맞게 됐죠.

〈총장실 프리덤〉은 본부에 모인 학생들의 의견을 내는 활동을 계속 이끌어가는 원동력이 됐어요. '잉여력이 세상을 바꾼다.'는 말이 조금 지나친 과장으로 들릴 수도 있겠지만, 많은 학생들이 경험을 통해 '나의 잉여력이 세상을 바꾼다.'라는 말을 증명했어요.

2011년 6월, 그때는 그 말이 정말 가능했던 시기였죠.

 〈총장실 프리덤〉 보기

〈총장실 프리덤〉

Hey. Do you know Bonboo? (헤이, 두 유 노-우 본-부?)

Where is Bonboo? (훼얼 이즈 본-부?)

That is Bonboo! (대엣 이즈 본-부)

2만 학우 여러분! 더 이상의 날치기는 없다!

더 이상의 총장도 없다! 우리가 점거했다! SNUV OYC!

요즘 심심할 때 뭐해, 따분할 때 뭐해 어디서 시간 때우나

중도(중앙도서관) 너무 사람 많아

중전(중앙 전산원) 너무 더워 신양(신양인문학술정보관)은 자리 부족해

다 알려 주겠어~ 다 말해 주겠어~ 새로운 세상 본부를 말해 봐

야식이 있어 또 이불도 있어 책상이 있어 나에게 말해 줘

잉여력이 세상을 바꾼다! ★ 김정현

학우들은 점거 중! 총장님은 부재 중!
언론들은 왜곡 중! 모두 모여 본부로!

총장실 프리덤! 저 빛나는 지성 (총장님!)
총장실 프리덤! 젊음이 가득한 세상~
총장실 프리~덤!

다 알려 주겠어~ 다 말해 주겠어~ 새로운 세상 본부를 말해 봐
자치가 있어 또 질서도 있어 실천이 있어. 나에게 말해 줘

학우들은 행정관! 총장님은 CJ관!
내 이름은 정봉권! 모두모여 본부로!
언론들은 왜곡 중! 모두모여 본부로

총장실 프리덤! 저 빛나는 지성 (총장님!)
총장실 프리덤! 경륜이 부족한 세상~
총장실 프리~덤!

짜잔! 평화를 갈망했던 '우드스탁'의 정신을 이어받아, 본부스탁!

서울대학교의 행정본부를 대학 사회의 '새로운 민주주의'가 회복되는 성
지로 만들기 위해 큰 잔치를 열기로 했습니다. 본부에 모여 있는 학생들뿐

만 아니라 '뻘쭘'한 탓에 '본부 점거'에 참여하지는 못했지만 이 문제에 마음을 두고 있는 학생들, 외부에서 우리와 뜻을 함께 하는 사람들을 초대해 같이 뛰어놀고 싶었어요.

짜잔! 1960년대 평화를 갈망했던 인파들이 모여 '우드스탁'이란 록페스티벌을 열었잖아요. 그때 젊은 청년들은 반전을 외치고, 그것이 68혁명의 흐름으로 이어지기도 했죠. '우드스탁'의 정신을 이어받아, 2011년 6월 17일부터 18일까지 1박 2일 동안 서울대에서 '본부스탁'이 열렸습니다.

처음엔 학내에서 활동하는 노래패와 외부에서 활동하는 몇몇 음악인들을 초대해 조촐하게 치러 보자고 시작됐는데, 홍대 라이브신에서 활동하는 인디밴드들이 총출동했습니다.

'회기동 단편선', '꿈에 카메라를 가져올 걸', '눈뜨고 코베인', '브로콜리 너마저' 등 정말 많은 밴드들이 함께 하얀 여름밤을 불태운 거죠.

저는 이번에도 밥값을 하기 위해서 아프리카에 송출하는 생중계 방송을 담당했어요. 어쩌다 보니 또 카메라를 잡고 있었는데, 생방송하는 것에만 신경 쓰다가 녹화 버튼을 누르지 않아서 녹화를 못했어요. 그 사실을 알고, 정말 굉장히 좌절했습니다.

그동안 한 번도 록페스티벌에 가본 적이 없지만, '본부스탁'만큼 열정적이고 재미있는 공연은 난생 처음이었어요. 새벽 3시까지 열린 디제이(DJ) 세션도 열렸는데 클럽보다 훨씬 더 재미있었죠. 순수한 마음으로 본부 점거를 하고 있는 우리들의 마음을 지키고 싶어서 술 한잔도 입에 대지 않았고요. 하지만 술을 마시지 않아도 우리는 충분히 미(美)칠 수 있었죠.

열정의 원동력은 내 안에 있었습니다

이 모든 일들은 누가 시킨 게 아니었어요. 학생들은 과제나 시험을 끔찍하게 싫어하잖아요. 그런데 그것보다 더 어려운 일들을 해냈다고 생각해요. 어떻게 이런 일이 가능했을까요?

생각해 보니 우리 스스로 목소리를 낸다는 사실이 즐거웠던 것 같아요.

사실 대학교에 입학해서 학생들이 할 수 있는 일은 많지 않잖아요. 대학에서 학생은 호구 아닌가요? 알다시피 학생들을 대표하는 학생회는 더 이상 1980년대의 학생회가 아니죠. 많은 학생들은 운동권이라는 말만으로 거부감을 느끼고 자기 앞가림을 하는 것만으로도 벅차게 느껴지는 것이 지금의 현실이에요. 학교는 학생들의 눈치를 볼 필요가 없게 됐죠.

학교에서 수업을 듣고, 시험을 보고, 취업을 준비하는 일이 전부인 우리의 삶에서 우리 스스로 뭔가 해결해야 하는 일이 생긴 것이 많은 학생들의 마음을 적극적으로 움직이게 했던 것 같습니다.

예전에는 '점거'라는 걸 촌스러운 불법행위라고 생각했어요. 어떤 사안에 대해서 반대하는 사람들이 하는 정치적인 쇼라고 생각했죠. 권력을 갖고 있는 집단의 '언론플레이'와 다를 것이 없다고 생각한 거예요. 그런데 직접 해보니까 생각이 달라졌어요.

물론 쉽지만은 않았죠. 어느 날 아침, 본부에서 자고 일어났는데 문득 '내가 지금 여기서 뭘 하고 있는 걸까?', '아무리 열심히 해도 어차피 안 되겠지?'라는 생각들이 겹치면서 조금 우울하기도 했어요.

대학이 구성원 중에 하나인 학생들의 목소리에 귀를 기울이지 않고, 의견이 없는 사람처럼 취급했던 것, 그리고 대학을 운영하는 사람들이 원망스럽기도 했죠. 그런 상황에서 많은 친구들과 함께 행정관을 점거하고 있다는 사실은 정말 큰 힘이 됐고, 지금도 그때의 기억을 잊을 수가 없습니다.

때때로 본부에서 자고 일어나서 맞았던 새 아침들, 그때 저를 비춰주던 햇살이 떠올라요. 허무와 불안, 기대와 긍정이 뒤섞인 이상한 빛깔이었죠.

'본부 점거'가 진행되고 있을 때, 저는 이렇게 제 감정의 변화와 마주보기도 했습니다.

그때 제 마음속에서 끓어오르던 '열정'은 뭔가 좋은 감정만으로 이뤄진 것이 아니란 걸 알게 된 거죠. '불안'하기도 하고, '허무'하기도 한 부정적인 감정들과 반대로 '기대'와 '긍정'이라는 다양한 감정이 뒤섞이면서 '내가 뭔가 하지 않으면 안 되겠다.'라는 생각이 들었던 거예요.

눈에 띄지 않는 작은 일이라도 나도 뭔가 하고 싶었고, 이 시간들이 나에게 더 나아가 우리 사회에 어떤 의미를 지니는지 적극적으로 알고 싶다는 생각도 했었어요.

'본부 점거'는 우연히 제 삶으로 찾아왔지만, 그런 경험과 그때 했던 생각들이 20대를 살아가는 청춘들의 모습과 다르지 않은 것 같아요. 그런 계기는 결국 젊고 건강한 우리가 만들어야 하고, 그 점에서 저는 운이 좋았던 거죠. 살면서 이런 경험을 할 수도 있고, 못할 수도 있잖아요.

2011년 6월의 기억이, 그때의 경험과 시간들이 분명히 저를 한 단계 성장시켰다고 생각합니다. 그래서 여러분과 그 순간을 나누는 일을 망설이지 않았습니다. 이렇게나마 제가 경험했던 일들을 나눌 수 있어서 기쁘게 생각하고요.

어떤 계기가 있지 않으면 또 다시 이런 일들을 할 수는 없을 것 같아요. 하지만 앞으로 어떤 일을 하더라도 내가 어떤 좋은 감정만을 느끼고 살아가는 것이 나를, 혹은 우리를 이끌어가는 게 아니구나 하는 걸 잘 알게 됐죠. 그때 그 순간을 자주 떠올릴 수 있길 바라며 살고 있습니다. 어떤 어려움이 있다면, 그런 감정까지 함께 안고 갈 수 있는 지혜와 용기도 생겼고요. 누군가에게 어려운 일이 생기면 함께하고 연대할 수 있는 친구가 되고 싶다는 생각도 했습니다.

2011년 6월 한 달 동안 짧지만, 정말 소중한 경험을 한 것 같습니다.

제 이야기는 여기까집니다. 같이 웃어주시고, 중간 중간 고개를 끄덕이면서 들어주셔서 고맙습니다.

당신을 사로잡을
질문을 던져드립니다

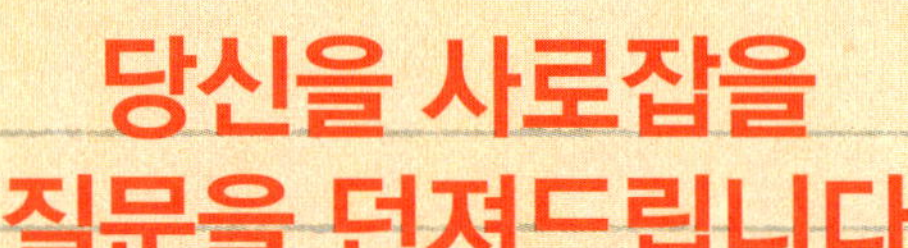

정지원

· 질문 잡지 《헤드에이크》 편집장 ·

모두가 마음속에 많은 질문을 갖고 있잖아요.
저희는 다양한 질문을 함께 공유할수록
더 좋은 해결 방법을 찾아낼 수 있다고
생각하고 있거든요.
문제가 꼭 해결되지 않더라도 누군가의 이야기에
귀 기울여 주는 것도 굉장히 중요한 일인 것 같고요.

때는 2009년 11월. 졸업을 앞둔 사면초가의 대학생 정지원 씨는 친구들과 함께 이름부터 골치 아픈 잡지 《헤드에이크(Headache)》를 만들었다. 본격적인 사회 진출을 앞둔 그를 괴롭힌 가장 큰 고민은 '졸업하고 뭐하지?'였다.

그는 '현명한 질문이 삶을 변화시킨다.'고 생각했다. 그래서 이름도 생소한 질문 잡지 《헤드에이크》를 통해 20대의 고민에 귀를 기울이고, 청년들의 생생한 목소리를 들려주기로 결심했다. 편집장 정지원 씨는 《헤드에이크》를 만드는 일을 가장 중요하게 생각하며 살고 있다. 잡지를 만드느라 청춘이 훌쩍 지나가고 있는 것 같아 이 일을 계속해야 하는지 '멘붕'에 빠지기도 했지만, 이 잡지와 함께 늙어가기로 결심했다.

3년 동안 여섯 권의 《헤드에이크》를 만들었다. 잡지 속 이야기엔 자조적이고 유쾌한 사연이 넘친다. 그에게 《헤드에이크》는 일상의 유희이자 빡센 취미다. 3년을 버티니까 직업이자 작업이 됐다. 책 판매 수익금만으로 감당이 안 되니 운영도 문제다. 《헤드에이크》를 만들고 취업 걱정 없이 돈도 벌고 재미있게 살아보자고 다짐했던 초심은 보기 좋게 흔들렸다. 후원과 광고를 기다리는 동안, 그림자처럼 따라다니는 질문 하나가 있다.

그래서 너희는 그 짓 왜 하는데?

정지원 편집장은 이렇게 답한다.

"우리는 많은 질문을 갖고 살아가잖아요. 그것을 공유할수록 해결할 수 있는 가능성이 크다고 생각해요. 문제를 꼭 해결할 수 없더라도 사실 누군가의 이야기를 들어주는 것 자체가 굉장히 중요한 일이죠. 《헤드에이크》는 듣는 역할을 제대로 해보려고요. 이젠 저희만의 즐거움이 아닌, 20대 친구들과 함께 끊임없는 질문을 던지고, 나누고 싶어요."

★ 질문 잡지 《헤드에이크》는 현재 아홉 권의 잡지가 발간되었다. 그들은 좀 더 프로페셔널한 미디어로 거듭나기 위해 'POST COMPANY(미래의 동료들)'이라는 이름의 회사를 출범시켰다. 《헤드에이크》는 평생 삶의 고민을 함께 나누기 위해 노력 중이다. 이들의 지치지 않는 질문을 응원하고 싶다면 www.theheadahce.co.kr를 방문해 보세요.

★ ★ ★

삶의 골치 아픈 질문을
피하지 말고, 던지자!

안녕하세요? 질문 잡지《헤드에이크》의 편집장 정지원입니다.

《헤드에이크》라는 잡지 들어본 적이 있으신가요?

아직은 대부분 모르실 거라고 생각하고 이 자리에 나왔습니다. 질문 잡지《헤드에이크》는 세상에 나온 지 3년 된 계간지입니다.

최근에 '독립잡지'라고 해서 여러 종류의 소규모 출판물이 제작되고 있잖아요. 독립잡지는 소수로 이루어진 팀이나 학생들이 만드는 작은 규모의 미디어인데요, 저는 대학을 졸업하기 직전에 친구들과 함께 이름부터 골치 아픈《헤드에이크》라는 잡지를 만들었습니다.

《헤드에이크》는 질문 하나씩을 꼭 던지는 잡지거든요. 그래서 '질문 잡지'라고 불리고요, 소규모 출판 혹은 독립적인 미디어라고 해서 '독립 잡지'로도 불리고 있습니다. 또 저희 팀원들이 대부분 20대라서 '20대 잡지'라고 불리기도 합니다. 패션 잡지를 라이프스타일 매거진(LifeStyle Magazine)이라고 하잖아요.《헤드에이크》역시 라이프스타일 매거진이라고 자부하고 있습니다.

《헤드에이크》는 삶의 골치 아픈 질문 하나를 던지고 그 질문에 대한 답변들을 일반인이나 아티스트 등 다양한 분야에서 일을 하는 사람들에게 묻고 수집합니다. 그렇기 때문에 여러 세대의 삶의 방식을 다층적으로 알아볼 수 있는 잡지라고 생각합니다.

현재 《헤드에이크》는

20대는 물론이고 여러 세대의 고민들을 함께 질문합니다.

대부분의 문제는 20대 당사자만의 문제라기보다 세대간 소통의 부재와 관련된 경우가 많았습니다.

1. 20대의 연대의식과 세대간 네트워크를 통해 실질적 문제 해결을 모색합니다.
2. 신나고 재미있는 프로젝트를 통해 문제에 대한 관심과 문제 해결을 위한 참여 방식을 다양화합니다.
3. 꽉 막힌 사회의 굴레에서 벗어날 수 있는, 끊임없이 새로운 삶의 방법을 모색합니다.

졸업 후에 뭐하지?

'삶의 골치 아픈 질문을 피하지 말고, 던지자!'가 《헤드에이크》의 모토입니다. 어릴 때 만든 잡지라서 잡지 이름이 치기 어리기도 하죠. 2009년에 처음 《헤드에이크》를 만들어야겠다는 생각을 했는데요, 당시 저는 졸업을 앞둔 사면초가의 대학생이었어요. 지금 함께 잡지를 만들고 있는 동료는 그때 3학년이었죠. 주변의 친구들이 대부분 3~4학년이라 사회에 나갈 준비를 하고 있었습니다. 당연히 저희의 최대 고민은 '졸업 후에 뭐 하지?'였어요.

신문방송학과, 정치외교학과, 문화비평학과, 광고홍보학과 등 다양한 학과에서 공부한 친구들이 모였는데, 막상 자신들의 뜻을 펼칠 회사를 찾는 게 정말 어려운 일이더라고요. 물론 뽑아주지도 않거니와, 뜻이 맞아서 함께할 회사를 찾자니 정말 어려웠어요. 그래서 '우리끼리 뭔가 만들고 졸업하자.'는 생각을 하게 되었습니다.

질문 잡지를 만들게 된 이유는 딱히 큰 이유는 없었어요. 당시에 뭔가 통통 튀는 결과물을 만들어봐야겠다는 생각도 했고, 사실 저희는 답은 없었거든요. 언제나 질문만 가득하고, 의심이 많았습니다. '왜 그래야만 하는데?'라는 불만이 가득했기 때문에 제대로 된 질문을 많은 사람들에게 던져서 질문에 대한 답을 보여주자는 생각에 '질문 잡지'로 결정했습니다.

그렇게 잡지를 만들게 되었고, 지금까지 고군분투하고 있습니다.

치명적인 질문들 여기 다 모여!

《헤드에이크》를 만들기 시작한 지 벌써 3년이나 되었고, 계간지인데 총 여섯 권이 출간됐어요. 4개월에 한 권 꼴로 잡지가 나왔네요.

첫 번째 잡지는 〈졸업 후에 뭐하세요?〉라는 제목으로 나왔습니다. 표지에 '0호'라고 지령을 붙였어요. '1호'라고 하기엔 너무 준비가 덜된 게 아닌가 싶었어요. 질문은 '졸업 후에 뭐하세요?'였습니다. 이 질문이 23~25세 나이 때에 가장 치명적인 질문이라서 많은 독자들이 구입을 해주셨어요.

지금도《헤드에이크》'0호'가 가장 인기가 많습니다.

두 번째 잡지 1호는 〈당신이 일으키고 싶은 혁명은?〉이라는 제목으로 나왔습니다. 사실 0호 잡지 〈졸업 후에 뭐하세요?〉가 예상했던 것보다 반응이 좋아서《헤드에이크》가 이런 질문도 할 수 있다는 것을 보여주자고 굳게 마음을 먹었죠. 솔직히 말하면, 허세를 좀 부린 질문이었죠. 그래서 야심차게 준비했고, 가장 힘들게 만들었던 기억이 납니다. 이 질문 덕분에 20대뿐만 아니라, 중년 세대에게도 호응을 얻었습니다.

"20대가 사회를 변화시켜야 하지 않겠냐?"고 갈구했던 어른들이 많이 응원해 주셨습니다. 1호 잡지 〈당신이 일으키고 싶은 혁명은?〉은 자신이 없어서 조금만 찍었거든요. 그래서 이미 절판입니다.

두 번째 잡지를 만들 때는 힘을 좀 빼야겠다고 생각을 했습니다. 당시에는 모든 팀원이 '백수'였던 시절이었죠.《헤드에이크》2호에는 〈시간 있어요?〉라는 질문을 던졌습니다. 저희가 질문도 많이 던지지만, 정말 다양한 방법으로 답변을 수집하거든요. 〈시간 있어요?〉를 준비하면서 100명에게 하루에 1시간마다 뭘 하는지 100인의 24시간 기록을 받았어요.

아침에 기상한 시간부터 잠들기 전까지의 시간 동안 1시간 단위로 기록해 줄 것을 100명의 사람들에게 요청했고요, 글과 그림 등으로 쓰인 깨알 같은 기록을 돌려받았습니다. 그중 50명의 24시간 기록이《헤드에이크》2호 〈시간 있어요?〉에 담겨 있습니다.

사실 '시간 있어요?'라는 질문이 탄생하게 된 에피소드가 있었어요. 제가 졸업을 얼마 앞두고, 일이 있어 학교 근처에 갔었죠. 친구들에게 문자를 보냈는데, 아무도 답변을 안 하는 거예요.

어떻게 이럴 수가 있나? 내가 지금 학교 앞에 있다고 했는데, 차 한잔 마시러 나오기가 이렇게 힘든 건가?

약간 흥분된 상태에서 떠오른 질문이었지만, 모두가 너무 바쁘잖아요. 20대는 물론이고, 30~40대도요. 그래서 《헤드에이크》가 폭넓은 연령층에게 물어본 '24시간의 기록'인데요, 상상 이상으로 굉장히 재미있는 24시간 기록들이 많이 나왔어요.

2009년 대학 졸업을 앞두고 만들기 시작한 잡지여서 그런지 《헤드에이크》를 만드는 사람들이 나이를 먹고 늙어감에 따라 질문도 같이 늙어갔어요. 세 번째 잡지를 만들기 위해 준비하던 때는 취업한 상태였고, 그래서 독립은 대체 언제 할 수 있을까를 고민하던 시기였죠. 네 번째 잡지에는 〈독립, 언제 할 거야?〉라는 질문을 던졌습니다.

부모님에게 해방되려면 어떻게 해야 하는지, 자취방은 어떻게 구해야 하는지 등의 처절한 '독립 생존기'에 대한 질문을 던지기로 했습니다. 어떻게 하면 살기 좋은 집을 구할 수 있을지 정당의 정책 연구원을 모시고 포럼도 열고, 재미있는 프로젝트도 진행했어요.

20대에 처음 시작하게 되는 독립생활에 대해서 어떻게 생각하고 있는지 질문을 던졌습니다. 사실 어떤 질문을 할 때마다 예상되는 답변이 있게 마련인데, 의외의 답변을 받을 때가 많았습니다.

예를 들면 '독립, 언제 할 건가요?'라는 질문에 '20대 후반쯤'이란 답변을 예상했는데, 결과는 완전히 달랐어요. 많은 청춘들의 반응은 굉장히 현실적이었습니다.

"독립은 무슨 독립이냐, 부모님 집에 붙어살다가 결혼할 때 독립해야지.

독립하면 돈이 얼마나 많이 드는데!"

이런 이야기를 많이 하더라고요.

누구도 예상하지 못한 답변과 리얼한 현실을 편집하지 않고 고스란히 《헤드에이크》에 담았습니다. 돌이켜보니, 독립에 대한 문제는 정말 어려웠던 것 같아요.

다시 어깨에 힘을 빼자고 결심하고 만든 게 2011년 여름에 나온 4호 〈갈 데 있어요?〉였어요.

'갈 데 있어요?'라는 질문에 다양한 연령층이 답변을 보내주셨어요. 그런데 카페에서 차 마시기, 영화관에서 영화 보기, 식당에서 음식을 먹는 것 외에는 별로 갈 데가 없다는 공통된 답변이 수집됐어요. 사실《헤드에이크》팀도 갈 데가 없어서 늘 아버지 사무실을 전전하거나, 카페 한 구석에서 회의를 했었거든요. 우리가 돈을 지불하지 않으면 갈 곳이 아무 데도 없구나, 라는 생각이 들면서 많은 분들에게 진지하게 질문을 던졌죠. 갈 데 있어요?

《헤드에이크》4호 〈갈 데 있어요?〉는 일할 데 없는 청춘, 살 데 없는 청춘, 놀 데 없는 청춘들의 치열한 생존기를 보여줍니다. 기존의 청춘담론들과 다른 실제적인 응원과 조언이 담겨있습니다. 잡지를 만드는 과정도, 결과도 가장 흡족했죠. 잘나가는 인디밴드 '몽구스'와 소설가 김사과 씨의 인터뷰가 실려 있습니다. 또 '테드엑스서울'의 창립자인 류한석 씨가 자신의 삶과 철학을 솔직하게 보여줬습니다.

어쩌다 보니,《헤드에이크》홍보의 자리가 되었네요.

사실 '갈 데 있어요?'는 저희들에게 던진 질문이기도 했습니다. 대학 졸업을 앞두고 시작한 잡지이긴 하지만, 7명에서 시작했다가 3명이 되는 등 멤버 변동도 많았고 거취가 불분명했거든요. 그 사이 대학원에 진학한 친구도 있고 회사원이 된 친구도 있었는데, '우리는 어디로 가고 있는 걸까?'라는 질문에 《헤드에이크》 스스로 철저히 고민해 봐야겠다고 생각했어요. '포스트 피크닉 프로젝트(Post Picnic Project)'라는 이름으로 새로운 프로젝트를 시작했는데, 좀 있어 보이고 싶어서 영어로 이름을 지었고요. 말 그대로 '소풍'이에요.

2011년 봄, 답답한 일상에서 작은 틈을 낼 수 있는 게릴라식 모임을 열어본다는 취지로 시작했어요. 《헤드에이크》가 돗자리와 도시락을 준비하고 누구나 즐거운 마음으로 시간만 낸다면 참여가 가능합니다. 종종 특별한 손님을 모시고, 이야기도 나누고 공연도 진행해 볼 생각입니다.

또 한 가지가 더 있습니다. 《헤드에이크》의 야심찬 기획 '질문 엽서 프로젝트'를 소개하려고 합니다. 《헤드에이크》가 준비한 '질문 엽서'에 자신의 고민이나 골치 아픈 질문들을 엽서에 쓰거나 그려서 의뢰하면 그 달의 엽서를 골라 잡지의 주제로 삼는 프로젝트를 진행했어요.

아쉬운 마음으로 2011년을 보내며, '질문 엽서 프로젝트'의 주제를 정했습니다.

'2011년 당신을 가장 골치 아프게 한 질문은?

2012년 당신이 가장 사로잡힐 질문은?'

두 가지 질문을 담은 엽서를 강남, 신촌 등 20대가 가장 많이 모이는 곳에 비치했어요. 200장 이상의 엽서를 수거했던 것 같아요. 엽서에 쓰어 있는 질문이 정말 다양했거든요. 그 질문을 모두 모아서 '질문 키워드 특별판'을 만들었습니다. 덕분에 2012년 새해를 시작하며 《헤드에이크》 5호 〈당신의 질문은 무엇입니까?〉가 나왔습니다. 잡지 소개는 여기까지고요.

청춘의 특권은 지르기?

Think, Act, Create.

생각하고, 바로 행동하고, 만들자. 이것은 《헤드에이크》의 모토입니다. 우리말로 하면 조금 촌스러워 보여서 영어로 모토를 정했는데, 죄송합니다.

사실 이 모토를 정하고 나서 굉장히 실수했구나 싶었어요. 안 그래도 《헤드에이크》로 이름 지어서 정말 골치가 아팠는데, 모토 역시도 저희를 옥죄었던 거죠. 저희는 생각이 떠오르면 바로 질문해서 프로젝트를 시작하다 보니까 늘 시간에 쫓기는 느낌이었고, 여유가 없었습니다. 청춘의 특권 중에 '지르기'가 있잖아요. 처음에 한 번 지르고 끝냈으면 되는데, 양심상 책임을 져야 한다는 생각 때문에 어떻게 하면 이 질문을 해결할 수 있을까, 지금까지 너무 진지하게 고민을 해왔던 거죠.

힘들었지만 이 세 가지 모토를 열심히 실천한 결과, 저희만의 플레이 그라운드(play ground)가 생겼습니다. 그동안 《헤드에이크》를 만들기 위해 아버지 회사들, 옥탑방, 건물 옥상, 사무실의 한 귀퉁이 등을 전전하다가 지금은 작은 반지하방을 작업 공간으로 얻었습니다. 위치는 요즘 가장 뜨고 있는 핫 플레이스 한남동에 있고요. 전혀 반지하 같지 않은 반지하예요. 언제든 오시면 차 한잔 대접할 수 있을 것 같습니다.

《헤드에이크》가 여기까지 올 수 있었던 건 동시대를 살고 있는 20대뿐만 아니라 숨겨진 보석 같은 홍대의 많은 인디 아티스트 여러분이 이런저런 고민을 함께 나눠주셔서 지속적인 소통이 가능했던 덕분입니다. 앞으로도 《헤드에이크》가 넓은 운동장이 될 수 있도록, 또 마음껏 생각을 펼칠 수 있는 청춘의 장이 될 수 있도록 노력하겠습니다.

저희의 백그라운드에는 별로 내세울 만한 게 없어요. 저에겐 학벌이나 부모님의 배경보다 중요한 친구들과 동료들이 있습니다. 그 소개를 조금 더 자세히 해볼게요. 《헤드에이크》의 정식 멤버는 저를 포함해서 3명입니다. 기자 2명, 디자이너 1명이 《헤드에이크》를 만들고 있어요. 창간 멤버는 7명이었지만, 언젠가는 9명도 됐다가 숫자를 헤아리기 어려울 정도로 많은 분들이 도움을 주셨어요. 또 직장에 다니고 있지만, 《헤드에이크》에 한 다리를 걸치고 도움을 주신 분들도 계세요. 실명을 밝히면 그분들이 곤란할 수 있으니, 이쯤에서 고마운 마음만 전하겠습니다.

청춘을 바친 《헤드에이크》, 어떻게든 끝장을 보자!

《헤드에이크》를 아는 많은 분들이 '《헤드에이크》는 청년(청춘)들이 만드는 잡지'라고 말씀하세요. 그런데 저희는 '젊은 팀'이 만든다고 이야기를 해드리고 있어요.

열네 살이 된 제 동생부터 아버지 연배의 어른도 나이와 상관없이, 또 고정관념 없이 저희가 던지는 질문을 받아주시고 함께하고 계십니다. 지켜봐 주시는 눈들이 많아지고, 여러 사람에게 도움을 받으면서 《헤드에이크》를 만들다 보니까, 이제는 조금 더 체계적으로 만들어야겠다는 생각을 했습니다. 저와 동료들은 '이왕 3년 넘게 청춘을 바친 거, 어떻게든 끝장을 보자.'는 마음을 갖게 되었거든요.

앞으로 어떻게 해야《헤드에이크》의 정기구독자도 많아지고, 우리의 친구들이 함께 네트워크를 해서 좋은 사회를 만드는 데 영향을 미칠 수 있을까 고민했습니다. 그래서 얻은 답이 회사의 모양을 갖추자는 것이었어요.

그 결과로 '포스트 컴퍼니(Post Company)'라는 이름의 회사를 만들게 되었습니다. 뭔가 포스트잇 회사 같은 느낌이 드시나요? 그런 느낌을 담고 싶어서 '포스트 컴퍼니'라고 정하기도 했지만, 무엇보다 '포스트 컴퍼니'의 뜻이 미래의 동료들이라는 따뜻한 가치를 담고 있어요.

《헤드에이크》가 '포스트 피크닉 프로젝트(Post Picnic Project)'를 진행할 때마다 작은 카페들이 좋은 뜻에서 동참해 주셨어요. 홍대에 있는 '녹색광선'이나 신촌의 '체화당', 충정로에 있는 '가배나루' 등의 작은 카페들이 저희 잡지를 비치하고, 행사를 진행할 때 공간도 무료로 제공해 주셨거든요. 지금은 비록 5개 정도의 카페와 300여 명의 독자와 함께하고 있지만, 이 네트워크를 점점 넓혀가면서 좀 더 재미있는 일들을 많이 할 수 있지 않을까 생각합니다.

어깨에 힘 빼고 가볍게, 끈기 있게!

저희가 딱히 내세울 게 없어서 뭘 자랑할까 고민하다가 문득《헤드에이크》가 작업에 임하는 자세를 소개하자는 생각이 들었어요. 사실 많은 미디어들이 금방 사라지고, 외부 요소에 의해 변하기도 하는데요,《헤드에이크》는 맨땅에 헤딩하면서 3년 동안 버텨낸 잡지가 되었거든요. 물론 잠깐 부모님에게 경제적인 의지도 했었지만, 저희가 가진 돈을 쓰면서 잡지를 만들기도 했어요. 이렇게 3년을 버틴 노하우는 뭐였을까 생각해 보니, 어깨에 힘 빼고 가볍게, 하지만 끈기 있게 버틴 결과가 아니었나 싶어요.

0호, 1호를 제작할 때까지만 해도 빨리 1만 부를 찍는 '대박 잡지'를 만들어야겠다는 거창한 바람도 있었지만 이제는 현실을 직시했고요, 끈기 있게 하다 보니 저희만의 노하우가 생겼어요. 앞으로도 어깨에 힘 빼고 가볍게, 끈기 있게 해볼 작정입니다.

어떤 선배에게 들은 얘긴데요, 1년을 버티면 3년을 할 수 있고, 3년을 버티면 5년을 할 수 있고, 5년을 버티면 10년을 할 수 있다고 해요. 30년 버티면 100년을 간다는 거죠. 재미로 만들기 시작했던 《헤드에이크》가 이제 100년 가는 따뜻한 기업을 꿈꾸고 있습니다.

앞으로 소규모 독립 잡지에서 벗어나서 새로운 매체가 되어보려고 합니다. 일단은 따뜻한 미디어가 될 계획입니다. 저희는 프로젝트를 진행할 때마다 사람을 직접 만나거든요. 인터뷰도 직접 하고, 앞에서 소개해 드렸던 질문 엽서도 직접 받으러 다니고요. 그럴 때마다 느낀 게 있는데요, 세상이 각박하다고 하지만 따뜻한 마음씨를 가진 사람들이 많은 것 같아요. 사람들이 고민을 많이 하는 것 같지 않아 보이지만요, 막상 질문을 던지면 자신의 고민을 이야기하고, 좋은 방향으로 해결되었으면 하는 바람을 들려주세요. 이처럼 따뜻하고 진정성 있는 마음을 가진 사람들과 더불어 다양한 정보며 살아가는 이야기를 공유하고자 합니다.

두 번째로 《헤드에이크》는 소셜 미디어(Social Media)로 거듭나려고 합니다. 저희가 던지는 질문이 개인적인 차원을 벗어나 좀 더 사회적인 차원으로 발전했으면 좋겠다는 생각이 들었습니다. '졸업 후에 뭐하세요?'나 '독립, 언제 할 거야?'라는 질문은 20대에 맞춘, 굉장히 사적인 질문이잖아요. 물론 사회적인 질문일 수도 있지만 좀 더 다양한 세대가 공감할 수 있는 질문을 던져 보려고 합니다.

세 번째로 뉴미디어가 되자는 결심을 했습니다. 구글로 검색해서 얻을 수 있는 정보가 아니라, 사람을 직접 만나서 얻은 생생한 정보를 새로운 형식과 시각으로 보여드리려고 노력하고 있습니다.

마지막으로 《헤드에이크》의 히든카드 G.B.Q를 소개합니다. Great Best Question. BBQ 치킨을 패러디한 거예요. 앞으로《헤드에이크》는 중요한 질문을 직구로 던져볼까 합니다. 2012년부터 2개월에 한 번씩 잡지를 내기로 야심찬 결심을 한 이상, 환경에 대한 질문, 정치에 대한 질문도 진솔하게 다뤄 볼 예정입니다. 또 삶에서 가장 중요한 의식주에 관한 질문도 재미있게 던져보려고 합니다.

우리는 왜 이 짓을 하고 있을까?

"그래서 너희 이거 왜 하는데?"

이미《헤드에이크》를 알고 있는 분들도 그렇고, 처음 알게 되는 분들도 그렇고, 언제나 똑같은 질문을 하세요. 사실 저희도 늘 고민입니다.《헤드에이크》5호 〈당신의 질문은 무엇입니까?〉에도 '우리는 왜 이 짓을 하고 있을까?'가 고민이라고 적었어요.

가만히 생각해 보니, 처음에는 저희의 개인적인 즐거움에서 시작됐죠. 저희만의 유희였던 것 같아요. 그게 빡센 취미가 됐죠.

나름의 생각을 정리해 보니, 우리들의 고민은 혼자 힘으로 해결할 수 없고, 또 인간은 혼자서 살 수 없는데, 누구도 내 문제를 해결해 줄 수 없다면 내가 직접 나서서 해보는 용기가 필요하다는 생각이 듭니다. 누구도 해결해 줄 수 없는 내 문제에 대해 스스로 목소리를 내고, 누군가 공감하고, 함께 아파하고, 지혜를 모으면 생각했던 것보다 더 좋은 결과를 얻을 때도 있잖아요. 이런 마음을 갖고 작업을 해나가고 있는 것이 아닐까 싶습니다. 저희만의 즐거움이 아닌,《헤드에이크》를 읽는 분들과 더불어 즐거움을 만들고 나눠야겠다는 생각도 들고요.

앞으로 《헤드에이크》는

20대의 삶에 국한된 고민과 질문들을 여러 세대가 공유하는 고민, 한국 사회의 이슈, 그리고 세계적인 문제들로 영역을 넓혀볼 생각입니다.

언제나 끊임없이 고민하고 문제 해결을 위해 포기하지 않겠습니다. 비겁해지지 않겠습니다.

사실《헤드에이크》만 질문이 많은 게 아니라, 모두가 마음속에 많은 질문을 갖고 있잖아요. 저희는 다양한 질문을 함께 공유할수록 더 좋은 해결 방법을 찾아낼 수 있다고 생각하고 있거든요. 문제가 꼭 해결되지 않더라도 누군가의 이야기에 귀 기울여 주는 것도 굉장히 중요한 일인 것 같고요. 그래서《헤드에이크》는 듣는 일도 잘 해보려고 합니다.

가슴이 시키는 대로
사하라 사막을 달린 청년 마라토너

윤승철
· 대학생 ·

어떤 분야든 선구자가 있게 마련이고,
각각의 분야에 통달한 사람들이 있어요.
세상에는 꿀벌 같은 사람들이 굉장히 많죠.
주위를 둘러보면 꿀벌이 되려고 하는 사람도 너무 많고요.
누군가는 시간이 걸리더라도 몸으로 부딪치는 걸 경험하면서
출구를 찾는 파리 같은 사람이 돼야 하지 않을까요?
그래서 저는 파리 중의 파리,
'똥파리'가 되기로 결심했어요.

 사하라 사막, 어디까지 가봤니?

지구상에서 가장 뜨거운 곳의 하나인 '사하라 사막'을 달린 청년 마라토너가 있다. 건강한 몸과 마음을 가진 스물세 살의 청년 윤승철 씨다. 그의 도전은 아직 끝나지 않았다.

그는 2011년 10월에 다녀온 아프리카 사하라 사막을 시작으로 4대 극한 레이스에 도전해 볼 생각이다. 거친 바람이 부는 중국의 고비 사막, 가장 추운 남극, 건조하기로 유명한 칠레의 아타카마 사막까지 완주하는 게 목표다.

승철 씨는 심한 평발을 갖고 있고, 우락부락한 체격도 아닌 평범한 대학생이다. 그런 그가 왼발 정강이뼈가 부러지도록 고독한 레이스를 펼친 이유가 뭘까?

"2009년 대학에 입학해서 무엇을 할까 고민하고 있을 때, 우연히 사하라 사막 마라톤 대회를 알게 됐어요. 6박 7일 동안 달릴 수 있다면 앞으로 뭐든 할 수 있겠다고 생각했죠. 그렇게 무모한 도전이 시작됐어요."

사하라 사막 마라톤의 총 길이는 250킬로미터 하루 평균 40킬로미터를 달려야 하고, 그중 2일인 롱데이(Long day) 기간에는 80킬로미터를 뛰어야 했다. 도전 기간 동안 자신이 먹을 물과 음식, 침낭, 비상 물품 등을 모두 가방에 메고 달린다. 꼭 챙겨야 하는 장비만 스물일곱 가지, 가방 무게만 12킬로그램이 넘는다. 그 무게는 첫날부터 고통으로 다가왔다.

"외로움이 가장 힘들었어요. 포기하려는 순간, 눈앞에 꼭 하나씩 포기할 수 없는 이유가 보였어요. 그게 무엇이었는지 이제 들려 드리려고 합니다."

사막에서 극한 레이스를 펼치는 동안 그의 열정은 더 단단해졌다.

"열정 없는 꿀벌보다 도전하는 똥파리가 되고 싶다."는 윤승철 씨의 이야기를 들어보자.

★ ★ ★

열정 없는 꿀벌보다
도전하는 똥파리가 되려고 해요

안녕하세요, 저는 동국대학교 문예창작학과에 재학 중인 윤승철이라고 합니다. 저는 2011년 10월 2일부터 7일까지 6박 7일 동안 사하라 사막 250킬로미터를 달리면서 사막에서 뒹굴던 그때의 기억을 잊을 수가 없어요. 사하라 사막에서 보고 느끼고 생각한 것들을 이 자리를 통해 이야기하고자 합니다.

사막에서 250킬로미터를 6박 7일 동안 달릴 수 있는 열정이라면 앞으로 뭐든 할 수 있다

여러분은 사막하면 어떤 것들이 가장 먼저 떠오르세요?

저는 사막에서 볼 수 있는 은하수나 사막여우, 높은 모래언덕, 선인장, 오아시스, 뜨거운 태양 등이 먼저 떠오르는데요. 그런 환상을 갖고 찾아간 곳이 사하라 사막이었습니다. 처음 '사하라 사막 마라톤'에 대해서 알게 된 건 군대에 가기 직전이었어요. 새내기 대학생이 되면서 '20대 뜨거운 청년이 무엇을 할 수 있을까.' 고민하고 있던 때, 제 눈에 들어왔던 게 '사하라 사막 마라톤'이었어요. 그때 무릎을 탁! 쳤죠. 6박 7일 동안 250킬로미터의 모래사막을 달릴 수 있는 열정이라면 앞으로 뭐든 할 수 있을 것 같았거든요.

조금씩 대회를 준비하기 시작했어요. 마라톤은 생각지도 못한 도전이었으니 제가 가장 먼저 고민했던 부분이 바로 체력이었어요. '그 뜨거운 사막에서 어떻게 250킬로미터를 달릴 수 있을까.' 처음엔 정말 아찔하더라고요.

사하라를 다녀와서 처음으로 마라톤 하프코스를 완주했는데, 이전까지는 한 번도 마라톤을 뛰어본 적이 없었어요. 또 제 발은 심한 평발이어서 신발을 맞추거나, 병원에 가면 연구 대상이었죠. 병원에서는 제 발의 샘플 사진을 찍어서 자료로 남기기도 하더라고요.

중학생 때 비만이기도 했고, 정강이뼈가 부러지면서 성장판도 다쳤는데, 이 모든 것들을 다 이겨내 보고 싶었어요. 그래서 일부러 해병대에 지원하기도 했고, 더 악착같이 달렸죠.

7일 동안 사막에서 살아남아야 하는 서바이벌 레이스

250킬로미터를 달리는 7일 동안 자신이 짊어지는 가방에 먹을 음식, 입을 옷과 침낭, 구급약품 등을 모두 들고 뛰어야 해요. 하루 평균 40킬로미터를 달리고, 롱 데이(Long Day)라는 기간에는 30시간 동안 85킬로미터 정도를 달려야 했죠. 왜 사막 마라톤이 다른 말로 '자급자족 서바이벌 레이스'라 불리는지 알 것 같더라고요.

매일 2000킬로칼로리(kcal) 이상의 음식을 먹어야 버틸 수 있었는데, 웬만한 음식을 먹어서는 칼로리를 충당할 수 없어서 계산기를 들고 마트를 돌아다녔죠. 어떤 음식이 그램당 칼로리가 가장 높은지 확인하면서 먹을거리를 사야 했거든요. 사람들은 다이어트 한다고 칼로리 낮은 음식만 찾는데, 저는 미친 듯이 칼로리가 높은 음식만 찾아 다녔죠. 그래서 약과, 초코바, 육포 등을 많이 먹었어요. 마트에서 고칼로리 음식들만 고르는 저를 점원들이 범상치 않은 눈빛으로 보더라고요.

들고 다니기 가볍고 고칼로리 음식들을 골랐지만, 대회 중에는 다 버리고 싶었어요. 일주일 동안 먹을 음식만 따져도 열아홉 끼니 가까이 되는데 보통 무게가 아니었거든요. 그래서 대회 둘째 날에는 가방을 탈탈 털어서 음식들을 버렸어요. 다 녹아서 가방에 짓뭉겨진 초코바도 버리고, 텐트에 도착하면 밤하늘을 보며 먹으려 했던 녹차라떼는 그야말로 사치라는 걸 깨달았거든요. 지루할 때 씹으려고 했던 껌도 모두 버렸죠. 가방에 달려 있는 끈은 제 몸에 맞게 조인 다음 모두 잘라 버렸어요. 그 정도로 조금이라도 무게를 줄이고 싶었죠. 제 스스로와의 싸움이 결승전이라면 가방 무게와의 싸움은 가장 치열하다는 1라운드라고 볼 수 있을 것 같아요.

뭘 해야 할지 모르겠고, 미래는 막막하고 하지만 열정은 넘치고 가슴은 뜨거웠다

사하라 사막 마라톤 도전은 세상을 향한 분출구라 말하고 싶어요. 뭘 해야 할지 모르겠고, 미래는 막막한데 열정은 넘치고 가슴은 뜨거웠죠. 두 달에 한 번 꼴로 헌혈을 하는데도 가슴속에 뜨거운 열기를 표출할 수가 없더라고요. 그래서 저와 비슷한 고민을 하고 있는 친구들에게 이런 도전도 가능하다고 말해 주고 싶었어요. 어려운 환경이더라도 꾸준히 도전하고 노력하면 안 될 게 없다는 것을 직접 경험해 보고 싶기도 했고요.

마라톤 코스 중에 10킬로미터마다 '체크 포인트'라는 게 있어요. 검은 천막 하나가 덩그러니 놓여 있는데, 제게는 그게 오아시스나 마찬가지였죠. 체크 포인트에 도착해야만 그늘을 만날 수 있고 또 저를 반갑게 맞아 주는 자원봉사자들이 있거든요. 뛰면서 체크 포인트를 얼마나 찾았는지 몰라요.

4일쯤 달리니까 영화나 만화에서 주인공이 오아시스 신기루를 보는 것처럼 눈앞에 체크 포인트 천막이 아른거리기 시작하더라고요. 당근을 달고 달리는 당나귀처럼 체크 포인트라는 당근에게 희망고문을 당했답니다. 고문이란 말까지 굳이 넣어야 하냐고요?

한번은 이런 적이 있어요. 첫날, 10킬로미터쯤 달렸을 때였을 거예요. 사막언덕을 힘들게 올라가고 있는데 체크 포인트로 의심되는 천막이 희미하게 보였어요. 저게 말로만 듣던 체크 포인트구나 싶어서 힘을 내서 뛰었지요. 물도 떨어져가는 상황이었고 잠시라도 그늘에서 쉬고 싶기도 했거든요. 사막에선 직선으로 뛰는 게 아니에요. 금방이라도 갈 수 있을 것처럼 보이는 곳도 구불구불 모래언덕을 돌아야 갈 수 있거든요. 어쨌거나 1시간을 넘게 뛰었던 것 같아요. 뛰다가 걷다가를 반복했죠. 체크 포인트가 보이는 것 같아서 뛰었는데, '대체 체크포인트가 있긴 한 건가.' 싶더라고요. 자동차 백미러를 보면 '사물이 생각보다 가까이 있음.'이라고 적혀 있잖아요. 사막에서는 사물이 생각보다 '미친 듯이' 멀리 있었어요. 상상 밖에, 상상을 초월하는 거리에 있더라고요.

사막에 그늘이 없으니까, 더위를 참아야 하는 게 힘들었어요. 현지인들은 적응을 했죠. 낙타를 타고 다니는데, 잠시 쉴 때는 낙타가 서 있을 때 생기는 그늘에 들어가서 앉아 있더라고요. 얄밉더라고요. 어느 정도의 더위냐면, 머리카락이 녹아서 두피에 철썩 붙을 만큼 뜨거운 더위였어요. 칼로리 높은 음식을 챙긴다고 가져간 초콜릿이나 캐러멜은 다 녹아서 액체가 됐죠. 가방에 넣은 물도 온수가 됐어요.

무시무시한 더위였죠. 어느 정도의 더위냐고요? 마라톤을 할 때는 타이츠를 입어요. 오래 달려야 하니까, 불편하지 않고 근육을 잡아주는 몸에 딱 달라붙는 옷을 입어야 하거든요. 그런데 대회가 끝나고 보니 타이츠를 입은 부분만 제외하고 몸이 새까맣게 탔더라고요. 자외선 차단제도 소용없었어요. 그래도 제가 사하라 사막 마라톤에 도전하고 뜨거운 열정을 분출했다는 사실이 몸에 남아 있어서 기뻤어요. 친구들에게 우스갯소리로 "너도 한번 가보고 와서 얘기해."라고 말할 수 있었던 결정적 증거였던 것 같아요.

마라톤에 참여하는 기간 내내 발에 물집이 잡힌 건 기본이고요, 발톱이 다 빠졌던 적도 있어요. 발가락에 물집이 생기는 걸 방지하기 위해서 발가락에 테이프를 붙이기도 했어요. 재미있는 건 선수들마다 물집을 예방하는 방법에 미묘한 차이가 있다는 사실이었어요. 우리나라 선수들은 바늘로 찔러서 물집을 빼는 반면, 영국인 선수들은 칼을 들고 바로 물집을 도려내더라고요. 호주 선수들은 물을 빼지 않고 계속 두터운 반창고를 바르고요. 물집에 대처하는 방법이 나라마다 개인별로 모두 다르다는 것도 흥미로운 일이었죠.

포기하고 싶을 때 만난 사람들
서로의 손을 잡아주고 함께 완주하다

황량한 사막을 지나다 보면 어느새 혼자가 돼요. 참가한 선수들마다 워낙 페이스가 다르다 보니 10킬로미터만 지나도 몇 백 미터 넘게 차이가 벌어지더라고요. 아주 오래전 이 사막을 걸었던 아랍 상인들의 낙타처럼 홀로 터벅터벅 걷고 있는데, 어떤 선수가 가만히 서서 계속 저를 쳐다보고 있는 거예요. 그 땡볕 아래에서. 무슨 일이 있나 싶어 서둘러 가보니 뒤에 오는 사람을 기다린다는 거예요. 알고 보니 일본에서 함께 온 부인을 기다리는 거였어요.

대회가 끝나고 들은 얘긴데, 처음에는 취미로 부부가 함께 마라톤을 시작했다가 사하라 사막 마라톤에 도전하고 싶어 함께 오게 됐다고 하더라고요. 일본인 부부는 힘들 때 서로의 손을 잡아주고 도와주면서 끝까지 완주를 했어요. 골인 지점을 들어오는 부부를 보면서 많은 선수들이 격려의 박수를 쳐주었죠.

흔히 반려동물(伴侶動物)이라는 말을 많이 쓰잖아요. '반려'의 한자 뜻은 '짝 반(伴)'에 '짝 려(侶)'를 써서 '짝이 되는 사람'이라는 뜻이잖아요. 문득 '반려'라는 단어가 이중적이라는 생각이 들었어요. 같은 반려이지만 '돌이킬 반(反)' 혹은 '배반할 반(叛)'에 '어그러질 려(戾)'로 쓰면 '배반하여 돌아

선다.'는 뜻이 되거든요. 일본인 부부를 본 순간 느꼈어요. 완주는 중요한 게 아니구나. 진정한 반려자(伴侶者)란 이런 부부의 모습이 아닐까라는 걸 느낀 거죠.

더위, 추위, 배고픔보다 힘들었던 '외로움' 지금 나는 어디로 가고 있는 걸까?

5일째 들어서 80킬로미터쯤 달려왔는데 그날도 한참 동안 혼자였죠. 40킬로미터쯤 걸었을 때였나? 갑자기 다리에 쥐가 나기 시작하더니 발을 내딛기가 힘들 정도로 고통이 느껴지더라고요. 무더운 날씨 때문에 신발은 수축되고, 작아진 신발 때문에 발은 붓고, 그걸 신고 걷고 달리다 보니 발목이 아프기 시작했어요. 발목에 힘이 없으니까 무릎에 무리하게 힘을 주고 걷게 됐죠. 그동안 어깨에 멨던 짐은 내 몸을 사정없이 짓눌렀어요. 온몸이 아파 당장이라도 쓰러질 것 같았죠. 진통제라도 챙겨 먹어야겠다 싶어서 메고 있던 가방을 내려놓는데 저도 모르게 잠깐 의식을 잃었나 봐요. 선수들끼리 간격이 생겨서 주위에는 아무도 없었거든요. 분명 걷고 있었는데, 꿈이었던 거예요. 꿈속에서도 계속 그렇게 걸었던 거죠.

하루 종일 걷고 달리다 보니까 몸은 완전히 탈진 상태였어요. 낮에는 더위와 씨름해야 했고, 새벽에는 섭씨 0도 가까이 떨어지는 추위를 견뎌야 했어요. 대화 상대가 없다 보니 '내가 제대로 가고 있나.'라는 생각마저 들 때가 한두 번이 아니었죠. 걷고 또 걸어도 제가 가고 있다는 생각이 안 들었어요. 앞에 가는 선수도 저와 비슷한 속도로 가고 있으니까 좀처럼 간격을 좁힐 수도 없고……, 그저 제가 거대한 모래벌판에 앙상하게 서 있는 작은 나무처럼 보였어요.

온몸이 오싹한 경험을 하기도 했어요. 레이스 도중에 길을 잘못 들어서 완전히 다른 코스로 이탈한 거예요. 지친 몸에 더위까지 먹었으니 제정신이 아니었죠. 잘못된 길로 20분쯤 넘게 걸었나 봐요. 지금 생각해도 아찔한 이야기죠. 다행히 뒤에 오던 선수가 저를 발견하고 한참동안 불렀지만 저는 그가 반가워서 호루라기도 불고, 손을 흔드는 걸로 착각한 거예요. 그러면서 사막에 남겨진 누군가의 '발자국'을 보게 된 거죠. 그제야 '아! 사막에서는 누군가의 흔적이 이렇게 중요할 수 있구나.'라는 생각을 하게 됐어요.

다시 정해진 코스로 돌아왔을 때, 앞서간 사람들의 발자국이 보이더라고요. 그때 본 발자국이 제게는 이정표였어요. 당시에 코스를 이탈한 저를 애타게 부르던 동료 대성 형이야말로 생명의 은인과도 같았죠. 늦었지만 동료 대성 형에게 고마운 마음을 전하고 싶네요.

포기하고 싶은 순간이 당연히 있었죠.

'나는 누구일까? 여기 왜 왔을까? 나는 지금 여기서 뭘 하는 걸까?'

이런 생각들이 머릿속에서 떠나지 않았어요. 그런데 포기하려고 하면 꼭 뭔가 하나씩 보였어요.

처음으로 포기하고 싶을 때, 완주가 불가능할 것처럼 보였던 여성 선수들이 열심히 뛰고 있는 모습을 봤어요. 그 모습을 본 저는 건강하게 군복무도 마친 대한민국 젊은이로서 포기할 수가 없었죠.

두 번째로 포기하고 싶었을 때는 60대인 할아버지가 즐기며 달리는 모습을 보게 된 거예요. 백발이 무성한 할아버지는 멋진 선글라스를 머리에 왕관처럼 끼고 노래까지 흥얼거리면서 걷다가 뛰다가 하셨죠. 그 모습이 섹시해 보였다고 표현해야 맞을까요? 그 모습에 반할 정도였으니 말이에요.

마지막으로 포기하고 싶었을 때에는 한 선수가 다리를 끌면서 폴(스틱) 하나에 의존하며 가는 것을 보았어요. 그런 선수들에 비하면 저는 정말 건강한 체력을 가진 참가자였어요. 오랫동안 꿈꾸던 '사하라 사막 마라톤'에 도전하고 있다는 것만으로도 감사하다는 생각이 절로 들더군요. 동시에 이번에 포기하면 어떤 일도 할 수 없을 것만 같았어요. 사막을 달린다는 생각만으로 가슴이 뛰어서 자다가도 벌떡 일어나 남산을 달리고, 컴퓨터 바탕화면에 사하라 사막의 사진을 띄워 놓고 그리워했던 열정들을 다시 생각해 보게 됐죠.

세상에 도달하지 못할 목표란 없는 것 같아요. 시간이 얼마나 걸리느냐, 혹은 누구와 어떤 과정을 통해 준비하느냐의 문제는 있을 수 있겠지만, 누구나 할 수 있어요. 도전 앞에서는 여성도, 60대 할아버지도, 다리가 불편한 사람도 모두 '의지'의 문제였듯이 말이죠.

'우유부단'이 부정적인 단어라고?
무한한 가능성을 두드려라

제 성격은 조금 우유부단한 편이에요. 결단력이 부족한 편이죠. 그런데 저는 '우유부단'하다는 말을 부정적으로 생각하지 않아요. 사회생활을 시작하기 전에 최대한 다양한 경험을 하기 위한 융통성이 있다고 생각하는 거죠. 열린 마음으로 보니까, 세상에는 지금껏 생각해 보지도 못한 직업이 있었고요, 제 상상을 뛰어넘는 일들도 많았어요. '사하라 사막 마라톤' 대회를 주관하는 '레이싱 더 플래닛(Racing The Planet)'이란 곳만 봐도 그래요. 세상에! 풀코스 마라톤을 뛰기도 힘든데, 누가 사막에서 일주일 동안 마라톤을 할 수 있을 거라고 생각했겠어요?

하지만 지금 '사하라 사막 마라톤'은 스스로를 시험하고 극한의 스포츠를 즐기려는 전 세계의 마라토너들이 모이는 자리가 됐어요. 어떤 일을 시작할 때, 빠른 시간 내에 고민하고 결정해서 추진력 있게 밀고 나가는 방법도 좋겠죠. 하지만 어물어물 우유부단한 태도로 다양한 경험을 해보는 것이 청춘의 특권이 아닐까 싶어요.

주변 친구들을 만나 보면 각자 도전하고 싶은 일이나 좋은 아이디어들이 많아요. 생각은 많이 하는 것 같은데, 실제로 실천으로 옮기는 것까지는 거리가 있는 것 같아요. 하지만 '기회는 다가가는 자에게 온다.'고 하잖아요. 끊임없이 부딪치고 움직일 때, 저는 더 많은 가능성이 보인다고 생각해요.

많은 친구들이 대회 참가비를 어떻게 마련했냐고 물었어요. 제 딴에 아르바이트 해서 모으고 장학금도 받으려고 애썼지만, 600만 원 가까이 드는 비용을 만드는 건 현실적으로 힘들더라고요. 그래서 처음으로 '기획안'

이란 걸 써봤어요. 윤승철과 사하라 사막 마라톤에 대한 소개, 비전·목표·각오, 홍보 방안 등을 15페이지나 썼어요. 그걸 들고 학교 선배부터 시작해서 150여 군데 기업 홍보실을 찾아다녔어요. 지겹게 거절도 당해보고, 무턱대고 찾아왔다고 내쫓기듯 나온 적도 있지만 포기할 수는 없었죠. 다행히 지금 제가 공부하고 있는 동국대학교에서 참가비 일체를 지원받을 수 있었어요. 의욕이 넘치는 젊은이의 가능성을 응원한다며 한 아웃도어 업체에서 장비를 후원해 주기도 했고요.

사하라 사막 마라톤 코스 250킬로미터를 10미터당 1원씩 계산하면 2만 5,000원이 되거든요. 그 돈을 모금해서 사막에 나무 심는 사업을 도우려고 해요. 스마트폰 앱 중에 사막에 나무를 심을 수 있는 '트리 플래닛(Tree Planet)'이 있어요. 사막화가 심해지고 있다는 얘기 많이 들어보셨죠? 실제로 사막에서 생활하는 베두인족 사람들을 만나보고, 일주일 동안 사막을 달려보니 왜 그런 말이 나오는지 실감이 나더라고요. 많은 분들이 사막에 나무 심는 일에 기쁜 마음으로 동참해 주셨으면 좋겠어요.

사람들은 전부 다 꿀벌이 되려고 하죠
그래서 저는 똥파리가 되기로 결심했어요

유리병 두 개가 있어요. 한 유리병에는 파리를 넣고, 한 유리병에는 꿀벌을 넣어요. 그리고 병을 뒤집습니다. 유리병 마개가 아래로 향하고 있는 상태에서 병 위쪽에 불을 비춥니다. 그러면 어떤 일이 벌어지는 줄 아세요? 꿀벌은 밝은 곳이 출구인지 알고 막혀 있는 병 위쪽에서만 맴돌아요. 밝은 곳이 출구인 줄 안다는 건 똑똑하다는 뜻이죠. 하지만 그쪽으로만 향하면 밖으로 나갈 수는 없겠죠. 파리는 그 사실을 몰라요. 그래서 유리병 안에서 계속 몸을 부딪쳐 보고, 또 부딪쳐 보면서 출구를 찾아 헤매요. 결국엔 파리가 꿀벌보다 먼저 유리병을 빠져나옵니다.

어떤 분야든 선구자가 있게 마련이고, 각각의 분야에 통달한 사람들이 있어요. 세상에는 꿀벌 같은 사람들이 굉장히 많죠. 주위를 둘러보면 꿀벌이 되려고 하는 사람도 너무 많고요. 누군가는 시간이 걸리더라도 몸으로 부딪치는 걸 경험하면서 출구를 찾는 파리 같은 사람이 돼야 하지 않을까요? 그래서 저는 파리 중의 파리, '똥파리'가 되기로 결심했어요.

혹시, 지금 주머니에 얼마쯤 갖고 계세요?

누군가 제게 이 질문을 하면 '1,200만 원 정도 기본으로 가지고 있다.'고 말해요. 위험을 감지할 수 있는 시각장애인용 지팡이가 500만 원, 육교같이 계단이 있는 곳도 쉽게 오르내릴 수 있는 휠체어가 700만 원 정도 한다고 해요. 그렇게 생각하면 우리는 1,200만 원이란 기본 자본금을 갖고 시작한다는 계산이 되더라고요.

'살면서 무엇을 가장 후회 하느냐?'고 사람들에게 물어봤더니 25퍼센트는 했던 것을 후회하고, 70퍼센트 이상은 해보지 않았던 걸 후회했다는 연구 결과가 있어요. '늦었을 때가 가장 빠르다.'는 말처럼 지금도 늦지 않았어요. 60대 할아버지도 사하라 사막 마라톤의 결승점을 통과했어요. 건강한 몸, 1,200만 원이라는 기본금까지 가지고 있으니, 도전해 볼 만하죠? 어떤 일이든 쿵쾅쿵쾅 가슴 뛰게 하는 것을 찾아서 한번 해보지 않으실래요?

제 성격은 조금 우유부단한 편이에요. 결단력
이 부족한 편이죠. 그런데 저는 '우유부단'하다
는 말을 부정적으로 생각하지 않아요. 사회생활
을 시작하기 전에 다양한 경험을 하기 위한 융
통성이 있다고 생각하는 거죠. 열린 마음으로 보
니까, 세상에는 지금껏 생각해 보지 못한 직업이
있었고요, 제 상상을 뛰어넘는 일들도 많았어요.

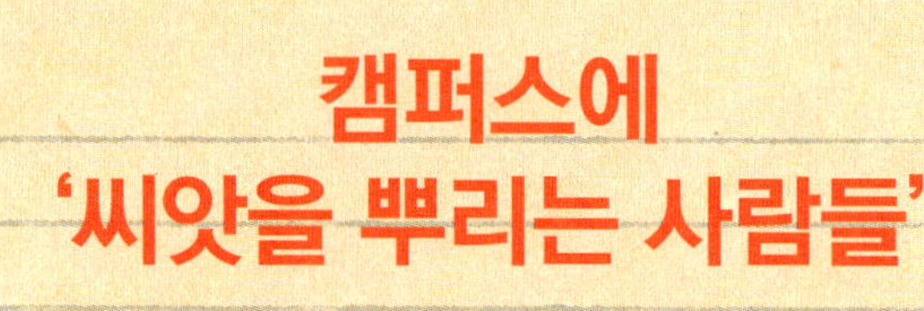

캠퍼스에
'씨앗을 뿌리는 사람들'

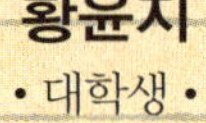

황윤지
· 대학생 ·

사실 모두가 똑같이 살아갈 필요는 없잖아요.
오히려 다른 시각과 새로운 경험들이
예상치 못한 좋은 결과를 낳을 때가 많죠.
남들보다 좋은 학점을 받고, 뛰어난 스펙을 갖추는 것보다는
새로운 것을 시도해 보려는 노력,
생각을 펼쳐 보이는 행동이
더 중요하다고 믿어요.

2011년 가을, 청춘을 위로하는 멘토들의 강연은 봇물을 이루고 있었지만, 정작 청춘들 스스로 강단에 올라 그들의 이야기를 나누는 자리는 극히 드물었다. 청춘을 위한 마당을 열고 싶었던 〈Dear 청춘〉은 그들에게 골든 마이크를 넘기기로 했다. 그러나 당사자들의 목소리를 찾는 일은 생각보다 쉽지 않았다.

발길 닿는 대로 무작정 캠퍼스를 돌아다니며 대학신문도 읽고, 게시판에 붙어 있는 대자보도 꼼꼼히 읽었다. 그렇게 발품을 팔던 어느 날, '씨앗을 뿌리는 사람들(씨앗들)'의 존재를 알게 됐다. 대학생 40여 명이 꾸리고 있는 '씨앗들'은 연세대, 고려대, 이화여대 등의 캠퍼스에 텃밭을 가꾸고 무럭무럭 자라나는 배추와 무, 쪽파 등을 재배하고 있었다.

생전 처음 하는 호미질은 어색하기만 하고, 폭우로 농작물이 쓰러져 가는 일도 겪었다. 땀 흘려 경작해 둔 밭에서 쫓겨나는 것도 다반사요, 우여곡절이 많았다. 그럼에도 불구하고 씨앗들은 꿋꿋하게 '레알텃밭학교'라는 강좌를 만들어 대학 캠퍼스에 농사를 전파하고 있었다. 도시에서 성장해 농촌 생활에 대한 동경을 갖고 있던 학생들은 환경 문제, 식량 문제, 채식 등으로 관심사를 넓혀갔다.

학점 관리, 취업 준비, 토익 공부와 씨름하기에도 바쁜 대학생들이 텃밭을 가꾸고 농사를 짓고 있다니, 이것이야말로 도심 캠퍼스의 '친환경 녹색혁명'이 아니겠는가!

캠퍼스에 무단 경작을 감행한 황윤지 씨에게 열정의 '삽질'을 전파하고 있는 '씨앗들'의 생각을 들어보기로 했다. 그들은 왜 캠퍼스에서 텃밭을 가꾸는 무모한 도전을 시작하게 됐을까? '레알텃밭학교'는 어떻게 어마어마한 생산성을 내게 됐을까?

그 비밀을 여러분께 공개한다.

★ ★ ★

청춘의 텃밭을 무럭무럭 키우는 방법

안녕하세요, 황윤지입니다. 저는 대학텃밭네트워크 '씨앗을 뿌리는 사람들(이하 씨앗들)'의 운영진으로 활동하고 있는, 도시농업이라는 착한 방법으로 일탈을 꿈꾸는 20대입니다. 제가 활동하고 있는 '씨앗들'은 2010년 친구 대여섯 명이 텃밭을 가꾸자는 단순한 목적으로 만나 구성한 조직이에요. 현재까지 꾸준히 활동을 하고 있고요. 그리고 『청춘액션플랜』이라는 책을 출판하는 등 다양한 활동을 계속하고 있습니다.

엉뚱하게도 제가 쓴 책 제목이 도시농업에서는 연상하기 어려운 『청춘액션플랜』으로 뽑혀서 많이들 의아해하시는데요, 사실 저 역시 '청춘'이라는 단어가 너무나도 식상해서 이 단어에서 벗어나 보려고 이런저런 고민을 많이 했었어요. 하지만 이 얄밉고도 달콤한, 애증의 단어 '청춘'을 대체할 만한 좋은 단어가 딱히 떠오르지 않더라고요.

여러분은 '청춘'하면 어떤 이미지가 떠오르시나요?

아무래도 많은 분들은 '청춘 시리즈'로 묶이는 도서, 프로그램들을 떠올릴 것 같아요. 저는 청춘의 멘토를 자청하는 기성세대들이 20대에게 이래라저래라, 그럴듯한 말로 위로하는 것 같아 맘에 안 들었어요. 그럼에도 저 또한 '청춘'이란 단어를 떼어내기가 어렵더군요. 그래서 저는 청춘이란 단어에서 남들이 붙여놓은 대책 없이 긍정적이고 이상적인 이미지를 벗겨 내리라 마음먹었죠. 그리고 진실하고 솔직한 이야기를 담으면 될 거라고 생각했어요. 지금도 저는 '청춘'이라는 단어가 지긋지긋해서 떨쳐버리고 싶지만, 그렇다고 버리고 싶지 않은 애정이 담겨 있는 단어로 느껴집니다.

무모한 '삽질', 불가능은 없다!

'청춘'이라는 단어는 사전적으로 10대 후반에서 20대에 이르는 짧은 시절을 뜻합니다.

이 단어가 40~50대 기성세대와는 다른 특별한 의미를 가지는 이유는 젊은 친구들의 거침없는 행동력 덕분이라 생각해요. 번듯한 대기업에 취직하고, 만점을 받은 토익 성적표를 휘날리는 그럴듯한 성과로서의 행동력이 아니라, 자신이 정말 하고 싶은 것을 시도해 볼 수 있는 바로 그런 행동력 말이에요.

40~50대 가장들은 꿈이 있어도, 잠시 일탈을 꿈꿔도, 직장생활을 벗어날 수 없잖아요. 또 부양해야 하는 가족이 있어서 꿈을 꾸기보다는 현실에 안주할 때가 많죠.

우리 부모님 세대들에게는 미술관을 가거나 낚시를 가는 것도, 큰마음을 먹어야 가능한 일이잖아요. 물론 다른 일정을 조정해 보면 가능할 수도 있는 일이지만. 우리들은 좀 더 쉽게 무전여행도 떠날 수 있고, 밤늦게까지 술 마시고 노래하며 놀 수 있죠. 청춘에겐 무모한 패기를 즐길 수 있고, 무한 가능성을 발휘할 수 있는 권리가 주어집니다.

이렇게 말하는 저는 얼마나 무모한 청춘을 보내고 있냐고요?

사실 제가 한 일은 앞에서 말한 것처럼 늦은 밤까지 술을 마시고 노래하는 것처럼 가볍고 경쾌한 일이었어요. 저는 작은 텃밭을 구해서 깨작깨작 농사를 짓고 싶었거든요. 그래서 무작정 친한 친구들과 대학 캠퍼스 내에 빈 땅을 찾아 씨를 뿌리고 호미질을 했습니다. 이게 다예요. 캠퍼스에다 텃밭을 가꾸며 농사를 짓는다는 것, 상상이 좀 되시나요?

농사를 책으로 배웠습니다

별일 아닌 것처럼 보여도 우여곡절이 참 많았습니다. 손바닥 만한 땅 한 귀퉁이면 되는데, 학교에서는 우리가 무슨 불법적인 일을 한다고 생각했는지 징글징글하게 허락을 안 해주더라고요. 수십 장의 보고서를 제출해서 힘들게 얻어낸 땅을 다른 관리자가 다시 빼앗아가기도 했어요. 그럼 열심히 가꾼 땅을 속수무책 빼앗기는 수밖에 없었죠. 무슨 대단한 걸 바란 것도 아닌데, 매몰찬 학교의 태도에 반발심도 생기고, 오기도 생겼어요. 게다가 친구들 중에는 아무도 농사를 지어본 경험이 없어서 농사일은 책과 포털 사이트의 지식인을 뒤져가며 공부했죠. 글로 배운 농사는 어이없는 실패만 안겨줬고요.

어떨 때는 기껏 키워낸 농작물들이 알 수 없는 존재들에게 서리를 당하기도 했어요. 변변한 성과 없는 텃밭 농사를 오기로, 의지로 계속하다 보니까 재미있는 일도 무지하게 많고, 새롭게 해보고 싶은 것들이 많아졌죠.

도대체 뭐가 재밌었냐고요? 텃밭에 농사를 짓기 전까지 제 힘으로, 노력의 크기에 걸맞은 결과를 이뤄낸 적이 별로 없었던 것 같아요. 대학을 졸업하기 위해서 학교에서 주어지는 시험만 보며 정해진 길을 따라왔죠. 돈이 필요하면 그때그때 손쉬운 과외 아르바이트를 했었고요. 늘 벼락치기 공부에 익숙했고, 엄마가 차려주는 밥상에서 밥 먹는 게 당연한 철부지 여대생이었으니까요. 하지만 농사란 걸 해보니, 공짜를 바라면서 얼렁뚱땅 해낼 수가 없더라고요.

텃밭은 관리를 안 하면 순식간에 잡초 정글로 변신해요. 그때그때 절기를 놓치면 한 해 농사가 엉망진창이 되고요. 작은 벌레들도 하나하나 손으로 잡아주지 않으면 다음날 자잘한 구멍들이 숭숭 뚫린 잎사귀들이 처량하게 우리를 쳐다보고 있죠. 태풍이 불면 작물이 쓸려 내려가지는 않을까 노심초사했고요. 가뭄이 들면 무거운 양동이를 들고 텃밭을 왔다 갔다 하다 결국 '에라 모르겠다, 좀 쉬자!'하면서 주저앉아버리고 말죠.

잡초는 뽑아도 뽑아도 폭풍 성장을 하고 우리는 그걸 뽑아내려다 두둑에 곱게 키운 작물을 깔고 앉기도 해요. 호미질하다 뿌리를 뽑아버리기도 했고요. 작물을 수확하다가 애꿎은 줄기를 톡 끊어버리기도 합니다. 하는 일마다 실수투성이라, 나는 농사에 재능이 없는가 보다 싶을 때도 많았어요. 그런데 일 끝내고 김밥 한 줄에 막걸리 한잔을 마시잖아요. 캬~ 그때는 정말 막걸리를 마실 만한 자격이 있다는 생각이 저절로 들어요. 힘들게 일했으니, 이렇게 맛있는 막걸리 한잔에 몸 좀 쉬어도 된다고, 스스로 위로하게 되는 거죠.

텃밭을 가꾸기 전까지는 몰랐어요. 수업이 끝났으니까, 외로우니까, 심심하니까 다양한 이유로 마시던 술이 얼마나 허접하게 보인다는 걸요. 하지만 텃밭을 가꾼 뒤로 집에서 밥상 위에 앉아, 학교 식당에 앉아서 편하게 먹는 밥 한 끼가 그렇게 감사하고 소중할 수가 없더라고요.

쪼그리고 앉아서 일하다 보면 친구들과 폭풍 수다도 나눠요. 평소에는 자기소개서 쓰느라, 과제를 하느라 하지 못했던 시시콜콜한 얘기도 나누죠. 그러면서 무럭무럭 자라는 작물들을 보면 가슴 한쪽이 내 자식처럼 뿌듯해졌죠.

일 끝나면 먹는 술 한잔에 행복하고요. 공부는 안 하고, 하고 싶은 딴 짓 하는데, 재미있지 않을 수가 없죠. 처음엔 단순한 호기심과 약간의 치기와 무한한 당돌함에서 시작했던 일이 시간이 지날수록 훨씬 큰 기쁨과 의미로 다가오기 시작했어요.

대학생이 되었을 때, 그날 입을 옷을 고르느라 혹시 비 예보가 있으면 우산 챙기느라 보던 일기예보를 텃밭에 작물들 걱정 때문에 찾아보게 되었고요. 처음으로 오이와 호박이 노랗게 익어가는 것을 지켜봤습니다. 처음으로 땅콩 잎이 그림처럼 예쁘다는 것을 알았고요. 또 처음으로 보드랍고 짙은 흙이 좋아졌어요. 처음으로 퇴비가 더럽지 않다는 것을, 씨앗이 어마어마한 생명력을 가지고 있다는 것을 느꼈습니다.

처음, 처음, 처음. 이 모든 게 다 처음이었지만, 그만큼 가치 있고 아름다웠어요.

'레알텃밭학교'로 함께 즐기는 친환경 라이프

무단으로 시작했지만 솔직히 학교의 인정도 받고 싶었고요. 우왕좌왕하는 시도 속에서 배운 것도 나누고 싶은 것도 많아졌습니다. 우리의 젊은 패기는 꺾이지 않았죠. 매일 매일의 낯설지만 신나는 경험이 오히려 더 큰 자극이 되었어요. 이 아름다움을 더 많은 사람들과 나누고 싶은 마음이 밭에 심어놓은 씨앗들처럼 무럭무럭 자라났거든요. 그래서 우리는 '레알텃밭학교'라는 대학텃밭 강좌를 만들었습니다.

'레알텃밭학교'는 2012년을 살아가는 청년인 내가 모르는 것, 내가 배우고 싶은 것들을 중심으로 커리큘럼을 짰습니다. 서울에서 태어나서 지금까지 서울에서만 살아온 덕에 이랑과 고랑, 배추 씨와 당근 씨를 구분하기는커녕 농사에 '농'자도 모르는 친구들이 주위에 수두룩했어요. 그래서 간단한 경작법부터 시작해서 복잡한 토양 이론까지 다양한 주제를 담아 강의를 진행했죠. 매일같이 먹는 농작물을 어떻게 키우는지 아무것도 모르고 살아왔다는 것이 그저 부끄럽고, 신기해서 더 열심히 공부했어요. 그렇게 매 학기에 시작하는 '레알텃밭학교'는 대학을 옮겨 다니면서 더 많은 사람들을 만났죠.

우리와 함께 경작을 공부하고, 텃밭을 가꾸는 청춘들이 계속 늘어났어요. 목마른 도시인들은 '레알텃밭학교'를 찾아왔고, 저처럼 '처음'인 것들을 겪었죠. 직접 키운 잎채소들로 비빔밥을 만들어 나눠 먹었고요. 가까운 귀농마을로 짧은 여행도 다녀왔어요. 가을엔 저희가 키운 배추로 김장을 담가 파티도 했고요. 이런 경험을 하다 보니까 세상을 대하는 태도가 달라지고, 하루하루 느끼는 것들이 많아졌어요.

일례로, 음식점에서 나오는 반찬을 버리기가 너무 아까운 거예요. 그전까지는 맛없으면 남기고 무심코 버렸던 음식인데 말이죠. 작물 하나를 키우는 데 얼마나 큰 정성을 쏟아야 하는지 체험했기 때문에 음식이 정말 귀하다는 걸 느꼈거든요. 그래서 어디서든 음식물을 남기지 않으려고 노력하는 작은 습관이 생겼어요. 또 되도록 고기를 먹지 않는 채식 위주의 식사에 깊은 맛을 느꼈고, 채식에 빠져들었죠.

로컬 푸드, 푸드 마일리지, 토종종자 등을 공부하면서, 지역 먹거리와 소비에도 큰 관심과 애정이 생겼어요. 기름 낭비하며 멀리 해외에서 날아오는 농산물보다, 로컬 푸드가 더 맛있어요. GMO(유전자 변형 농산물)보다 우리 기후에서 자라 우리 입맛에도 맞고 채종(농작물의 종자를 채취하는 기술)까지 가능한 토종종자를 키우고 싶었습니다.

내가 키워 먹으면 최고로 맛있고 보람도 느낄 수 있지만, 그렇지 못할 경우엔 믿을 수 있는 농작물을 생활협동조합을 통해 구입해서 먹었어요.

친구들과 조그맣게 가꾸는 텃밭으로는 우리 식구 먹을 만큼도 생산하기가 어려워요. 그래서 저는 많은 양을 지속적으로 수확할 수 있는 쌈채소류를 베란다에 키우고, 나머지 야채거리는 일주일에 한 번 사회적 기업에서 제철 꾸러미를 받아다 먹어요. 일정 금액만 내면 매주 수확되는 건강한 먹을거리를 집에서 받을 수 있거든요. 믿을 수 있는 채소를 구매해서 좋고, 마을 공동체와도 연대할 수 있어 참 좋아요. 이번 주에는 어떤 맛있는 채소와 나물이 배달될까 기다리게 되죠. 몸과 마음이 농촌과 가까워지니까, 자연스럽게 생태 마을 공동체를 만드는 일에도 관심이 높아졌어요.

'레알텃밭학교' 첫 회는 고려대학교에서 시작됐어요. 그 뒤로 이화여자대학교, 연세대학교, 서울대학교에서 차례로 열렸죠. 현재는 다시 고려대학교에서 5회 차를 진행하고 있습니다.

저희들은 아주 신바람이 났습니다. 학교 안에 파머스마켓(Farmers Market)도 열었어요. '푸드 마일리지(Food mileage)'라고 아시나요? 식품이 생산된 곳에서 일반 소비자의 식탁에 오르기까지의 이동거리를 말하는 것인데, 가능한 한 가까운 곳에서 생산된 농산물을 소비하는 것이 식품의 안전성이 높으면서 수송에 따른 환경오염을 줄일 수 있다는 거죠. 로컬 푸드를 권장하면 이 푸드 마일리지를 줄일 수 있어요.

파머스마켓을 통해 기업형 슈퍼마켓에 맞선 합리적인 유통구조를 만들 수 있는데다가 믿을 수 있는 농산물을 소개하는 등 건강한 가치를 전파할 수 있게 된 거죠. 이뿐만이 아니에요. 다양한 패널들이 참석하는 토론회를 주최하기도 하고, 그린 캠퍼스 국제포럼에 참석하기도 했어요. 이렇게 텃밭을 주제로 할 수 있는 다양한 활동들을 계속했습니다.

초·중·고등학교에 CA 수업을 나가기도 했고요. 주변 학교와 결연을 맺고 특별활동 시간에 농사일을 가르치러 가는데요, 어린 학생들이 열심히 호미질 하는 모습을 보면, 귀엽기도 하고 한편으로는 부러운 마음도 들어요. 어릴 때부터 풀과 나비, 바람과 비를 맞으며 자연과 함께하는 친구들은 얼마나 아름다운 꿈을 꿀 수 있을까요?

유기농으로 작물을 키우다 보니, 직접 퇴비를 만들기도 해요. 퇴비를 만드는 가장 쉬운 방법은 오줌을 페트병에 모아 액비로 만드는 거예요. 계란을 식용유에 풀어서 유기농약을 만들 수도 있고요.

필요한 물건을 여기저기서 주워서 쓰다 보니까, 무심코 버려지는 모든 쓰레기가 아깝다는 생각이 들더라고요. 오줌만 페트병에 따로 모아도, 아깝게 화장실 변기물을 흘려보내지 않아도 되거든요. 친구들과 매일매일

버리는 각자의 쓰레기를 모아 계산해 보기도 하고, 가까운 거리는 무조건 걸어가고, 계단을 이용하고, 자전거를 타고 이동하다 보니, 어느새 우리는 친환경적인 인간으로 변해가고 있었어요.

억만금을 준다고 해도 바꿀 수 없는 텃밭의 가치

저희가 처음 텃밭 경작을 시작한 2010년만 해도, 제가 어디 가서 농사를 짓는다는 말을 하면 "와, 재밌겠다!"라고 하시는 분들보다는 "응? 농사라니? 무슨 소리야?" 하시는 분들이 더 많았어요. 하지만 지금은 도시농업이 유행처럼 번져 나가서 광화문 광장이나 노들섬 같은 도시 한가운데서도 텃밭을 볼 수 있게 되었어요.

도시농업이 퍼져나가고 있는 까닭이 뭘까 생각을 해봤는데요, 생태적 감수성을 찾으려는 도시인들의 갈증도 한몫했겠지만, 텃밭에는 돈으로 살 수 없는 새로운 가치가 있기 때문인 것 같아요.

시장이나 마트에 가면 가지 한 묶음을 1,000원에 팔잖아요. 그런데 누군가 제게 텃밭에서 키운 가지를 1,000원과 바꾸자고 하면, 저는 5,000원, 아니 만 원을 줘도 못 바꿔요. 씨앗은 종묘상에서 몇 십 원이면 살 수 있으니까 1,000원이면 적당한 시장가격이라고 여겨질 수도 있지만, 거기에 담긴 정성과 시간들을 1,000원에 팔아치울 수가 없거든요.

저는 가끔 1,000원짜리 가격표를 붙이고, 주인을 기다리는 가지를 보면 화도 나고 억울한 마음까지 들어요. 물론 수십 만 원을 주고 식료품을 사고 싶다는 건 아니지만 30초면 뽑아내는 커피 한잔은 5,000~6,000원이나 하잖아요. 몇 달 동안 정성과 사랑으로 기른 가지와 호박이 1,000원에 팔리고 있다고 생각하니, 답답한 마음이 들 수 밖에요.

야박한 시장가격에도 불구하고 텃밭 농사에는 돈으로는 바꿀 수 없는 특별한 가치가 담겨 있어요. 우리가 사는 이 세상은 돈이면 뭐든지 바꿀 수 있는 비정하고도 획일적인 물질적 가치가 팽배해 있잖아요. 하지만 제게는 아무리 큰돈을 준다고 해도 절대 바꾸고 싶지 않은 게 텃밭이에요. 그 특별한 가치를 지키고 가꿔 나가고 있다는 것이 은근히 삐딱한 해방감과 제 일에 대한 떳떳한 자부심을 안겨주고 있죠. 사실 저는 사춘기 때 반항 한 번 안 하고 자랐는데 말이죠.

농사는 우리가 중·고등학교 때 배웠던 것과 전혀 다른 문제들 투성이에요.

답안지가 없는 문제, 객관식도 주관식도 아닌, 행동형 혹은 실험형 문제라고나 해야 할까요? 예를 들면 책에는 7센티미터 간격으로 작물을 심으라고 씌어 있지만 흙의 상태에 따라, 씨앗의 특징에 따라 그때그때 달라요. 그러니 매번 시도해 보고 스스로 감을 익혀야 하죠. 또 1년 농사라고 해봤자 봄 농사, 여름 농사, 가을 농사, 겨울 농사거든요. 이렇게 계절마다 딱 한 번씩 지어보는 것밖에 기회가 없잖아요.

그런데 수영 딱 한 번 해봤다고 잘할 수 있나요?

아니죠. 열 번, 스무 번 해봐야 조금 그럴듯한 폼이 나오잖아요. 이처럼 농사 역시 10년, 20년 지어봐야 그럴듯한 작물이 간신히 나온다고 할 수 있죠. 그러니 오랫동안 농사일을 해오신 할아버지, 할머니는 농사계의 고수요, 지존인 셈이죠. 아직 두세 번 깨작깨작 농사 지어본 저 같은 애기들은 하수라 어디 가서 명함도 못 내밀어요. 무협지에서도 대충대충 싸웠는 데 적장들을 픽픽 쓰러트리는 사람들이 진정한 무림고수이자, 숨은 도사 들이잖아요. 저 같은 애기들은 정말 배울 것이 많아요. 그러니 겸손할 수밖 에 없죠.

작물이 자라는 데는 도시적인 속도(사고방식)로는 도저히 이해할 수 없는 긴 시간이 걸려요. 저도 처음엔 답답해서 혼났죠. 패스트푸드점에선 주문 과 동시에 음식을 받아갈 수도 있고, 피자도 조리에서 배달까지 30분이 넘 으면 공짜로 주는 것이 우리가 살고 있는 세상의 속도잖아요. 혹시 휴대폰 으로 문자메시지를 써서 전송 버튼을 눌렀는데, 5초 뒤에도 전송이 안 되 면 어떠세요? 인터넷에 접속하기 위해서 인터넷 접속 아이콘을 눌렀는데, 10초 만에 접속이 안 되면 금방 화가 나지 않으세요?

예전에는 전화 수신을 기다리면서 듣는 1분짜리 통화연결음도, 컴퓨터 모니터를 노려보는 1분짜리 부팅 시간보다 더 지겨운 순간이 없었던 것 같아요.

하지만 작물은 세상의 시간과는 거꾸로 걸어요. 인간의 눈으로는 작물이 자라는 속도를 알아챌 수가 없죠. 그만큼 느리게 천천히 조금씩 자라나죠. 비가 왔다 가면 훌쩍 커 있기도 하고, 어느샌가 귀여운 열매를 달고 있기 도 하고요. 저는 농사를 지으면서 느린 호흡을 배웠어요. 빠르게 지나쳐버 린 것들은 우리에게 울림을 별로 남겨 주지 않잖아요.

30분 안에 배달된 피자는 순식간에 먹어치우지만, 직접 키워낸 작물들 은 아무렇게나 입에 털어 넣을 수가 없었어요. 시험 시간에 벼락치기로 읽 었던 내용은 절대로 기억이 안 나는데, 친구들과 매일 모여서 가꿔온 텃밭의 풍경은 잊혀지지가 않고요.

여러분도 느린 호흡이 주는 감동을 느껴보지 않으실래요?

당신의 청춘액션플랜은?

이번에는 청춘들의 플랜에 대해서 이야기를 해보려고 하는데요, 앞서 말씀드린 대로 제가 그간의 활동 내용을 모아서 『청춘액션플랜』이라는 책을 썼습니다. 아무래도 제가 쓴 책이다 보니 관심이 많아서 인터넷 서점 사이트에 들어가 '청춘액션플랜'을 검색해 봤어요. 『청춘액션플랜』책에 올라온 서평 중 하나는 이런 내용을 담고 있었습니다.

> 고작 이것이 청춘액션플랜? 도시에서 농사짓는다고 그걸 또 떠벌리고 책으로 쓸 필요까지 있을까? 이 책도 하나의 스펙 쌓기 과정이 아닌지 의심스러울 뿐이다.

솔직히 처음에 이 글을 봤을 때, 상처 좀 받았어요. 하지만 어떤 면에서는 제 생각과 비슷한 점도 있더라고요. 저도 처음 출판 제의를 받았을 때, 내가 친구들과 노는 얘기를 굳이 책으로 써야 되나, 그럴 만한 가치가 있을까, 이런 고민들을 많이 했거든요. 그럼에도 불구하고 저의 '삽질 프로젝트' 기록에는 그 이유가 있었어요.

작은 벌새가 산불을 끌 수 있을까요?

안데스 지방의 우화인 '벌새 이야기'를 아시나요?

안데스 산에 산불이 났대요. 불이 나서 다른 동물들은 다 도망을 갔는데, 작은 벌새 한 마리가 혼자서 산불을 끄려고 했대요. 벌새는 그 작은 입에 조금씩 물을 담아서 불이 난 산에 뿌렸다는 거예요. 다른 동물들은 콧방귀를 뀌며 비웃기도 하고 또 그 벌새를 말리기도 했대요. 하지만 벌새는 자신이 할 수 있는 일을 해보겠다고 끝까지 최선을 다해서 물을 날랐다고 합니다. 이 벌새가 결국 산불을 끌 수 있었을까요?

벌새 혼자만의 힘으로는 당연히 산불을 끄기는 어려웠을 겁니다. 하지만 산불을 끄지 못했다고 해서, 벌새의 작은 행동이 무의미하다고 말할 수는 없지 않을까요?

벌새 이야기를 들려 드린 이유는, 저와 제 친구들이 가꾸는 작은 텃밭이 이 세상을 바꾸기에는 턱없이 부족하다는 것을 저희도 알고 있다는 거예요. 우리의 텃밭이 갈수록 심각해지는 환경문제를 해결한다든지, 푸드 마일리지를 제로로 만들 수는 없죠. 하지만 '씨앗들'은 제가 살고 있는 세상 한 귀퉁이에서 저와 제 주변의 사람들을 조금이라도 아름답게 변화할 수 있도록 도와주고 있어요. 우리는 각자의 작은 손에 쥔 작은 물조리개로 버려진 땅을 건강하게 만들고 있고요. 그리고 그 안에서 자라나는 자연과 함께 스스로 행복한 삶을 살고 싶어서 노력하고 있습니다.

2012년에 들어 '씨앗들'과 함께한 지 3년이라는 시간이 흘렀어요. 저와 제 친구들은 많이 성장한 것 같지만, 처음과 같은 땅에 서 있죠. 여전히 빼앗길까봐 불안해하지 않아도 될 만한 땅이 없습니다. 또 '레알텃밭학교'를 찾아오는 사람들에게 노련하게 궁금증을 해결해 주지도 못하고요. 아직도 밭일이 어렵고 낯선 상황들이 태반이에요. 친구들 각자의 삶이 편안해진 것도 아니고요. 원하는 각자의 꿈을 이룬 사람도 아직 없습니다.

하지만 우리가 처음 겪는 소중한 순간들은 끝이 없습니다. 작은 수확물에서 느끼는 감동도 여전하고요. 아직도 함께 일한 친구들에게 따뜻한 마음이 느껴지고, 이들을 더 많이 아끼고 좋아합니다. 텃밭을 향한 우리들의 작은 열정이 제 인생을, 친구들 삶의 방식을 바꾼 것만은 분명해요. 그리고 '레알텃밭학교'에 찾아오는 많은 학생들, 특별활동 수업 때 만났던 어린 친구들, 함께 일한 농민 분들, 『청춘액션플랜』의 모든 독자들에게 조금씩 긍정적인 영향을 주었으리라고 믿고 있죠.

이제 겨우 3년차 농부라서 겪는 어려움이 많아요. 열심히 가꾼 작물들이 보잘것없이 쓰러져버리기도 하고요. 곤충들이 날아들면 비명을 지르기도 하죠. 하지만 뒤쫓아 오는 사람, 보채는 사람 하나 없어서 욕심내지 않아도 괜찮습니다. 형편없는 농사 실력에도 포기 안 하고 재미있어서 그저 웃을 수도 있고요. 새끼손가락만한 크기의 가지가 덩그러니 매달려 있을 때 그 모습을 보면 정말 귀여워서 웃음이 저절로 나와요. 앞으로 10년이 지나고, 20년이 지나도 그럴듯한 농사를 지어낼 만한 자신은 없지만, 그때까지도 처음 겪는 기쁜 일들이 많을 것 같아서 매우 기대하고 있습니다.

청춘의 텃밭을 무럭무럭 키워 보세요

씨앗을 뿌리고 몇 주가 흐르면 씨앗들이 흙을 비집고 나와서 작은 얼굴을 내밀어요. 그때를 잊을 수가 없죠. 학점을 잘 받거나, 좋아하는 야구팀이 경기에서 이겼을 때의 기쁨과 다른 종류의, 새로운 기쁨이었거든요. 뭔가 꼬물꼬물하고 눈물이 찔끔 날 것 같은 그런 느낌이요. 그 애틋한 느낌들과 겪게 되는 긍정적인 변화들이 저를 이 텃밭을 지키고 싶게 만든 것 같아요. 저는 작은 씨앗을 만나면서 난생 처음 긍정적인 변화들을 느끼고 경험했습니다. 덕분에 지금까지 밭을 떠나지 못하고 있어요.

사실 모두가 똑같이 살아갈 필요는 없잖아요. 오히려 다른 시각과 새로운 경험들이 예상치 못한 좋은 결과를 낳을 때가 많죠. 저희가 만들어간 '레알텃밭학교'나 '씨앗들' 역시 새로운 시도를 망설이지 않은 소중한 결과입니다.

학교에서 영어 단어를 외우는 대신에 감자를 심고, 고추를 기르는 방법을 배웠다면 어땠을까요?

수학 문제를 푸는 대신에 공정무역을 공부하고, 협동조합을 만들었다면 과연 세상은 어떻게 변했을까요?

아마 지금과는 전혀 다른 세상이 되었을지도 모르고, 전혀 다른 사람들이 등장하지 않았을까요?

덴마크는 올림픽에서 메달을 하나도 따지 않은 것을 자랑스럽게 생각한다고 합니다.

남들과 같은 기준에서 더 빠르게, 더 높게 뛰는 것이 중요한 것이 아니라, 더 아름답고 더 건강하게 운동을 하는 것이 바람직하다고 믿기 때문이라고 해요.

남들보다 좋은 학점을 받고, 뛰어난 스펙을 갖추는 것보다는 자연을 이해하는 마음과 새로운 것을 시도해 보려는 노력, 생각을 펼쳐 보이는 행동이 더 중요하다고 믿어요.

계절이 바뀌면 '레알텃밭학교'는 또다시 문을 열고 새로운 사람들을 만납니다. 우리는 또 작은 텃밭에서 배추와 무, 쑥갓 등을 옹기종기 키워낼 준비를 하겠죠. 저희들의 모자라는 실력에도 열심히 자라 줄 작물들을 생각하면 벌써부터 대견하고 고마운 마음이에요.

저는 텃밭에서 하고 싶은 것들이 많아요. 우선 대학을 졸업했으니 더 큰 사회로 나가서 협동조합을 만드려고 해요. 이제 대학에서 벗어나 대학생뿐 아니라 다양한 계층과 연령의 사람들이 함께하는 텃밭을 만들고 싶어요. '레알텃밭학교'에는 대학생들이 많지만, 초등학생부터 학부모, 직장인들도 있거든요. 텃밭을 운영하는 저와 제 친구들도 이제 대학생 신분에서 벗어나게 되었고, 더 다양한 색깔의 사람들과 더욱 흥미로운 일들을 해볼 수 있을 것 같아요. 친환경적인 일상도 계속하고, 생태 공부도 이어가고, 사회적 의제도 던져주는 등 삭막한 도심에 희망의 씨앗을 뿌리고 싶어요.

제 곁에는 텃밭이 선물해 준 좋은 사람들이 많습니다. 여러분도 언제든 저희 텃밭에 오셔서 함께해주세요. 언제든지 진심으로 환영합니다. 저희는 함께할 여러분을 기다리고 또 기대하고 있답니다. 작은 시도에서 시작해서 놀랍도록 아름다워진 저희 텃밭처럼, 하고 싶은 일에 대한 용기있는 시도가 생각보다 훨씬 더 근사한 일들로 눈앞에 펼쳐질 수 있어요. 30대, 40대에도 텃밭의 파릇파릇한 잎사귀처럼 빛날 여러분들의 작지만 아름다운 '청춘액션플랜'을 이루시길 바랄게요.

30분 안에 배달된 피자는 순식간에 먹어치우지만, 직접 키워낸 작물들은 아무렇게나 입에 털어넣을 수가 없었어요. 시험 시간에 벼락치기로 읽었던 내용은 절대로 기억이 안 나는데, 친구들과 매일 모여서 가꿔온 텃밭의 풍경은 잊혀지지가 않고요. 여러분도 느린 호흡이 주는 감동을 느껴보지 않으실래요?

CHAPTER 03

청춘, 세상을 만나자!

어떻게 살아야 할 것인가 고민된다면
'인문학'에서 답을 찾아보세요 _ 윤한결 · 인문교양지《인디고잉》편집위원

아픔을 꺼내 놓으면 손 잡아줄 친구가 있다는 걸
잊지 마세요! _ 김영경 · 청년유니온 위원장

청춘들을 위한 정치액션플랜 _ 조성주 · 전 통합진보당 청년비례대표

지금, 어떤 꿈을 꾸고 있나요? _ 일단은 준석이들 · 버스킹 밴드

'공동선'을 꿈꾸는
아름다운 청년

윤한결
• 인문교양지 《인디고잉》 편집위원 •

살면서 인문학을 공부해야 하는 단 하나의 이유는
'자유롭기 위해서'인 것 같아요.
여기서 '자유롭다.'는 것은 삶의 행위를 스스로 선택하고,
그 선택에 대한 결과를 온전히 개인이 책임지는 것을 말합니다.
그렇게 하기 위해서는 우선 올바른 선택을 할 수 있어야겠죠.
올바른 선택을 하기 위해서는
지금 내가 살고 있는 이 세상이
도대체 어떤 세상인지 알고 있어야 합니다.

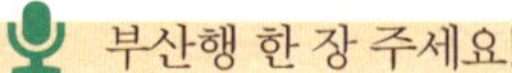 부산행 한 장 주세요!

　그를 만나기 위해 이른 아침, 부산까지 가는 고속열차에 몸을 실었다. 왕복 5시간을 오가는 '빡센' 출장길이었다. 그러나 여느 때와 달리 마음이 가벼웠다.

　부산역에 도착해 다시 지하철을 타고 남천동에 위치한 '인디고 서원'을 찾았다. 전화로만 이야기를 나눴던 윤한결 씨를 만나기 위해서다. 취재원을 만날 때, 나는 그와 관련된 자료를 모조리 찾아 읽는 편이다. 그러다 보니 한결 씨를 만나기도 전에 가까워진 느낌이 들었다.

　중학교 3학년이었던 한결 씨에게 어느 날 갑자기 삶의 근본적인 물음들이 찾아왔다. 그 문제적(?) 발언은 다음과 같다.

　'나는 누구인가, 여기는 어디인가?'

　이 문제를 극복하기 위해 그는 당시에 가장 좋아했던 농구를 시작했다. 농구부가 있는 학교로 전학까지 가서 1년 내내 코트를 누볐고, 한 살 어린 동생들과 한 교실에 앉아 공부하는 일도 마다하지 않았다. 하지만 그 물음에 대한 답을 찾지 못해 다시 방황했다. 어머니의 소개로 '인디고 서원'을 만난 한결 씨는 새로운 경험을 했다. 인문학의 세계로 안내해 준 은사님을 만났고, 비슷한 고민을 하고 있는 또래 친구들과 어울려 책을 읽고 토론하는 수업을 시작했다.

　또래에 비해 일찍 다양한 활동에 참여한 한결 씨의 이력은 화려하다. 그는 인디고 서원이 주최하는 청소년 인문학 토론회 '정세청세'의 기획팀원으로 활동하고 있다. 또 청소년이 직접 만드는 인문교양지 《인디고잉(INDIGO+ing)》의 편집위원이기도 하다. 2012년에는 부산에서 열리는 인디고 유스 북페어 '공동선을 향하여'의 프로젝트 팀장을 맡아 바쁜 한해를 보냈다.

　사전취재 때, 한결 씨와 이야기를 나누면서 감탄사를 연발하고 말았다. 그가 생각하는 이야기를 놓치고 싶지 않아 노트에 빼곡히 적었다. 한참 나이 어린 동생이지만, 그의 마음은 건강하고 아름다운 생각으로 꽉 차 있었다.

　한결 씨를 섭외할 때, 문득 나의 학창 시절이 떠올랐다. 엄마의 기대에, 친구보다 좋은 성적을 받아야 한다는 스트레스에 나는 매일 두통에 시달려야 했다. 그 때나 지금이나 교실에는 아픈 친구들이 많은 것 같다. 뉴스에서 성적을 비관하며 목숨을 던지는 친구들의 소식을 들을 때면 마음이 아프다. 지나고 보니 그 시절 내가 정말 하고 싶은 일이 무엇인지 생각하고 고민해 볼 수 있는 시간이 더 많았다면, 지금 좀 더 즐거운 삶을 살고 있지 않을까 하는 생각이 든다.

★★★

어떻게 살아야 할 것인가 고민된다면 '인문학'에서 답을 찾아보세요

안녕하세요? 윤한결입니다.

부산 남천동에 자리한 청소년을 위한 인문학 서점 인디고 서원에서 인문기획 팀장을 맡고 있습니다. 고등학교 1학년 때부터 스물네 살이 된 지금까지 인디고 서원에서 활동해 왔습니다. 그동안 겪고 배운 경험들을 바탕으로, 여기 오신 청춘 여러분께 '자유를 위한 공동투쟁'이란 주제로 우리 삶에서 왜 인문학이 필요한지, 그리고 우리가 자유롭게 살기 위해서는 왜 공동투쟁이 필요한지 말씀드리고자 합니다.

청춘은 자유를 꿈꾸는 영혼의 상태

사실 저도 청춘인데요, 과연 '청춘'은 뭘까, 사전에서 청춘이란 단어를 찾아봤습니다.

청춘의 사전적 의미는 '10대 후반에서 20대에 걸친 인생의 젊은 시기'라고 나오거든요. 그런데 10대 후반의 특정한 나이가 된다고 자동적으로 다 청춘인 건 아니잖아요. 그렇다면 저와 여러분은 언제부터 청춘의 시절을 보내게 되었을까요?

청춘하면 느껴지는 열정과 생동감, 역동성 등은 언제 어떻게 발현되는 것일까요?

생각해 보건데, 이러한 청춘의 특징들은 사람이 자유롭기를 열망할 때 나타나는 것 같습니다. 그래서 제 나름대로 정의를 내렸지요. 청춘은 '자유를 꿈꾸는 영혼의 상태'라고 말입니다. 이렇게 정의를 내려 보니까, 저는 언제부터 청춘이었는지 분명히 알겠더라고요.

나는 누구인가? 여긴 어디인가?

지금도 또렷하게 기억이 나는데요, 중학교 3학년 봄이었습니다.

저는 만화책을 좋아하고 축구와 농구를 좋아하는 평범한 중학생이었어요. 그날도 점심시간에 빨리 밥을 먹고 운동장에 나가서 농구를 하다가 교실로 들어왔어요. 5교시가 문학시간이었는데, 원래 5교시는 졸음이 가장 많이 쏟아지는 시간이잖아요. 게다가 봄이었으니까. 예상했던 대로 교실은 조는 학생들로 절반 이상은 초토화되어 있는 거예요.

교실에서 제 자리는 1분단 맨 뒷자리였는데, 지금도 기억나는 게 제 왼쪽으로는 큰 창문이 있었고, 바로 뒤편에는 쓰레기통이 있었어요. 춘곤증때문에 몸이 나른한데, 그날따라 잠이 오지 않았어요. 앉아서 멍하니 교실광경을 바라보고 있는데, 제 자리에서 칠판까지 시야가 확 트이는 거예요. 교실은 마치 폭풍을 맞은 쑥대밭을 방불케하고, 겨우 두세 명만 고개를 들고 있었죠. 선생님은 말없이 칠판에 필기를 하고 계셨어요.

결정적으로 창밖에서는 벚꽃이 지고 있었습니다. 고개를 들고 하늘을 올려다봤는데, 하늘이 너무 맑은 거예요. 갑자기 이런 생각이 파도처럼 밀려왔어요.

지금 내가 여기서 뭘 하고 있는 거지?
책상에 엎어져 잠을 자고 있는 친구들은 지금 뭘 하고 있는 걸까?
칠판 앞에서 묵묵히 필기를 하고 있는 선생님은 뭘 하고 계신 걸까?
여기에 있는 우리는 뭘 하고 있는 걸까?

지금은 이렇게 명료한 문장으로 말씀을 드리지만, 그때는 정체를 알 수없는 느낌으로 이런 고민들이 날아들었어요.

2011년에 김난도 교수가 쓴 『아프니까 청춘이다』라는 책이 유행을 했잖아요. 그날 이후로 저도 막 아프기 시작했어요. 저도 청춘이 된 것이죠.

지금 생각해 보면 삶의 근본적인 물음들이 제게 한꺼번에 찾아온 것이었죠. 그것을 정확한 문장과 단어로 설명할 수는 없었지만, 그런 물음에 대해 답을 찾을 수도 없었고, 그 물음의 정체가 무엇인지조차 제대로 알 수없었던 혼란스런 시간이었어요.

중요한 것은 그런 저의 아픔을 누구에게도 솔직하게 털어놓을 수 없었다는 사실이에요. 친구한테 말하면 무슨 그런 생각을 하냐고 말할 것 같았고, 선생님께 여쭤보면 딴생각 말고 공부나 하라고 말씀하실 것 같았어요.

어머니, 농구가 하고 싶어요!

나는 왜 살고 있는 걸까? 앞으로 어떻게 살아야 할까?

한 사람의 인생이 길어봐야 100년이라고 했는데, 과학시간에 배우기로는 넓고 큰 우주 속에서 인간은 먼지같이 작은 존재이고 그런 작은 존재로 100년 남짓 살다갈 건데, 과연 어떻게 살아야 할까, 이런 막연한 물음들이 제게 찾아왔던 거죠. 그런 고민이 시작된 날부터 저는 매일 혼자 아파했어요. 누구한테 말도 못하고, 한 달 동안 집에서 끙끙 앓았어요.

한 달 만에 이른 결론은 한 번뿐인 인생 내가 좋아하고 그게 어떤 일이든 행복한 것만 하면서 살다가 죽어야겠다고 결심하게 되었습니다.

그 결심은 농구를 해야겠다는 생각으로 이어졌어요. 조금 황당했지만, 그때 제가 가장 좋아하던 것이 농구를 하는 것이었거든요. 슬램덩크의 영향이 컸죠.

하루는 어머니 앞에 앉아서 만화책의 한 장면처럼 무릎을 꿇고 이렇게 말씀드렸어요.

"어머니, 농구가 하고 싶어요."

어머니의 반응을 걱정하면서 말씀드렸는데, 결과는 의외였어요.

"언젠가 네가 이런 말을 할 줄 알았다. 그래 한번 해봐라"

어머니께서 흔쾌히 허락을 해주신 거예요. 한 달 동안 말도 잘 안 하고 짜증만 냈던 저를 배려해 주신 것 같았어요.

그 뒤로 몇 주 지나서 농구부가 있는 학교로 전학을 갔어요. 그리고 농구부에 들어가려고 테스트를 받았어요. 보통 체육 특기생 같은 경우엔 초등학교 3~4학년 때 운동을 시작하잖아요. 정규 수업에 잘 참여하지 않고 운동만 하잖아요. 그런데 저는 중학교 3학년 때 처음 농구부에 들어간 거니까 많이 늦은 편이었죠.

농구부 코치님이 기본기를 다진 후에 시합에 나가면 좋겠다고 제안해서 1년 동안 휴학하고 농구만 했어요. 제 삶을 걸고 시작한 농구였으니까, 그런 각오도 되어 있었기 때문에 저는 바로 그렇게 하겠다고 했습니다.

처음에는 정말 행복했어요. 학교도 안 가고 하루 종일 제가 원하고 좋아하는 농구만 했으니까요. 하지만 몇 달 동안 그렇게 지내다보니까, 슬프게도 똑같은 물음이 찾아오기 시작했어요.

내가 지금 여기서 뭘 하고 있는 걸까?
운동장을 뛰고 있는 친구들은 왜 이렇게 운동을 하고 있지?
코치 선생님은 왜 이렇게 화를 내고 있는 걸까?

잠시 잊고 지낸 물음들이 불현듯 찾아오니까 정말 슬펐어요. 행복하게 살기 위해서 하고 싶은 일을 찾아 농구부가 있는 학교로 전학까지 왔는데, 그래서 농구만 하는데도 마음이 슬픈 거예요. 결국 그해 겨울에 농구를 그만두게 됐습니다.

다음 해 봄, 중학교 3학년으로 다시 복학을 했어요. 말 그대로 '복학생'이 됐죠. 같은 교실에서 공부하는 친구들은 한 살 어린 동생들이었어요. 그때 저는 중학교 3학년 과정을 다시 시작하면서 그동안 저를 괴롭혔던 물음들을 놔버린 것 같아요.

'나는 왜 이렇게 살고 있는 걸까?'

답이 없는 물음은 마음 깊은 곳에, 잘 보이지 않는 곳에 넣어뒀어요. 왜냐하면, 자유롭게 살고 싶어서 학교를 전학하고, 휴학도 하면서 발버둥을 쳤는데도 문제가 해결되지 않았으니 그냥 포기한 셈이죠. 그렇게 또 묵묵히 1년을 보냈어요. 그럼에도 불구하고 근본적인 물음들이 제 가슴속에 남아 있어서 괜히 부모님과 학교 선생님께 삐뚤어진 모습을 보이기도 했어요. 농구하고 싶다고 해서 시켜 주셨는데 그만두고 또 방황하니까, 저희 어머니도 많이 답답하셨을 거예요.

방황의 끝에서 '인디고 서원'을 만나다

고등학교에 진학할 무렵, 어머니께서 '인디고 서원'을 소개해 주셨어요.

"더 이상 너를 지켜볼 수만은 없을 것 같다. 독서와 토론 수업을 하는 인디고 서원이라는 곳이 있는데, 한번 가봐라."

어머니의 제안으로 저와 인디고 서원의 인연은 시작됐어요.

당시에 이런 수업이 있다는 게 신기해서 설레는 마음으로 인디고 서원을 찾아갔어요. 그렇게 일주일에 한 번씩 책을 읽고 친구들과 토론하는 수업을 시작했습니다.

아직도 또렷하게 기억하는 일이 있어요. 첫 수업에 참여했을 때, 인디고 서원의 대표이자 저의 은사이신 허아람 선생님께서 이런 얘길 해주셨어요.

"사람이라면 누구나 본질적인 삶에 대한 욕망을 갖고 있다. 한 번뿐인 인생을 어떻게 살 것인가 하는 고민은 평생 고민해야 하는 문제다. 나는 좀 더 일찍 그런 고민을 해온 인생의 선배로서, 너희들이 하고 있는 고민을 책을 통해 나누는 좋은 어른 친구가 되고 싶다."

허아람 선생님의 이야기를 듣기 전까지는 이 세상에서 저 혼자만 이런 고민을 하고 있는 줄 알았어요. 늘 마음속으로 간직하고, 어느 누구에게도 속 시원히 이야기해 본 적이 없었거든요. 그런데 내 앞에 있는 어른에게서 그런 말을 들으니까 눈물이 핑 돌았어요.

그때부터 지금까지 인디고 서원에서 하고 있는 모든 활동에 참여해 왔습니다.

사실 저는 책을 좋아하는 학생이 아니었거든요. 저한테 책이라는 건 '하얀 것은 종이요, 까만 것은 글자다.'라는 정도에 불과했어요. 하지만 본격적으로 인문학 공부를 하면서부터 책에 적혀 있는 글자들은 제가 했던 절실한 고민을 먼저 치열하게 겪어낸 사람들이 자기만의 답을 써내려온 목소리로 들리더라고요.

"책 읽기는 영혼을 놀랍게 한다. 한 권의 책을 펼치면 내 영혼 안으로 강렬한 한 세계가 솟아올랐다."

프랑스 작가 파스칼 키냐르(Pascal Quignard)가 한 말인데요, 이 말이 온몸으로 느껴졌습니다.

저 혼자 책 읽기를 한 것이 아니라, 저와 비슷한 고민을 하고 있던 또래 친구들과 함께 책을 읽었습니다. 또 책 읽기를 통해 영혼의 놀람에서 생겨난 진동을 공유하는 토론 수업을 했습니다. 그런 시간들을 통해서 그간 제가 했던 고민을 친구들도 똑같이 하고 있었다는 걸 깨닫게 되었죠.

그러자 여태 제 마음속에 '아픔'으로 새겨져 있었던 청춘의 고민이 더 이상 아픔이 아니라 '희망'으로 변하기 시작했습니다. 나만의 아픔이 아니라 우리 모두의 아픔이었기 때문에 이 문제에 대해서 같이 고민하고 토론하면서 함께 행복해질 수 있겠구나, 라는 생각을 하게 된 것이죠.

그렇게 3년 동안 독서하고 토론하며 나눈 이야기가 3권의 책 『인디고 서원에서 행복한 책 읽기』, 『토토, 모리를 만나다』, 『창조적 열정을 지닌 청소년, 아름다운 세상을 꿈꾸다』로 정리되어서 출간됐습니다.

더 큰 소통을 위하여
주제와 변주, 인디고잉, 정세청세

수업시간에 나눈 좋은 이야기를 인디고 서원에서 만난 친구들끼리만 나누는 게 아쉽더라고요. 분명 다른 도시에 살고 있지만 우리와 비슷한 고민을 하고 있는 청소년들이 더 많을 텐데, 저는 운 좋게도 부산 남천동에 있는 인디고 서원을 만나서 좋은 수업을 받게 된 것이잖아요. 혼자서 아픔을 간직하는 많은 청소년들과 더 큰 소통을 할 수 있는 방법은 무엇일까 고민하기 시작했어요.

그런 고민의 연장선에서 시작된 것이 '주제와 변주'인데요, 인디고 서원에서 함께 읽은 책 중에 가장 감명 깊었던 책을 골라서 청소년이 저자에게 직접 메일을 보내고 초청하여 대화의 시간을 갖는 행사입니다.

"선생님 책을 읽고 인디고 서원에서 공부하는 친구들끼리 이런 이야기를 나눠 봤는데, 직접 모시고 이야기를 나누면 좋을 것 같습니다."라고 진심 어린 메일을 보내면 국내외의 저명한 작가들이 흔쾌히 청소년들을 만나러 와 주셨습니다. 그렇게 저자들을 인디고 서원으로 초청하기 시작했어요. 그것이 '주제와 변주'라는 이름으로 진행되었던 행사입니다. 2012년 2월까지 총 58분이 다녀갔습니다. 이 행사에서 나눈 대화의 내용은 『주제와 변주 1, 2』라는 책으로 정리되어 나왔어요.

소통의 장을 점점 넓혀가다 보니까, 이번에는 전국의 청소년들과 이야기를 나눠보고 싶어졌습니다. 그래서 2006년 8월부터 《인디고잉》을 발행하기 시작했지요. 이 잡지는 국내에서 유일하게 청소년이 직접 만든 인문교양지인데, 저는 고등학교 1학년 때부터 《인디고잉》의 기자로 활동해 왔습니다. 벌써 33호까지 발행해서 전국의 독자들과 소통하고 있습니다.

그런데 어느 날부터 《인디고잉》의 지면만으로는 한계가 느껴지기 시작했습니다.

일주일에 한 번씩 수업에 참여했는데, 인디고 서원에 모여서 이야기하고 글을 쓰는 시간은 정말 행복했어요. 하지만 그 시간이 지난 뒤에 다시 학교로 돌아가면, 행복하지 않은 표정으로 공부하는 많은 친구들이 보였어요. 그 친구들에게 어떻게 하면 말을 건넬 수 있을까?

그런 고민으로 시작하게 된 것이 '정세청세'라는 프로그램입니다.

정세청세는 '정의로운 세상을 꿈꾸는 청소년, 세계와 소통하다.'의 줄임말입니다.

인디고 서원에 앉아서 고민만 하지 말고, 더 많은 친구들과 함께할 수 있는 프로젝트를 기획해 보자는 게 수업의 과제였어요. '정세청세'라는 이름으로 좋은 아이디어가 모였고, 곧바로 넓은 장소를 빌리고 토론 주제를 정해서 주변의 친구들을 초청했습니다.

그렇게 2007년 부산에서 여덟 번의 '정세청세'가 열렸습니다. '선택하기(자유), 의심하기(진실), 실천하기(신념)' 등 우리 삶에서 추구해야 할 행위와 가치에 대한 주제로 짧은 영상을 보고 함께 토론하는 행사였지요.

그런데 놀랍고 재밌는 게 어느 순간부터 조별로 나뉘어 자기소개를 할 때 대구에서 왔다고 하는 친구들을 만나게 됐고, 또 기차를 타고 서울에서 왔다고 하는 친구들이 옆자리에 앉아 있는 거예요.

여기까지 어떻게 오게 되었냐고 물었더니, 각자 살고 있는 곳에서 이렇게 소통할 수 있는 모임을 찾고 있었는데, 자신이 살고 있는 도시에는 이런 프로그램이 없어서 부산까지 찾아왔다고 하더라고요.

우리가 나누고 있는 소통의 장이 청소년에게 절실한 공간이라는 생각이 들었습니다. 그래서 '정세청세'를 처음 기획하고 진행했던 친구들이 모두 대학에 진학했던 2009년부터는 전국 6개 도시에서 동시에 '정세청세'를 열었습니다. 이로써 다른 도시에서 부산으로 내려올 정도로 열정 넘치는 청소년들이 뜻이 맞는 친구들과 함께 자기 지역에서 기획팀을 꾸려서 직접 '정세청세'를 기획하고 진행하게 되었지요. 그리고 처음 행사를 기획한 저와 제 친구들은 다른 지역에 파견되어서 행사가 잘 진행되도록 보조해 주는 멘토 역할을 수행했습니다.

'정세청세'는 이렇게 조금씩 확장되어 2010년에는 8개 도시, 2011년에는 12개 도시에서 열렸습니다. 2012년부터는 5개 도시가 추가돼서 17개 도시에서 진행할 예정이고요. 만주에서 열악한 환경 아래 공부하는 조선족 아이들을 찾아가 함께 '정세청세'를 열 계획도 가지고 있습니다. '정세청세'는 이렇게 조금씩 확장되어 전 세계적인 청소년 소통의 장으로 성장하려는 원대한 꿈을 품은 행사입니다.

전 지구적인 소통의 장 '인디고 유스 북페어'

저 혼자만의 아픔에서 시작된 소통에 대한 열망을 확장하는 과정에서 참으로 중요한 것을 느꼈습니다. 소통은 나 혼자만의 문제가 아닌, 또 한국 청소년만의 문제가 아닌, 한국 사회 전체의 문제이고, 더 나아가서 전 지구적인 문제라는 사실이지요.

전 지구적으로 자유로운 삶을 꿈꾸면서도 억압당하면서 불행하게 살고 있는 사람들이 너무나 많다는 것을 저는 책 읽기를 통해 깨달았습니다. 이 문제를 해결하기 위해서는 나 혼자 고민해서도 안 되고, 우리끼리만 얘기해서도 안 되며, 전 지구적인 소통의 장이 필요하다는 결론에 이르게 되었습니다.

그렇게 해서 기획한 것이 '인디고 유스 북페어(Indigo Youth Book Fair)'라는 행사예요. 2007년부터 2012년 현재까지 진행해 온 프로젝트입니다.

인간의 삶과 관련된 근본적인 물음들을 함께 고민하고 있는 세계의 학자들을 직접 찾아가서 인터뷰했어요. 또 그들을 부산으로 초청해서 어떤 주제에 대해서 얘기하고 해결책을 모색해 보는 장을 마련하게 된 것입니다.

2008년에는 '인간(人+間)'이라는 주제로 이와 같은 고민을 하고 있는 전 세계의 학자와 실천가, 청소년들을 부산으로 초청해서 '인디고 유스 북페어'를 진행했습니다. 함께하지 못한 분들을 위해서 이 프로젝트의 전 과정을 담아 『꿈을 살다』라는 책으로 정리했고요.

2010년에는 '가치를 다시 묻다.'라는 주제로, 전 세계 6대륙에서 삶의 근본적인 가치에 대해서 고민하는 분들을 직접 찾아가 인터뷰했고, 또한 부산으로 초청했습니다. 이 과정 역시 『가치를 다시 묻다』라는 책으로 정리되어 나와 있어요. 이렇게 맺은 네트워크를 바탕으로 2009년부터 전 지구적으로 유통되는 국제인문학 잡지 《INDIGO》를 발행했습니다. 이 잡지는 전 세계 30여 개국으로 수출하고 있습니다.

모두의 '자유'를 찾아서 '공동선을 향하여'

지금 준비하고 있는 2012년 '인디고 유스 북페어'의 주제는 '공동선을 향하여'입니다. 저는 이 프로젝트의 팀장을 맡았습니다.

'공동선'이라는 말이 마음에 확 와 닿으시나요?

사실 나만의 선에 닿기 위해 살기도 바쁜데, '공동선'은 왠지 내 삶과 멀리 떨어져 있는 것처럼 느껴지지 않으세요?

인문학 공부를 시작하고 많은 사람을 만나면서 느끼게 된 것이 있어요. 제 자유나 행복이 결코 다른 사람의 자유나 행복과 떨어져 있지 않다는 점입니다.

나와 타인의 자유나 행복이 서로 연결되어 있다면, 과연 그것이 참이라면, 개인의 자유와 모두의 자유를 위한 '공동선'을 향해 우린 어떤 실천을 할 수 있을까요?

이런 문제의식을 머릿속에서 지우지 않고 2010년 '인디고 유스 북페어'가 끝난 뒤부터 지금까지 계속 공부하고 탐구해 왔습니다.

'인디고 유스 북페어' 프로젝트 일환으로 2011년 슬로베니아로 날아가서 슬라보예 지젝(Slavoj Žižek)을 만났습니다. 세계적인 석학 지젝은 가장 위험한 철학자로 알려져 있는데, 이틀에 걸쳐 장장 10시간 가까이 인터뷰를 했습니다.

2012년 '인디고 유스 북페어'는 '공동선을 향하여'라는 주제로 진행할 예정인데, 이 주제에 대해서 어떻게 생각하는지 지젝에게 물었습니다. 또 우리가 세계 시민으로서 공동선을 추구하기 위해서 어떤 실천이 필요한지 질문했는데, 그는 이렇게 답했습니다.

"우리가 선(善)이라고 정의 내리는 것은 단순히 그것을 발견하는 것이 아니라, 정의 내리는 것에 대한 책임을 진다는 것을 의미합니다. '공동선'이라는 것은 이미 정해져 있는 게 아니라, 오히려 '선'이 무엇인지 옳고 그름이 무엇인지 직접 고민하고 결정해서 정의 내려야 하는 문제라는 것이죠."

이렇게 '선(善)'이라고 정의 내린 결과에 책임을 지는 것이 지젝이 강조한 '공동선'이었습니다.

새해에는 일본에 다녀왔어요. 일본 출신의 세계적인 철학자이자 비평가인 가라타니 고진(柄谷行人)을 만났지요. 그의 집으로 초대받아서 7시간 동안 인터뷰를 진행했습니다. 그에게 지젝과 똑같은 질문을 했어요. 그는 칸트의 이야기로 시작하면서 이렇게 답해 주었습니다.

> "칸트에게서 윤리는 선악의 문제가 아니라, 자유의 문제입니다."

가라타니 고진이 이해한 '칸트의 윤리'란 옳고 그름의 문제, 즉 선악의 문제가 아니었습니다. 칸트가 말한 '윤리'는 '자유의 문제'라는 것이죠. 아무것도 몰랐던 중학교 3학년 때부터 제가 고민하던 것도 그런 물음이었어요.

한 번밖에 살 수 없는, 내게 주어진 이 시간 동안 어떻게 살아야 할 것인가? 제게 어떻게 살 것인가를 물었을 때, 그것에 대한 답이 '윤리'였거든요.

칸트가 말한 '윤리'라는 것은 이렇습니다. 어떻게 살 것인가를 직접 고민하고, 스스로 선택하며, 그 선택에 대한 책임을 지는 것이 윤리적 주체라는 것이죠.

짧지 않은 시간이지만, 나름 고민해 왔던 것에 대한 최종적인 답도 이런 것이었어요.

지금 제가 행복하지 않다면, 행복한 삶을 선택하지 않아서입니다. 그리고 지금 제가 자유롭지 않다면, 저를 자유롭게 못하게 하는 어떤 힘에 대해 싸우고 있지 않기 때문입니다. 오랜 시간 동안 인디고 서원에서 공부하면서 이런 결론에 도달하게 되었습니다.

인문학을 공부해야 하는 이유

최근에 읽은 책은 사상가 에티엔 드 라 보에티(Étienne de La Boétie)가 18세 청춘 시기에 쓴 『자발적 복종』입니다.

17~18세기 유럽이 전제군주의 통치를 받던 시절, 많은 사람들이 그토록 자유를 열망하면서도 왜 자유를 억압하는 체제에 맞서 싸우지 않을까 고민했던 청춘 라 보에티가 자신의 생각을 거칠고 열정적인 언어로 써놓은 책이에요. 이 책의 결론 부분에서 라 보에티는 이런 말을 합니다.

> 배우자! 올바르게 행동하는 것을 배우자. 미래를 향하여 응시하자. 우리의 명예를, 우리의 사랑을, 우리의 선을 위하여.

이 문장이 마음에 와 닿더라고요. 결국 '공동선을 향하여'는 한 개인의 가장 근원적인 욕구인 '자유'를 회복하기 위해서 배우는 것이었어요.

살면서 인문학을 공부해야 하는 단 하나의 이유는 '자유롭기 위해서'인 것 같아요. 여기서 '자유롭다.'는 것은 삶의 행위를 스스로 선택하고, 그 선택에 대한 결과를 온전히 개인이 책임지는 것을 말합니다. 그렇게 하기 위해서는 우선 올바른 선택을 할 수 있어야겠죠.

올바른 선택을 하기 위해서는 지금 내가 살고 있는 이 세상이 도대체 어떤 세상인지 알고 있어야 합니다. 그래야 선택을 할 수 있고, 그 선택에 대한 결과를 온전히 책임질 수 있을 것 같아요. 그렇지 않고 나에게 주어진 아주 작은 자유만 누리는 것은 오히려 '복종'이라고 할 수 있겠죠.

결론적으로 말씀드리고 싶은 것은 자유를 찾기 위해서는 배워야 한다는 것입니다.

2012년 뜨거운 여름에도 어김없이 부산에서 '인디고 유스 북페어'가 열립니다.

그리고 슬라보예 지젝과 나눈 인터뷰를 정리한 책 『불가능한 것의 가능성』은 이 시대를 함께 살고 있는 청춘 여러분에게 보내는 하나의 초청장입니다.

조금 이기적으로 들릴지도 모르겠지만, 저의 자유와 여러분의 자유는 연결되어 있다고 생각합니다. 제가 자유롭기 위해서는 여러분의 힘이 필요하거든요. 여러분도 마찬가지일 거예요. 우리 함께 공부하고 배워서 청춘을 자유롭지 못하게 만드는 힘과 투쟁해야 한다고 생각합니다.

"당신에게 공동선이란 무엇인가요?"라는 질문에 슬라보예 지젝은 이런 말을 해줬어요.

"나에게서 공동선은 자유를 위한 공동 투쟁이다."

자유롭게 살기 위해 고민하는 청춘 여러분에게 감히 이런 제안을 드리고 싶습니다.

우리의 자유를 위해서, 전 지구인의 행복을 위해서 우리는 무엇을 함께 할 수 있을까 고민하는 시간을 가졌으면 합니다. 그것이 바로 2012년 '인디고 유스 북페어'라는 장에서 실천되었으면 하는 바람이 있습니다.

사실 '공동 투쟁'이라는 말이 조금 거칠게 들릴 수도 있잖아요. '투쟁'이라는 말 자체가 갖고 있는 이미지는 여러분에게도 투박하고 거칠게 느껴지죠?

2008년에 역사학자 고 하워드 진(Howard Zinn) 선생님을 찾아갔을 때, 저희에게 이런 말씀을 해주셨습니다.

"같은 이상을 지닌 사람들과 함께한다면 여러분 사이에서는 놀랍도록 따뜻한
느낌이 생겨날 것입니다. 나아가 그것이 바로 삶을 살아갈 만한 가치가 있게끔
만들어줄 것입니다."

저는 여러분과 이런 따뜻한 느낌을 함께 나누고 싶습니다.

청춘의 아픔을 치유하기 위해 기꺼이 싸우다

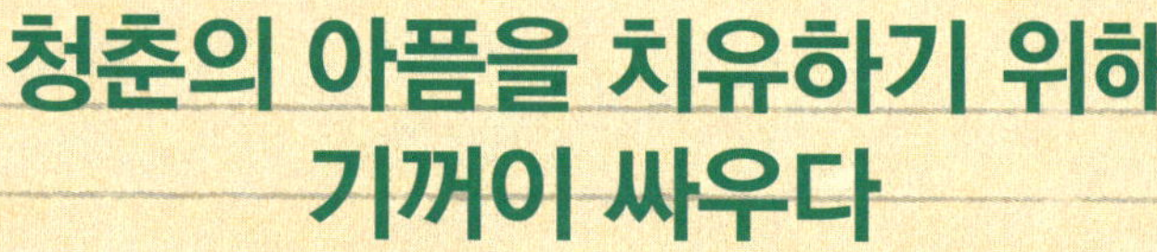

김영경

· 청년유니온 위원장 ·

우리는 서로의 아픔을 몰랐던 것뿐이죠.
용기를 내서 이야기를 꺼내 놓는 순간,
우리의 손을 잡아줄 많은 청년들과
우리를 응원할 많은 기성세대가 있다는 걸 잊지 마세요.
희망을 일구는 길은
생각보다 어렵지 않습니다.

🎙 "여러분의 아픔을 꺼내 놓으면 손을 잡아줄 친구가 있다는 걸 절대 잊지 마세요."

청년세대 노동조합인 청년유니온 1기 위원장 김영경 씨가 청년들에게 당부하는 이야기다.

청년유니온은 청년들의 최저임금 실태를 알아보기 위해 전국에 있는 사업장(편의점, 주유소, PC방 등)을 발로 뛰며 찾아다녔다. 또 식지 않은 피자를 배달하기 위해 안타깝게 목숨을 잃은 한 청년의 죽음을 애도하며 '30분 피자 배달제'를 폐지해야 한다고 목소리를 냈다. 뿐만 아니라 유명 커피전문점들이 아르바이트생에게 지급하지 않은 '주휴수당(휴일 수당 개념)'을 받아내 밀린 임금을 돌려주기도 했다. 청년유니온의 활동을 응원하면서 자연스럽게 김영경 전 청년유니온 위원장에게 관심을 갖게 되었다.

그는 대구에서 태어나 수도권에 있는 대학에 진학하기 위해 상경한 유학파다. IMF 시절 기울어진 집안 경제 탓에 대학 2학년 때부터 학자금 대출을 받아 등록금을 냈다. 어마어마한 학자금 대출 빚을 갚기 위해 서른 살까지 안 해본 일이 없다. 생계비 역시 각종 아르바이트에 뛰어들어 스스로 해결했다. 식당 서빙부터 전단지 배포, 과외, 편의점, 경리, 대형마트 판매직 및 보안요원, 명절 단기 판매직, 화장품 테스트, 학원 강사 등 '알바천국' 인생을 살았다. 전세보증금을 마련하기 어려워 고시원에서 1년쯤 살기도 했다.

사회 양극화와 사회 구조에 의해 청년들이 희생당하고 있는데, 청년실업이나 비정규직의 문제를 청년 개인의 탓으로 돌리는 사회 분위기가 무척 억울했던 그가 일을 벌였다. 2009년 청년유니온을 결성하고, 2010년 3월에는 청년유니온을 정식으로 창립했다. 겁 없고 '싸움닭' 기질이 다분하지만, 약자에게는 한없이 마음이 약하다는 그는 청년들이 처한 다양한 문제를 해결하기 위해 한결같은 행보를 이어가고 있다(2012년 10월, 그는 문재인 대선후보 캠프에서 공동선대위원장으로 일하고 있다).

★ ★ ★

아픔을 꺼내 놓으면
손 잡아줄 친구가 있다는 걸 잊지 마세요!

안녕하세요. 김영경입니다.

지금부터 저의 이야기이기도 하고, 제 친구들의 이야기이기도 한 우리들의 이야기를 하려고 합니다. 누구에게나 그렇지만, 자신의 이야기를 하는 건 상당히 어려운 일이잖아요. 그리고 자기 이야기를 할 때는 다른 일에 비해서 감정이입도 많이 되고요. 어떻게 보면 제가 지금부터 하려고 하는 이야기는 조금 우울하게 들릴 수도 있을 것 같아요. 하지만 뒷부분에 이야기할 청년유니온의 활약상을 통해서 조금이나마 희망을 전해 드리고 싶고요. 제가 조금 우울한 이야기를 하더라도 밝은 표정으로 잘 들어 주셨으면 좋겠습니다.

요즘 여러 강단에 초청돼서 이야기를 다니다 보면 저보다 나이 어린 후배들을 만날 기회가 많습니다. 후배들을 만날 때마다 제가 가장 먼저 하는 질문이 있어요.

여러분, 잘 지내고 있나요?

최근에 청년유니온이 핫(Hot)한 단체가 됐잖아요. 청년유니온이 주목받는 단체가 되고 나서 대학에 초청을 받아 강연을 다녔는데, '잘 지내고 있나요?'라는 질문을 던지면 학생 분들이 대답을 안 하세요. 그냥 저를 째려

만 봐요. 그래서 제가 뭔가 얘기를 잘못했나? 그런 생각이 들었던 적이 있어요.

잘 지내나요, 청춘?

2011년부터 청년 문제가 이슈가 되면서 2012년까지 청년 실업, 청년 정치 등의 다양한 담론들이 이어져 오고 있습니다. 그러나 지금 청년들은 우리 사회에서 위로를 받아야 하는 존재들 혹은 동정을 받아야 하는 존재로 낙인이 찍힌 것 같아요. 청년들이 그런 시선을 받게 된 것에 청년유니온이 일조했다는 생각이 들어서 동시대를 살아가는 청년들에게 부채감이 있기도 합니다. 그럼에도 불구하고 우리가 생각하는 희망이라는 것은 현실을 직시했을 때 나올 수 있는 것이라고 생각합니다. 이럴 때마다 제가 어떤 악마적인(?) 존재가 아닐까 하는 생각도 하지만요.

어쨌든 이런 우울한 이야기를 늘 거침없이 하고 다니기 때문에 오늘은 함께 희망들을 이야기해 봤으면 좋겠습니다. 그럼 본격적으로 이야기를 시작해 보겠습니다.

개그 프로그램 많이 보시죠? 〈개그 콘서트〉의 '사마귀 유치원'이라는 코너가 방송된 뒤에 온라인에서 한참 화제가 됐었는데, 기억하시나요? 방송에서 '대기업 들어가는 방법'이 나왔는데, 이런 대사가 있었지요.

"만약 등록금이 없으면 편의점에서 시급 4,320원(2011년 최저임금)씩 받고 아르바이트를 하면 돼요~ 편의점에서 1년 동안 숨만 쉬고 바코드를 찍으면 1년 학비가 생겨요~ 이렇게 1년 휴학하고 공부하면 8년 만에 졸업 할 수 있어요~”

이렇게 우울한 이야기를 참 웃기게 풀어냈죠.

그 다음에 또 하나가 시트콤 〈하이킥 3, 짧은 다리의 역습〉의 출연자 중 한 사람이 청년실업 때문에 고민이 많은 연기를 하는 백진희 씨예요. 어느 방송 중에 백진희 씨가 동아리 선배들을 만나서 고깃집에 갑니다. 극중에 백진희 씨는 “이때가 아니면 언제 고기를 먹어 보겠냐.”면서 입안으로 가득 고기를 넣는 장면이 있습니다. 그 장면 뒤로 흐르는 내레이션은 뭉클합니다.

'토익 900점, 자격증도 많은데, 서류 낙방만 200번, 면접 낙방은 50번, 월세는 밀리고 결국 다시 고시원에…….'

단적인 예를 소개했지만, 미디어에서 그리는 청년들의 모습은 심상치 않습니다. 문제는 미디어에서 그려지는 청년들의 모습이 우리의 현실과 닮아 있다는 거죠.

2012년, 지금 이 시대에 대학을 졸업하려면 매년 1,000만 원이 필요합니다.

'등록금 1,000만 원 시대'라는 말이 너무나 익숙하죠. 대학을 졸업하려면 많은 돈이 든다는 것은 누구나 공감하실 것 같아요. 또 한국 사회에서 가정 배경과 학력 수준이 무관하지 않다는 것도 이미 누구나 다 알고 있는 일입니다. 소위 서울의 스카이(SKY)라 불리는 대학(서울대·연세대·고려대)에는 강남에 살고 있는 학생들이 많이 진학한다는 사실 말입니다. 해마다 그 비율이 증가하고 있다는 것도 매년 보도되고 있으니 많은 분들이 알고 있을 겁니다. 이미 우울한 이야기를 시작했습니다.

최악의 최저임금

서두에서 꺼낸 이야기처럼 많은 청년들은 등록금을 벌기 위해서 혹은 집안형편이 좋지 않기 때문에 아르바이트를 하면서 힘들게 학교에 다니고 있습니다.

2010년 참여연대에서 발표한 자료에 따르면, 한 학생이 1년 동안 학교에 다닐 등록금을 벌기 위해서는 (만일 1시간 동안 4,000원 정도의 급여를 받고 아르바이트를 한다면) 학교에서 수업을 받는 시간의 6배 많은 시간 동안 일을 해야 1년 동안 학교를 다닐 수 있는 등록금을 벌 수 있다고 합니다. 이 얘기는 학생들이 공부하기 위해 대학에 가는 건지, 아르바이트를 하러 가는 건지 알 수 없는 현실이 되었다는 것입니다. 참으로 안타까운 일입니다.

그런데 이렇게 아르바이트를 하고 있는 학생들이 주로 받는 임금은 대부분 최저임금에 가깝습니다.

혹시 2012년 책정된 최저임금이 얼마인지 아세요? 올해 조금 올라서 4,580원입니다.

26개 OECD 국가의 최저임금 실태를 비교해 봤는데요, 최저임금이 가장 낮은 멕시코 다음에 한국 순으로 나타났습니다. 우리나라 최저임금 수준은 26개 OECD 국가 중 거의 꼴찌에 해당됩니다.

일본의 경우에는 지역마다 최저임금이 조금씩 다르긴 하지만, 일본의 수도인 도쿄의 최저임금은 12,000원 정도쯤 된다고 합니다. 일본이 한국보다 경제가 발달했다고는 하지만, 최저임금 수준이 2배 넘게 차이가 있습니다.

저는 실제로 청년들이 받고 있는 시급이 얼마일까 궁금해졌습니다. 그래서 청년유니온은 청년들이 가장 많이 일하고 있는 국내의 여러 커피전문점을 대상으로 최저임금을 조사해 봤어요.

여러분이 잘 알고 있는 '카페베네'와 같은 경우에는 거의 최저임금 수준에 준한 시급 4,430원(2011년 기준)을 아르바이트생에게 지급했습니다. 다른 커피전문점들의 시급 수준도 여기서 크게 다르지 않았습니다. 4,430원은 카페라테 한잔도 사먹을 수 없는 돈입니다.

가정 형편이 넉넉하지 않은 청년들은 비싼 등록금을 내는 데 조금이라도 보탬이 되기 위해서 아르바이트를 하고, 그 돈으로 열심히 공부해서 대학을 졸업합니다. 하지만 졸업 뒤에는 '이태백(20대 태반이 백수)' 신세, 청년실업 문제가 우리를 기다리고 있습니다.

최악의 청년 실업률 16.7퍼센트

물론 열심히 일을 구하다 보면 일자리를 찾을 수도 있겠죠.

문제는 '우리가 구할 수 있는 좋은 일자리가 과연 있는 것인가?' 하는 점에 의문을 던져봐야 하지 않을까 싶습니다.

2010년 통계청에서 발표한 최근 실업률 추이를 보시면, 청년실업률은 전체 실업률의 2배쯤 됩니다. 정부에서 발표한 청년실업률은 9퍼센트입니다. 통계에 잡히지 않는 실제 청년실업률은 얼마나 될까요?

요즘 주변에 공무원 시험 준비하는 청년들이 참 많죠. 이제는 학과와 상관없이 대학 1학년에 입학하면 보험에 드는 것처럼 공무원 시험을 준비하겠다고 결심하는 학생들이 많잖아요. 또 대학을 졸업하고 직장에 다니다가 공무원 시험을 준비하는 청년들이 있습니다. 이런 취업 준비생들은 청년실업률에 포함되지 않습니다.

취업할 곳이 마땅치 않아서 대학원에 진학하는 청년들, 구직 활동을 계속하다가 안돼서 결국엔 구직을 포기하는 사람들, 구직 활동을 하다가 힘들어서 조금 쉬는 사람들까지 다 포함하면 실제로 청년실업률은 16.7퍼센트 정도가 된다고 합니다.

2011년 한국개발연구원(KDI)에서 청년실업률을 22.1퍼센트라고 발표한 바가 있습니다. 대한민국에서 태어난 남성이라면 피할 수 없는 관문이 있죠. 바로 군복무입니다. 군인이 된 청년들까지 포함하면 한국의 청년실업률은 30퍼센트에 육박한다는 주장도 있습니다. 2011년 고용정보원이 분석한 실질 청년실업자는 76만 명입니다. 하지만 정부는 청년실업률을 7.6퍼센트라고 발표했습니다. 고용정보원의 분석과 큰 차이가 있죠. 정부는 왜 청년실업률을 속이고 있을까요?

눈높이를 낮추면 취업이 될까요?

이명박 대통령은 청년들에게 "눈높이를 낮추라."고 했습니다. 제가 청년유니온을 만든 직후에 가장 많이 고민했던 점이 바로 이 점이었습니다. 대통령과 기성세대가 주장하는 구직할 때 청년들의 눈높이에 대한 허상을 어떻게 이해하고, 청년들과 소통해야 할지 많은 고민을 했습니다. 그렇다면 실제로 청년들이 구직활동을 하기 위해 눈높이를 낮췄을 때, 취업이 잘 될 수 있을까요?

2012년 한국의 2~4년제 대학진학률은 85퍼센트 이상입니다. 서유럽에 비해 어마어마하게 많은 사람들이 대학에 진학하고 있는 셈이지요. 고등학교 졸업 출신자들은 15퍼센트 정도가 됩니다. 이명박 대통령의 말대로 고등학교 졸업 출신자들이 눈높이를 낮춰서 대학 진학을 안 했습니다. 대통령의 말씀대로라면 고등학교 졸업 출신의 청년들은 100퍼센트 취업을 해야 된다는 말이거든요. 그런데 지금 우리 사회는 어떻습니까?

오히려 고졸 출신은 한국 사회에서 취업의 문턱을 넘기가 더 힘들죠. 대학교 졸업 출신자보다 일자리 선택의 기회가 많지 않습니다. 사실 청년유니온 활동을 하면서 고등학교 졸업자들은 어디에서 어떻게 지내시는지 찾을 수가 없었습니다. 정말 안타까운 현실인데, 고졸 당사자는 스스로 고졸인 것을 잘 드러내지 않으려고 하더군요.

구직을 위해 청년들이 '눈높이를 낮춰야 한다.'고 말하기 이전에 우리 사회에서 바뀌어야 할 것이 있습니다. 그게 뭐냐면 정규직과 비정규직 간의 차별이 없어져야 합니다. 임금 차별, 노동환경 차별 등이 먼저 개선돼야 합니다. 잘 알고 계시겠지만, 정규직과 비정규직의 임금 차이가 2배 가까이 납니다. 제 주변에 중소기업에 다니는 친구들이나 후배들을 보면 120~130만 원의 임금을 받고 있어요.

또 학력별로 임금 차이가 심하잖아요. 대학교 졸업자, 전문대학 졸업자,

고등학교 졸업자, 중학교 졸업자 등이 동일한 노동을 하더라도 꽤 임금 차이가 납니다. 이런 문제가 해결되지 않은 채 무작정 구직에 나선 청년들에게 눈높이를 낮추라고 하는 것은 지금의 청년실업 문제를 청년들 개개인의 탓으로 돌리는 것밖에 되지 않는다는 것이 청년유니온의 문제의식이었습니다.

한국에는 수많은 대기업이 존재하지만, 대기업에 입사하는 일도 호락호락하지 않습니다. 제가 생생한 이야기를 들려 드리려다 보니까, 딱딱한 통계자료를 예로 들지 않을 수가 없군요.

IMF 이전인 1993년에는 1,000명 이상 일하는 대기업이 13.6퍼센트 정도의 청년 일자리 영역을 차지하고 있었어요. 이 말은 대기업이 13퍼센트 정도의 청년 고용을 책임지고 있었다는 얘기죠. IMF 이후 10년이 조금 지난 지금은 어떨까요?

2009년에 통계에 따르면, 대기업에서 청년이 일할 수 있는 일자리는 절반 정도로 뚝 떨어졌다는 것을 알 수 있습니다.

지금 청년실업의 문제는 일자리 양의 문제보다 일자리 질의 문제라는 겁니다. 대기업이 일자리를 늘리지 않고, 공공기관이 계속 정리해고를 해나가면서 신규채용을 하고 있지 않으니까, 매년 청년실업 문제가 계속되고 있다는 것이죠.

또 하나 충격적인 것은 30대 대기업이 대졸신입사원의 임금을 계속 하향 조정해서 낮춰가고 있다는 것입니다. 2010년 처음 이 문제가 보도됐을 때, 많은 기성세대 분들이 "대기업에서 입사한 청년들의 임금을 삭감하고 있는데, 왜 청년들은 이것에 대해 아무런 이야기도 하지 않느냐고, 청년 당사자의 문제가 아니냐."고 목소리를 높였습니다. 하지만 어떻게 보면 대기업 입사는 청년들에게 거리가 좀 먼 얘기였기 때문에 당장 많은 청년들에게 공감을 얻지 못한 일이 아니었나 추측을 해봅니다.

빚쟁이 인생, 현실은 시궁창

사람이라면 누구나 자신이 원하는 일자리를 얻어 재미있게 일하고, 사랑하는 사람을 만나서 결혼하고, 나와 똑같은 DNA를 가진 자녀를 후대에 남기고 싶은 마음을 갖고 있습니다. 그런데 문제는 결혼 역시 쉽지 않다는 겁니다. 서글프긴 하지만, 좀 더 직관적으로 이 문제에 대한 이야기를 하기 위해 돈으로 빗대어 이야기를 하겠습니다.

결혼을 하기 위해서 주요항목별 소요비용을 살펴보면, 어마어마한 돈이 필요합니다. 주변에 결혼하는 친구들을 보면 빚을 내지 않고 결혼하는 사람이 없을 정도예요.

대학에 다닐 때는 학자금 대출 때문에 내내 그 대출을 갚으려고 허덕이다가 그 빚을 갚고 나니까, 다시 빚을 내서 결혼을 해야 합니다. 많은 청년들이 빚쟁이 인생을 살고 있는 거죠. 또 빚을 내서 집을 마련하고, 아이를 낳으면 그 아이의 등록금 때문에 빚을 냅니다. 언제쯤 우리는 '빚쟁이 인생'에서 헤어 나올 수 있을까요?

누구나 열심히 공부해서 대학에 진학하고, 졸업해서 좋은 직장에 취직하고, 사랑하는 사람을 만나서 연애하고, 집을 마련해서 결혼하고, 아이를 낳아 키우며 행복하게 사는 꿈을 꿉니다. 청년들이 꿈꾸는 인생 계획이 너무

달콤한가요?

　하지만 현실은 그렇지 않습니다. 현실은 정말 시궁창이죠.

아프면 아프다고 소리 질러라!

　같은 아픔을 느끼고 있는 청년들이 모여 '청년유니온'이란 조직을 만들었습니다. 청년유니온은 '아프면 아프다고 소리 질러라!'라는 슬로건으로 활동하고 있습니다. 청년세대가 안고 있는 청년실업, 불안정한 아르바이트나 비정규직 문제 등 다양한 문제를 해결해 나가기 위한 청년 노동조합이고요. 한국에 거주하고 있는 청년이라면 만 15세부터 39세까지 누구나 청년유니온의 조합원이 될 수 있습니다.

　앞에서 제가 우울한 이야기를 많이 했는데요, 지금부터 청년유니온이 반격을 시작하겠습니다.

　매년 6월, 최저임금이 결정됩니다. 청년유니온은 최저임금 인상을 위한 활동부터 시작해서 노동 상담, 노동법 세미나, 다양한 청년 노동 실태조사 등을 하고 있습니다.

　실제로 유럽은 초등학교 때부터 노동교육을 시킵니다. 노동자가 노동 3권을 어떻게 인정받을 수 있는지 교육과정에 포함되어 있죠. 예를 들어 회사와 임금 협상을 할 때, 어떤 식으로 대화를 하면 되는지 초등학교 때부터 교육을 받습니다. 하지만 한국의 교육과정엔 노동교육이 전무한 편이죠. 첫 입사를 할 때까지도 노동법에 대한 지식이라곤 눈곱만치도 없습니다. 많은 청년들이 노동자로 살아가야 하는데도 말입니다. 이런 면에서 노동교육은 굉장히 중요합니다.

청년유니온 반격에 나서다!

청년유니온은 청년들의 최저임금 실태조사에 나섰습니다. 2010년 전국의 편의점 500여 군데를 발로 뛰면서 직접 아르바이트하는 청년들을 만났습니다. 생각했던 것보다 충격적인 결과를 얻게 됐죠. 2010년 최저임금이 4,110원이었는데요, 수도권 편의점에서 일하는 아르바이트생 중 66퍼센트가 최저임금을 못 받고 있었습니다. 지방의 사정은 더 심각했고요. 지방 편의점에서 일하는 아르바이트생 중 80퍼센트가 최저임금을 못 받고 있었습니다. 당시 제보 중에는 전라남도의 어느 편의점에서 2,000원대의 임금을 받고 일하고 있다는 충격적인 이야기도 들었습니다.

청년유니온에서 청년 최저임금 실태조사 결과를 빵 터뜨렸을 때, 우리 사회가 충격에 휩싸였습니다. 왜냐하면 많은 사람들이 생각하는 '최저임금'이라고 하는 것은 매일 아침 지하철에서 만나는 청소원 혹은 학교를 깨끗하게 청소해 주시는 아주머니, 어린 청소년들이 받는 임금이라는 인식 때문이었습니다.

그런데 누구나 매일 한 번쯤은 들르게 되는 편의점에서 일하는 대학생이 최저임금을 받고, 지방에서는 최저임금도 안 되는 금액을 받고 일하고 있는 현실은 많은 사람들에게 충격을 주었습니다. 청년들의 최저임금 실태를 발표하자마자 두 달 가까이 언론에서 회자가 되었죠. 그 덕분인지 2010년 9월부터 고용노동부에서 최저임금 모니터링 사업을 실시했습니다. 2011년 상반기에는 서울과 수도권을 중심으로 편의점뿐만 아니라 최저임금을 가장 많이 지급하지 않는 3대 업종 편의점, 주유소, PC방 세 곳을 중심으로 2,500여 곳 적발했습니다.

한때, 피자 업체가 마케팅 전쟁을 벌인 '30분 배달제'가 폐지된 사실 알고 계시나요?

그 일을 청년유니온이 시작했다는 걸 잘 모르시더라고요. 이 일을 시작하게 된 계기는 2010년 12월 21일자 한겨레신문에 보도된 기사('30분 안 배달'에 쓰러진 피자배달원) 때문이었습니다. 스물네 살 된 청년이 대학 등록금을 마련하기 위해 오토바이를 타고 피자배달을 하다가 차에 치여 숨을 거두게 되었다는 기사였습니다. 이 청년은 배달 시간에 맞추려고 신호가 바뀌자마자 출발했다가 변을 당하게 되었죠. 유가족들의 증언에 따르면 평소 "30분 안에 피자를 배달하지 못하면 가게에서 불이익을 받는다."는 거였습니다. 이 청년은 사고 당일 날 밤에도 오토바이에 피자를 싣고 30분 안에 배달하기 위해 '눈물겨운 폭주'를 하다가 안타깝게 목숨을 잃었습니다. 이 청년은 시급 4,500원을 받으며 일했고 배달 한 건당 400원을 추가로 받아왔다고 합니다.

크리스마스를 3일 앞둔 날, 이 기사를 접하게 된 청년유니온 조합원들은 진심으로 가슴이 아팠습니다. 그래서 크리스마스를 앞두고 더 화려하게 꾸며진 거리로 나가서 이 가슴 아픈 소식을 많은 사람들에게 전하게 됐습니다.

30분 안에 피자를 배달해야 하는 아르바이트생들은 늘 빨리빨리 달려야 하는 속도 경쟁에 뛰어드는 셈이잖아요. 이런 속도 경쟁의 문화를 정착시켜 왔던 주범이 바로 도미노피자의 '30분 배달제'입니다. 도미노피자를 주문할 때 누르는 전화번호 뒷자리가 3082예요. 이 번호는 30분 내에 빨리(82) 피자를 배달한다는 뜻을 담고 있습니다.

'30분 배달제'는 배달을 30분 내에 하는 게 아니더라고요. 피자 주문이 들어간 직후부터 완성된 피자를 배달하기까지 30분 내에 해결해야 되는 제도였습니다. 피자 한 판을 만드는 데 소요되는 시간이 14~15분쯤 되니까 배달은 15분 내에 해야 한다는 얘기죠. 피자 업체는 30분 내에 피자 배달을 하지 못하면 피자를 할인해 주거나, 무료로 피자를 제공한다며 마케팅에 이용했습니다. 또 시간 내에 피자 배달을 하면 몇 백 원의 성과급을 지급했고요. 하지만 이 모든 고통은 고스란히 아르바이트생에게 전가됐습니다.

미국에 본사를 두고 있는 도미노피자는 1990년대에 '30분 배달제'가 너무나 많은 문제를 일으켜서 이 제도를 폐지했다고 합니다. 당시 미국에서는 소형 차량을 이용해 피자 배달을 했는데, 문제가 많아서 '30분 배달제'를 폐지한 것입니다. 미국에서 20년 전에 폐지했던 이 제도를 한국에서는 아르바이트생에게 오토바이로 배달하게 했고, 안타깝게도 한 생명을 잃고 말았습니다.

이 문제를 접하게 된 당시 청년유니온은 큰 조직이 아니었습니다. 그때까지만 해도 조합원이 400명쯤 되는 작은 조직이었죠. 그런데도 '30분 배달제' 폐지를 가능하게 할 수 있었던 것은 우리나라에서 최초로 '트위터 시위'를 벌였기 때문입니다. 해당 피자업체 본사 앞으로 가서 큰 스크린을 설치하고, 트위터 멘션 창을 띄웠거든요.

그때 가장 인기 있었던 트윗 멘션은 '저희는 빠른 피자보다 안전한 피자가 더 맛있습니다.'라는 글이었습니다. 이 내용은 일주일 동안 5,000건 이상의 리트윗이 되었고요. 다양한 시민들, 사회단체가 '30분 배달제 폐지'를 위해 한 목소리를 냈습니다. 트위터 시위를 시작한 지 2주 만에 해당 피자 업체에서 '30분 배달제'를 폐지했고, 또 다른 피자 업체도 동참했습니다. 물론 아직도 개선되어야 할 점이 많지만, 청년유니온이 이뤘던 쾌거 중에 하나라고 생각합니다.

근로기준법 55조에 따르면 '주휴수당'이라는 제도가 있습니다. 아르바이트를 하고 있는 많은 청년들이 꼭 기억했으면 좋겠어요. 주휴수당이 뭔지 아세요? 혹시 들어본 적은 있으신가요?

'주휴수당'은 아르바이트 고용주가 1주일 동안 소정의 근로일수를 개근한 노동자에게 1주일에 평균 1회 이상의 유급 휴일을 주어야 하는 근로기준법에 규정된 제도입니다. 주휴일은 상시근로자 또는 단기간 근로자에 관계없이 일주일에 15시간 이상 근무한 모든 근로자한테 적용이 됩니다. 주휴수당은 임금에 해당되고요. 고용주가 이를 지급하지 않을 경우, 임금 체불로 노동부에 진정의 대상이 될 수 있습니다.

이 법은 1956년에 만들어졌는데, 지금까지 잠들어 있던 법입니다.

우리가 받는 임금구성은 어떻게 되어 있는지 아세요? 전체 임금에서 우리가 보통 알고 있는 최저임금이 83퍼센트를 차지하고, 주휴수당이 17퍼센트를 차지합니다. 최저임금과 주휴수당이 합쳐져 임금이 형성되는 거죠. 정규직이나 월급제 사원은 주휴수당을 받고 있는데, 대다수 아르바이트생은 17퍼센트의 주휴수당을 떼인 채, 83퍼센트에 해당하는 임금만 받고 있는 거예요.

　어느 청년유니온 조합원의 제보로 주휴수당에 대한 문제제기를 시작하게 되었는데요, 페이스북(Face Book)에 이름도 참 범지구적인 '원두의 미래를 고민하는 모임'이란 그룹을 만들었습니다. 그 모임을 함께 하고 있는 청년들과 대형 커피 전문업체들이 아르바이트생에게 주휴수당을 지급하고 있는지 실태조사에 나섰습니다. 유명 아르바이트 사이트에 올라온 공고를 보고 매장마다 전화를 해서 물었죠.

　"알바 구하시죠?"

　"네, 이력서 들고 매장으로 오세요."

　"그런데 매장에서 주휴수당 주나요?"

　"그런 것은 없어요."

　그 결과, 82.1퍼센트의 커피 전문점 매장에서 아르바이트를 하는 청년들에게 주휴수당을 지급하지 않는 것으로 확인됐습니다. 잘 알고 계시겠지만, 대형 커피 전문업체들은 대부분 대기업이 운영하는 곳이잖아요. 그런데 근로기준법에 명시되어 있는 법인데도 주휴수당을 지급하지 않았고 잘 몰랐다는 해명만 했습니다.

　곧 바로 기자회견을 했습니다. 그 결과, 여러 언론에 보도됐습니다. 한겨레, 조선일보, MBC 뉴스데스크에도 방송되고 '주휴수당'이 포털 사이트 실시간 검색어 1위에도 올랐습니다.

　그 뒤로 유명 커피 전문업체인 카페베네와 교섭을 진행했죠. 또 커피빈 같은 경우에는 전국이 다 직영매장이에요. 본사가 전국의 매장을 관리하고 있거든요. 전국의 커피빈 매장에서 일하는 3,000여 명의 아르바이트생들에게 그동안 밀린 주휴수당 6억 원을 지급하는 결과를 얻어냈습니다. 참 잘했죠?

청년들의 힘으로 희망을

청년유니온은 이렇게 다양한 활동을 통해서 청년들과 함께 한국 사회에 희망을 만들어내려고 노력하고 있습니다. 사실 청년유니온에서 활동하는 친구들은 특별한 사람들이 아닙니다. 저 역시도 비정규직 학원 강사와 수많은 아르바이트 이력을 갖고 있죠. 그런 청년들이 모여서 자신의 이야기를 끄집어내고, 남는 시간을 활용해 얻은 잉여력으로 이런 쾌거들을 이뤄낸 것입니다. 청년유니온은 어떤 명망가도 어떤 저명인사도 없이 오로지 청년들의 힘만으로 여기까지 희망을 일궈왔다고 자부합니다.

앞서 '아프면 아프다고 소리 질러라!'라고 하는 청년유니온의 슬로건을 말씀드렸습니다. 청년들의 문제를 해결하기 위해 지혜를 모으는 건 생각보다 어려운 일이 아니었어요. 청년들이 서로서로 손과 손을 맞잡는 그 길에서 희망이 생겨난다고 생각합니다.

사실 제가 청년유니온을 시작하게 된 이야기를 할 때마다 많은 분들이 저에게 보여주시는 반응이 똑같아요. 대부분 "그런 일은 저만 겪고 있는 줄 알았어요……"라고 하시는데, 고개를 조금만 옆으로 돌려보세요. 지금 겪고 있는 아픔을 조금만 이야기하면 많은 청년들이 똑같은 문제를 겪고 있다는 것을 확인할 수 있습니다.

다만 나의 이야기니까 어떻게 꺼내 놓아야 할지 고민스럽고, 어렵게 느껴져서 그동안 이야기를 꺼내 놓지 않기 때문에 우리는 서로의 아픔을 몰랐던 것뿐이죠. 용기를 내서 이야기를 꺼내 놓는 순간, 우리의 손을 잡아줄 많은 청년들과 우리를 응원할 많은 기성세대가 있다는 걸 잊지 마세요. 희망을 일구는 길은 생각보다 어렵지 않습니다. 많은 청춘들이 청년유니온과 함께해주었으면 좋겠습니다.

절망의 트라이앵글을 넘어 희망에 도전하다

조성주

• 전 통합진보당 청년비례대표 •

인간은 이기적인 동물일지도 모릅니다.
그렇지만 늘 이기적인 것은 아닌 것 같아요.
어쩌면 우리는 인간이기 때문에 이름도 얼굴도 모르는
낯선 사람들과 연대할 수 있는 게 아닐까요?

저는 그런 정치를 하고 싶어요.
연대를 통해서 사람들에게 희망을 주고,

사람들의 선한 마음을 더 풍부하게 해서 함께
아름다운 사회를 만들고 싶어요.
이런 가능성을 확인해 가고 있고,
머지않아 더 큰 가능성을 보여주고 싶어요.

청년들의 생생한 목소리가 듣고 싶었다. 마포구 인근의 대학을 돌아다니면서 학생들을 만났다. '해치지 않아요~'라는 표정으로 학생들에게 말을 걸어보았지만, 학점·토익·취업의 감옥에 갇혀 있는 그들의 걸음은 바빴다.

우연히 『대한민국 20대, 절망의 트라이앵글을 넘어』라는 책을 만나게 됐다. 저자인 조성주 씨는 자신을 이렇게 소개했다.

"스포츠, 영화, 커피, 담배, 술…… 무엇보다 '사람'을 가장 좋아하는 이 시대의 평범한 청년입니다. 서른이 넘은 지금까지도 매달 대학 때 받았던 학자금 이자를 상환하고 있고, 가난한 청년들끼리 옹기종기 모여서 월세방에 살고 있습니다."

조성주 씨의 꿈은 원래 '천문학자'였다. 초등학교 2학년 때부터 소망하던 오랜 꿈을 이루기 위해 자연과학부에 진학했다. 그는 비싼 등록금 때문에 좋아하던 공부를 포기한 후배를 보면서 진로를 바꾸게 됐다.

대학 때 학생 운동을 시작으로 통합진보당(전 민주노동당) 최순영 의원, 홍희덕 의원의 보좌관으로 일했다. 청년 실업, 고용 문제 등을 담당하며 청년들의 벗이 되었다.

조성주 씨는 20대 청년들을 절망으로 몰아넣는 세 가지를 대학등록금, 청년실업, 사회의 오해와 무관심이라고 했다. 이것을 '절망의 트라이앵글'이라 부른다. 이 중 20대 청년들을 가장 고통스럽게 하는 원인으로 '높은 등록금'을 꼽았다. 그는 현재 등록금 문제의 가장 중요한 해법인 '등록금 상한제' 등 선구적인 대안을 소개했다. 학자금 이자를 지원하는 정책 등과 같은 현실적 대안도 고안해 대학당국과 지자체의 학자금 이자 지원을 이끌어내는 성과도 만들어냈다.

그는 청년들을 위해 무언가 해야 한다는 생각에 정치 참여를 결심했다. 2012년 4월 총선을 앞두고 통합진보당 청년 비례대표 후보로 나서기도 했다. 그는 한국 사회의 '청년 문제'를 해결하기 위해 청년 당사자들의 이야기에 귀를 기울이고 있다.

청년들은 여전히 절망적인 현실 속에 살고 있지만, 희망을 이야기하는 그의 목

★ ★ ★

청춘들을 위한 정치액션플랜

반갑습니다. 조성주입니다. 저는 청년유니온에서 정책기획팀장으로 일했던 경험이 있고요. 저를 소개하는 문구 중에 하나가 '통합진보당 청년비례대표'라고 되어 있는데, 2012년 4월에 국회의원 선거가 있었잖아요. 그래서 통합진보당 '전' 청년 비례대표 후보였다고 저를 소개하는 것이 맞는 것 같습니다. 이렇게 '전'자를 강조하는 이유는요. 지금은 그 일들을 하고 있지 않는다는 걸 알려드려야 할 것 같아서입니다. 통합진보당 청년 비례대표 후보로 출마했지만, 당선되지는 않았거든요.

오늘 여러분께 드리고 싶은 이야기는 제가 왜 청년유니온을 만들게 되었는지, 왜 통합진보당이란 정당의 청년 비례대표 후보로 출마해서 정치에 도전하게 되었는지 이런 이야기들을 조금씩 풀어볼까 합니다.

'청년유니온'을 아시나요?

여러분, '청년유니온'을 아세요? 언론에서는 청년 백수·실업자들의 노동조합 또는 청년 아르바이트생들의 노동조합이라고 소개되기도 했습니다. 청년유니온은 국내 최초이자 유일한 세대별 청년 노동조합입니다. 대한민국에 거주하는 15세부터 39세까지의 청년이라면 누구나 청년유니온에 가입할 수 있고요. 청년들 스스로 노동의 권리를 찾기 위해 연대한 노동조합입니다.

2010년 3월 13일에 창립된 청년유니온은 벌써 2년이 조금 넘은 노조가 됐군요. 만든 지 얼마 되지 않은 노동조합 단체치고는 과분한 관심을 받고 있는 셈입니다. 사실 그 과분한 관심이 때때로 불편할 때가 많았어요. 청년유니온이 과분한 관심을 받는다는 것은 그만큼 우리 사회에 청년실업자가 많고, 청년들의 노동 현실이 좋지 않다는 이야기거든요. 청년들이 각자의 일자리를 갖고, 그 일에 만족하면서 행복하게 살아가고 있다면 청년들의 노동조합이 특별히 주목받을 이유는 없었겠죠. 그러나 청년들의 기대와는 달리 청년들은 점점 힘든 삶을 살고 있습니다.

빚쟁이 청년들

제가 청년유니온을 만들어야겠다, 한국의 청년실업 문제, 노동 문제를 꼭 해결해야겠다고 결심한 계기가 있습니다. 2003년에 군에서 제대하고 복학을 했어요. 복학하면서 알게 된 후배들의 모습을 보면서 정말 마음이 많이 아팠습니다.

수학을 전공한 한 여자 후배는 지방 출신으로 가정 형편이 어려웠는데도 공부를 꽤 잘해서 명문대에 합격해 서울로 올라왔습니다. 컴퓨터처럼 계산을 할 만큼 수학을 잘해서 '교수들이 수학자로 키워야겠다.'고 생각할 정도였죠. 그런데 형편이 어려웠던 그 친구는 대학 등록금을 낼 돈이 없었어요. 그 당시에도 대학 등록금이 굉장히 비쌌거든요. 그 친구는 방법을 찾다가 학자금 대출을 여러 번 받은 겁니다. 요즘 대학생들도 학자금 대출 많이 받잖아요. 당시 학자금 대출의 이율이 7.6퍼센트였어요. 지금은 4퍼센트대 정도인데, 지금보다 두 배 정도 이율이 높았죠. 그 친구가 4년 동안 여섯 번 정도 대출을 받으니까, 3,000만 원쯤의 빚을 지고 졸업을 하게 되었습니다.

수학자가 되기 위해서는 공부를 더 많이 해야 되잖아요. 그런데 이미 빚이 많아서 더는 대출을 받을 수 없는 상황이 된 거예요. 몇 달쯤 고민하더니, 안정적인 일자리를 찾아서 수학교사가 돼야겠다고 하더라고요. 그 친구는 교수들의 바람과는 다르게 어려운 집안환경과 학자금 대출 등을 고려해서 수학교사가 되기로 결심했습니다.

그 친구가 수학교사가 되기 위해서 임용고시를 준비했던 때가 2005년이었어요. 잘 알고 계시겠지만 임용고시 경쟁률이 어마어마하잖아요. 수학천재였던 그 친구는 수학교사가 되기 위해 임용고시에 도전했지만 4년째 낙방을 하고 말았어요. 수학을 잘하는 것과 수학선생님이 되기 위해서 임용고시를 통과하는 것은 전혀 다른 문제잖아요.

청년들에게 안정적인 일자리가 없다 보니까, 꿈과 현실 앞에서 금세 좌절할 수밖에 없어요. 결국 안정적인 일자리를 찾기 위해서 각종 고시에 매달리는 것도 이 때문이죠. 임용고시의 경쟁률이 치열해지는 것도 이와 같은 이유에서이죠. 그런데 그 친구는 빚을 갚아야 되잖아요. 3,000만 원의 빚을 가진 빚쟁이가 되었는데, 그걸 갚아야 하니까 아르바이트를 시작한 거예요. 일주일에 아르바이트를 몇 개씩 하면서 임용고시를 준비했는데, 또 안 됐어요. 그런 후배의 모습을 보면서 대한민국의 현실을 도무지 이해할 수가 없었습니다.

사실 주변을 살펴보면 힘들게 살아가고 있는 청년들이 그 후배뿐만은 아니라는 걸 쉽게 알 수 있죠. 만일 취업을 했더라도 비정규직이 대부분이고, 게다가 취업하기 전에 학자금 대출로 너무 많은 빚을 가지고 있어서 그 빚을 갚느라 날마다 허덕이고 있고요.

청년들은 왜 이렇게 힘들게 살아야 될까요?

첫 번째 도전, '대학 등록금 문제'를 해결하자!

어렵게 살아가는 청년들을 보면서 저는 두 가지 문제를 반드시 해결해야겠다고 결심했습니다. 하나는 대학 등록금 문제였고요, 또 하나는 청년 실업 문제였습니다. 이 문제를 해결하기 위해서라면 어떤 일이라도 다 해 보기로 했습니다.

먼저 대학 등록금 문제를 해결해 보기로 했습니다. 2005년으로 기억하는데요, 저도 학자금 대출을 받았지만 제 주변의 많은 친구들이 학자금 대출을 받았습니다. 당시엔 한 해 동안 20~30만 명이 학자금 대출을 받고 있던 때였어요. 그런데 이율이 연 7.6퍼센트로 너무 높은 겁니다. 그래서 저는 이런 아이디어를 제안했어요.

한 청년이 대학을 졸업할 때까지만이라도 연이율 7.6퍼센트 중 절반은 정부가 부담하게 하자, 혹은 학자금 대출을 받은 학생이 빚을 갚을 때까지 그 이자의 일부를 정부가 대신 내게 하자고 제안했습니다. 정부는 거절했죠. 하지만 포기할 수 없었습니다.

다시 지방자치단체가 하면 어떻겠냐고 제안했습니다. 사실 정부나 지자체가 충분히 할 수 있는 부분이었거든요. 물론 지자체에서도 어렵다고 하더군요.

마지막으로 대학교에서 이 문제를 해결해 주어야 한다고 주장했습니다. 학자금 대출에 허덕이고 있는 학생이 졸업할 때까지 학교에서 이자를 대신 부담해야 한다고 제안하고, 또 설득했습니다. 연세대학교에서 그 정책을 받아들였어요. 처음으로 연세대학교에서 학생들이 졸업할 때까지 학자금 대출 이자를 대신 내주는 정책을 통과시킨 것입니다. 한 학교에서 이렇게 시작하면 금세 소문이 퍼져나가기 시작합니다. 이 소식을 듣고 주변의 홍익대학교와 서강대학교 등 신촌 지역의 학교들을 중심으로 나머지 학교들까지 수많은 학생들이 목소리를 내기 시작했어요.

새 학기 초마다 학생들이 '등록금 투쟁'을 하잖아요. 등록금 인하를 요구하는 목소리는 서울을 넘어 지방으로 퍼져 나갔습니다. 경상도 진주에도 대학교가 꽤 많거든요. 진주에서는 시 차원에서 이 문제를 해결하려고 했어요. 학생이 졸업할 때까지 학자금 대출이자를 부담하겠다고 한 거죠. 그렇게 조금씩 등록금 문제가 조명되기 시작했어요. 그런데 그것으로는 부족했어요.

학자금 대출이자 정도 내주는 걸로 학생들의 부담이 해결되지는 않으니까요. 저는 등록금 문제를 해결하고 싶어서 계속 방법을 찾았어요. 그 결과 정치의 필요성을 느끼기 시작했습니다. 2006년도에 저는 교육 분야를 담당하는 최순영 국회의원의 보좌관 생활을 하게 됐어요. 그때 여러 교수님들이 내놓은 등록금 정책을 검토해 보기 시작했고, 처음으로 '등록금 후불제'라는 정책을 마주하게 됩니다. 요즘 '반값 등록금' 이야기를 많이 하잖아요. 그 정책의 토대가 됐던 것이 '등록금 후불제'입니다. 이 정책은 당시에 민주노동당의 정책으로 입안됐던 거예요. 정당과 시민사회에서 대학 등록금 문제를 해결하려는 움직임이 시작됐습니다. 개인적으로 굉장히 자랑스럽게 생각하고 있는 정책 제안이었어요.

'반값 등록금' 문제는 이제 눈앞까지 와 있거든요. 물론 총선이나 대선 결과에 따라 여러 상황이 바뀌긴 하겠지만, 대학 등록금 문제가 심각하다는 것을 전 국민이 인식하게 되었잖아요. 문제의 출발점은 바로 국민들의 인식이 바뀌는 것부터 출발합니다. 물론 등록금 문제가 완벽하게 해결되지는 않았지만, 조금씩 진전되고 있는 건 사실인 것 같습니다. 대학 등록금 문제는 일정 정도 궤도에 오른 셈이지요.

두 번째 도전, '청년실업 문제'를 해결하자!

두 번째로 제 인생의 목표로 세웠던 청년실업 문제를 해결하기 위해서 다시 도전을 합니다. 저는 정치의 중요성을 보좌관 생활을 하면서 처음 깨달았어요. 그때 정말 많이 놀랐던 건 대한민국의 모든 정보가 여의도로 모인다는 거였죠. 왜 그럴까요?

정치는 사람을 설득하는 거잖아요. 그러니까 정치는 모든 분야를 가장 잘 알아야 됩니다. 그러다 보니까 대한민국의 모든 정보가 여의도로 모이고, 모든 예산과 법과 제도가 국회에서 정말 많이 바뀔 수 있다는 걸 2006년에 처음 깨달았습니다. 당시에 그 누구도 제대로 된 등록금 정책이 만들어질 거라고 예상한 사람들이 없습니다. 그런데 민주노동당이라는 한 정당의 정책이 되자마자 여당에서도 가만히 있지 않았죠.

'아! 야당이 등록금 정책을 냈네. 우리는 뭐하고 있지? 우리도 내자!'

이렇게 해서 등록금 정책의 뼈대가 만들어지게 됐어요. 또 다른 정당에서도 가만히 보고만 있을 수는 없겠죠. 모두 등록금 정책을 내고 있네. 우리 당도 내자! 이렇게 되면 정부도 자극을 받기 시작하죠. 야당·여당 할 것 없이 등록금 관련 정책을 내고 있는데, 정부에서 뭔가 대책을 마련해야 되는 건 아닌지 고민하게 됩니다.

이렇게 좋은 정책들이 나오게 되면 대한민국이 더 좋은 사회가 될 수 있겠다는 생각이 들었습니다. 정치가 정말 굉장히 중요하구나. 그리고 정치를 통해 더 좋은 사회를 만들 수 있겠다라는 가능성을 그때 느꼈습니다. 그래서 2008년도에 청년실업 문제를 해결하기 위해서 다시 국회로 들어갔습니다. 다시 국회의원 보좌관이 된 거죠. 그때 청년실업 문제와 관련된 많은 정책들을 만들었고, 나름 열심히 노력했어요. 그런데 한계에 부딪히게 된 거예요.

가장 큰 한계는요. 청년실업 문제를 겪고 있는 당사자들이 목소리를 내지 않는다는 거예요. 대학생들은 등록금이 터무니없이 비싸다고 말하고, 매년 봄이 되면 거리로 나와서 등록금 좀 내려 달라고 집회도 열고 스스로 목소리를 내고 있잖아요. 그런데 취업 준비를 하고 있는 청년 실업자들이

나 취업 준비생들은 그런 목소리를 내지 않는 거예요.

아르바이트를 하는 청년들은 최저임금을 못 받아도 자신들이 최저임금을 받지 못하고 있다고 거리로 나와서 목소리를 내지 않는다는 거죠. 당사자들이 목소리를 내지 않으니까, 정치가 들어주지 않습니다. 그런 목소리에 귀 기울이지 않는 거예요.

청년 당사자의 목소리를 찾아서 – 청년유니온 결성기

무엇보다 당사자들의 목소리를 찾는 게 가장 힘들었습니다. 그 무렵, 일본의 청년유니온이라는 단체를 알게 되었어요. 일본의 청년유니온은 2001년도에 만들어졌거든요. 일본 역시 청년실업이 굉장히 심각한데, 일본의 청년들은 스스로 목소리를 내고 있다는 소식을 듣게 됐죠.

그래서 한국에도 '청년유니온' 같은 게 필요하겠구나 하는 생각을 했어요. 저는 안정적인 수입을 받고 일하던 국회의원 보좌관 자리를 그만두고 한국의 '청년유니온'을 만들러 거리로 나왔죠.

청년유니온 전 위원장인 김영경 씨를 설득해서 한국의 청년들을 위한 노동조합을 만들자고 했죠. 이렇게 해서 만든 게 청년유니온입니다. 청년유니온을 만들면서 우리가 약속한 게 하나 있습니다. 이 청년유니온이라는 조직을 반드시 성공시켜야 되고, 우리는 언젠가 반드시 정치를 해야 된다고 한 거죠. 청년실업 문제를 해결하기 위해서라도 청년들 스스로 목소리를 내게 하고, 그 목소리를 정치에 반영하는 것이 반드시 필요하겠다고 생각했으니까요. 결과적으로 청년들이 직접 정치를 해야 된다고 생각했던 겁니다. 그런 기회가 생각보다 빨리 찾아왔죠. 한국에서 청년유니온이 만들어진 지 2년 만에 2012년에 총선이 있었고, 제가 직접 정치에 도전하게된 것입니다. 물론 여기서 강연을 하고 있는 걸 보시면 아시겠지만, 당선되지는 않았습니다. 그럼에도 불구하고 정말 많은 것을 느꼈죠.

정치란 무엇일까요?

정치가 무엇인가요? 정치가 왜 중요한가요?

이런 질문을 하신다면 저는 이렇게 말씀드리고 싶습니다. 많은 사람들은 '정치'하면 여당과 야당이 싸우는 모습만 생각하세요. 그리고 어떤 갈등이 생기면 정치가 그걸 조정하고, 타협하고, 합의시켜 내는 모습을 보여줬으면 좋겠다고 생각합니다. 저는 그 의견에 반대합니다.

정치는 어떤 문제를 통합시키는 게 아니고요, 어떤 갈등을 더 크게 만드는 거예요. 갈등을 확대시키는 겁니다. 이게 무슨 말일까요? 저는 정치의 본질은 바로 갈등을 확대시키는 데 있다고 생각합니다.

예를 들어볼게요. 제가 청년유니온에서 노동 상담을 많이 합니다. 어느 편의점에서 일하는 한 아르바이트생 청년이 최저임금을 못 받았어요. 법으로 정해져 있는 최저임금마저 그 청년은 못 받았단 말이에요. 그럼 저희가 상담을 해서 편의점 주인과 얘기도 하고, 노동부에 진정을 넣어서 못 받은 임금을 받게 해줍니다. 이 청년의 이름을 제 이름인 조성주라고 합시다. 조성주란 청년이 편의점에서 최저임금을 못 받은 일은 그 한 개인의 문제입니다.

그런데 정치의 영역에서는 이 문제를 어떻게 하면 될까요? 조성주라는 청년 한 명이 최저임금을 못 받는 문제를 정치는 이렇게 이야기합니다.

조성주라는 청년이 최저임금을 못 받았는데, 그런 청년이 2012년 4월 대한민국에 200만 명이나 있다. OECD국가 중에서 한국의 최저임금 액수가 가장 낮다. 외국과 비교해서 살펴보니까, 최저임금법이 제대로 지켜지지 않는 이유는 행정관리감독이 제대로 되지 않고 있기 때문이다. 이것은 법과 제도적인 정비가 필요한 문제다.

이렇게 다양한 시각에서 문제의식을 갖고 관련법을 검토하고 법을 제출합니다. 또 행정적인 관리감독이 필요하다고 판단되면 그만큼 사람이 많이 필요하겠죠. 사람을 고용하기 위해 정부의 예산을 여기다 쓰자고 결정합니다. 이처럼 정치는 최저임금을 받지 못한 한 청년의 이야기를 200만 명의 청년의 이야기로 확대시킵니다. 이걸 '갈등의 사회화'라고 합니다. 이런 문제는 '우리 사회에서 굉장히 중요한 갈등이다.'라고 주장하고 확산시키는 거죠.

2011년 여름, 부산으로 떠난 '희망버스'를 기억하시나요?

한진중공업 노동자 해고와 같은 문제는 어떻게 보면 부산 영도에 있는 한 사업장에서 일하는 몇 백 명의 노동자가 해고당한 문제입니다. 그 사람들만의 문제죠. 그런데 정치는 이 문제를 어떻게 해결하려고 하죠?

한진중공업과 같은 대규모 해고 문제는 이들 몇 백 명만의 문제가 아니다. 대한민국에서 일하는 노동자 누구나 그렇게 갑작스럽게 해고당할 수 있는 문제다. 열심히 일하던 사람을 갑자기 정리해고하는 것은 문제가 있는 게 아닌가? 기업들이 정리해고를 너무 쉽게 하는 거 아닌가?

이렇게 문제제기를 시작합니다. 그럼 많은 사람들은 이렇게 생각할 거예요.

기업이 너무 쉽게 사람을 해고하는 일이 우리 사회에 만연하면 좋지 않겠구나.

노사 갈등이 심해지는 만큼 여당과 야당도 서로 다른 생각 때문에 싸우기도 합니다. 다양한 논쟁과정 속에서 더 많은 사람들이 이 문제에 관심을 가지게 되겠죠. 역시 갈등이 확대됩니다.

마지막에는 국민들 다수의 의견을 모아서 이 문제를 어떻게 해결할 것인지 서로 대안을 제시하고, 그 대안이 선거로 심판받죠. 그 과정에서 정치는 많은 사람들의 공감을 얻어내고 결과적으로 선거에서 이긴 사람들의 대안이 채택되는 겁니다. 이것이 정치가 가진 강력한 힘이라고 생각합니다.

또 하나 말씀드리고 싶은 것은 정치는 말랑말랑하고 부드러운 것이 아니라는 겁니다. 정치는 본질적으로 폭력적입니다. 어떤 폭력일까요? 길을 걷고 있는데, 맞은편에서 걸어오는 사람을 무작정 때리는 그런 폭력이 아니라, 합법적인 폭력을 말합니다.

국민들은 선거를 통해서 대표를 뽑잖아요. 그 힘을 어디에 쓰라고 하는 거죠? 다수를 위해서, 국민을 위해서 쓰라고 하는 거죠. 정치가 갖고 있는 강력한 힘을 사익을 위해서 쓸 때는 분명히 문제가 생깁니다. 그게 부정부패고 비리인데요, 많은 정치인들이 종종 그런 함정에 빠집니다. 그러나 정치의 본질은 어떤 합법적인 힘을 다수를 위해서 약자들을 위해서 사용하라고 있는 것입니다.

우리 사회의 약자, 청년들을 위한 액션플랜!

(자, 그럼 다시 처음으로 돌아와서) 저는 우리 사회에서 힘들게 살아가고 있는 약자 중에 한 집단이 청년들이라고 생각합니다. 여러분도 그렇게 생각하시나요?

해마다 청년실업 문제가 심각하다고 말합니다. 일자리가 별로 없어요. 최저임금을 못 받는 청년들도 너무 많습니다. 청년들 대다수가 비정규직으로 취업을 했다가 오래가지 않아서 퇴사해야 합니다. 비정규직 평균 근속년수가 1.9년이 안 됩니다. 2년이 채 안 되는 상황이죠. 2년마다 직장을 바꾸고 있다는 거예요. 이게 얼마나 우울한 일입니까!

그런 청년들을 위해서 지금 무엇이 필요할까요? 저는 처음에 '청년유니온'이 필요하다고 생각했고, 청년들이 스스로 자신의 목소리를 낼 수 있도록 해야 한다고 생각했습니다. 여러 번 강조하지만, 당사자들의 목소리를 사회에 울려 퍼지게 해야 한다고 생각한 거죠. 그 다음에는 청년들이 직접 정치에 참여해야 하고요.

저는 다양한 사회운동에 참여하고 정치에 도전하게 되었는데요, 이 과정에서 제 평생에 꼭 싸우고 싶은 한 가지 명제가 생겼습니다. 여러분에게도 익숙한 문장일 거예요. 저는 천문학을 전공했거든요. 천문학을 전공하다 대학을 그만뒀어요. 자연과학 분야를 공부한 거죠. 자연과학의 생물학에 보면 이런 명제가 있습니다.

'인간은 이기적 동물이다.'

인간이 이기적인 유전자를 갖고 있다는 이야기는 경제학에서도 주장하는 이야깁니다. 험난한 이 세상을 살다 보면 이런 이야기를 종종 듣게 됨니다.

"인간은 원래 이기적이야."

정말 그런가요? 저는 사회운동과 정치는 바로 이 명제와 싸우는 것이라고 생각해요. '인간은 이기적 동물이다.'란 명제와 끊임없이 싸워가는 것이 중요하다고 생각합니다. 물론 인간은 이기적인 동물일지도 모릅니다. 그렇지만 늘 이기적인 것은 아닌 것 같아요.

어쩌면 우리는 인간이기 때문에 이름도 얼굴도 모르는 낯선 사람들과 연대할 수 있는 게 아닐까요?

저는 그런 정치를 하고 싶어요. 연대를 통해서 사람들에게 희망을 주고, 사람들의 선한 마음을 더 풍부하게 해서 함께 아름다운 사회를 만들고 싶어요. 이런 가능성을 확인해가고 있고, 머지않아 더 큰 가능성을 보여주고 싶어요. 시민사회운동 역시 그런 가능성을 놓지 않고, 지금보다 더 좋은 사회를 만들 수 있다는 희망을 가졌으면 합니다. 그리고 그것을 증명했으면 좋겠습니다.

제가 생각하는 대한민국의 청년들은 여전히 누군가를 위해서 희생할 줄 알고, 연대할 줄 알고, 아름다운 사회를 만들기 위해 고민하고 있습니다. 저는 그런 사람들을 위한 정치를 하고 싶고, 그런 정치가 대한민국의 청년들이 바라는 정치가 아닐까 생각합니다.

찌질한 스물일곱 살은
꿈을 꾸네

일단은 준석이들
· 버스킹 밴드 ·

저희 노래 〈꿈을 꾸네〉라는 곡에
'늘 꾸던 꿈을 그때는 당연한 거라 여겼지
어제의 내가 했던 말은 내일 이뤄져 있다고'라는 가사가 있어요.
'하고 싶은 것'보다 '해야 되는 것'을 먼저 좇다 보니
지금 내가 '할 수 있는 것'을
놓치고 있는 건 아닌가 하는 생각이 들었습니다.

여러분은 지금
어떤 꿈을 꾸고 계세요?

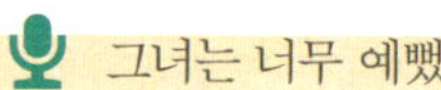 그녀는 너무 예뻤어!

그녀의 첫인상은 가수 박진영이 부른 〈그녀는 예뻤다〉의 한 소절처럼 '하늘에서 온 천사였다'. 길게 웨이브 진 머리카락에 숨겨진 그녀의 수줍은 미소를 보며 홀로 감탄사를 연발하는 동안 벌써 노래 한 곡이 흘렀다.

그녀의 입술 사이로 옮겨진 나의 시선을 뽀얗게 도드라진 송곳니에 빼앗긴 순간이었다.

"에에헴!"

굵은 기침 소리에 나는 화들짝 놀랐다. 놀라운 반전이 있었다.

목소리를 확인하고 나서야 그녀가 곧 그(남성)임을 확신한 나와 관객 일동은 안도(?)의 웃음을 지었다.

날씨 좋은 날, 느긋하게 홍대 일대를 걷다 보면 종종 걸음을 멈추게 하는 이들이 있다. 바로 버스킹 밴드 '일단은 준석이들'이다. 목청 큰 이준석(보컬 · 기타) 씨와 '북 치는 소년' 장도혁(코러스 · 퍼커션) 씨가 그 주인공들이다.

이제야 고백하지만, '일단은 준석이들'을 처음 만났을 때 나는 함께 음악을 하는 오래된 연인이거나 부부인 줄 알았다. 나중에 이 말을 전했더니, 준석 씨는 "웃다가 숨넘어갈 뻔했다."는 후문을 전했다.

여기서 잠깐 도혁 씨는 밤마다 무슨 생각(?)을 그리 하는지 만날 때마다 머리카락이 5센티미터씩 자라 있는 것 같았다. '허리까지 내려오는 까만 웨이브머리'라고 노래를 불러주고 싶다. 그 남자(도혁)는 왜 여자도 관리하기 힘들다는 웨이브 머리를 주야장천 기르고 있을까?

"학생 때, 운동(탁구)을 해서 항상 머리가 '빡빡이'였어요. 운동을 그만두고서 머리를 길러 보고 싶었는데, 기르다 보니까 이렇게 됐죠. 다들 준석 형과 저를 부부로 봐서 큰일이에요. 나도 장가가야 되는데. 근데 저 남자 맞다니까요, 글쎄." (라고 말했다.) 또 다른 멤버 준석 씨는 도혁 씨의 긴 머리를 절대 사수(!)해야 한다고 했다. 도대체 왜?

"실은 제가 도혁 군 머리를 못 자르게 해요. 도혁이 어머님, 참 죄송한 말씀인
데요, 도혁이 머리 못 잘라요. 저희가 먹고 살려면 어쩔 수 없답니다."
　거리에서 사람을 만나고, 함께 노래 부르는 것이 좋아 뒤늦게 시작한 '일단은
준석이들'의 삶은 그리 순탄하지만은 않았다. 그러나 가보지 않으면 알 수 없는
청춘의 푸른 시절을 두 멤버는 뚜벅뚜벅 걸어가고 있다. '일단은 준석이들'이 세
상에 전하고 싶은 이야기는 아름다운 선율에 진정성 담긴 가사와 만나 음악으로
탄생한다. 오늘은 기타를 메지 않고 마이크 앞에 섰다. '일단은 준석이들'의 보컬
리스트 이준석 씨의 떨리는 목소리를 여러분께 전해드리고 싶다.

★ ★ ★

지금, 어떤 꿈을 꾸고 있나요?

　반갑습니다. 밴드 '일단은 준석이들'에서 기타치고 노래하는 이준석이라
고 합니다. 그동안 정말 수많은 무대에 섰어요. 얼마 전에 2011년 스케줄
을 정리해 보니까 일주일에 3~4회쯤 공연을 했더라고요. 전국을 돌아다니
면서 거리 공연을 한 횟수만 해도 300번 이상이 될 것 같고요. 그런데 오
늘처럼 기타를 메지 않고 이야기를 하는 것은 처음이라 긴장이 많이 됩니
다. 평소에는 관객들에게 웃음을 주기 위해 혈안이 되어 있는 '일단은 준석
이들'인데요, 작은 메시지를 드리려고 하니까 고민이 많이 됐어요.
　일단 밴드 '일단은 준석이들'부터 소개할게요. 장도혁(퍼커션)이라는 친

구와 함께 하고 있는데요. 2009년 이 친구와 처음 만나서 밴드 이름도 없이 시작했는데, 여기까지 왔네요.

저희는 버스킹 밴드 '일단은 준석이들'입니다. 밴드 이름이 특이하죠?

항상 인터뷰할 때마다 첫 번째 질문이 똑같습니다. 왜 밴드 이름이 '일단은 준석이들'인가요? 지금은 꽤 능숙해져서 이렇게 얘기합니다. "일단은, 이 자리에 계신 여러분과 '준석이들'이 되어서 함께 놀아보자는 의미입니다." 라고 말을 하죠. '들'이라는 걸 강조하죠.

저희는 노래를 할 때, 관객 여러분께 끊임없이 무언가를 요구하고 시키기도 하죠. 관객들 모두가 처음 듣는 노래인데도 불구하고 말이죠.

용하게 밴드의 이름의 뜻을 알아차리는 사람들이 있어요. 사실 '일단은 준석이들'이란 밴드 이름은 임시로 지었어요. 지금에 와서야 고백합니다. 사연은 아주 간단해요.

도혁 군이 학교를 다닐 때였습니다. 지금은 졸업을 했지만, 도혁이네 과에서 하는 작은 행사에 초대받게 됐어요. 거리에서 공연하면서 사람들을 만나는 일이 즐거워서 이름도 없이 거리 공연을 하고 다닐 때였죠. 당시에 도혁 군이 덜컥 행사 하나를 물어왔는데, 출연료가 15만 원이나 됐어요. 공연을 해서 돈을 벌 수 있다는 사실조차 생각할 수 없던 시절이었죠. 그런데 밴드 이름이 있어야 한다는 거예요. 어, 우리 밴드는 이름이 없는데, 뭘로 하지?

그 당시에 '좋아서 하는 밴드'라는 팀과 어울려 다니면서 음악을 했는데, 어떤 분이 저희에게 '준석이들'이란 이름을 붙여줬어요. 제가 그 이름에 애착을 갖고 있었나 봐요. 그래서 도혁이에게 말했죠. 일단은 '준석이들'이란 이름을 쓰고 나중에 바꾸자! 그렇게 '일단은 준석이들'이란 이름을 갖게 됐죠. 하지만 일단은 뒤에 '도혁이들'이 아니라 '준석이들'이라서 지금도 도혁 군의 부모님이 안 좋아하세요. 왜 일단은 '도혁이들'이 아니고 일단은 '준석이들'이냐? 이유는 또 간단합니다. 한국 사회에 넓게 깔려 있는 확실한 이론(?)이죠. 도혁이는 저보다 나이가 어리니까요.

저희 팀 소개는 아직 끝나지 않았습니다. 저희 둘을 편하게 기억하는 방법이 있습니다. '큰 머리' 이준석과 '긴 머리' 장도혁! 이렇게 2인조로 활동하고 있는 '버스킹' 밴드입니다.

'버스킹'이란 단어가 많이 익숙하실 거예요. 슈퍼스타K에 출연한 조문근 씨나 장재인 씨가 거리 공연을 많이 해서 화제가 됐죠. 거리 공연을 모두 '버스킹'으로 보지는 않아요.

거리 공연할 때, 바닥에 '팁 박스(Tip Box)'를 놔요. 팁 박스라고 하면 왠지 고급스럽게 들리죠? 우리말로 '돈 통'이에요. 공연을 본 관객들에게 모금을 하죠.

저는 취미로 음악을 하고 있었는데, 우연히 '좋아서 하는 밴드'의 조준호 씨를 만나게 되었어요. 그 친구가 거리에서 공연하는 걸 봤습니다. 정말 즐겁고 편안하게 관객들과 소통하는 모습을 보고 버스킹의 매력에 흠뻑 빠졌어요. 그래! 이게 내 길이구나 싶었죠. '좋아서 하는 밴드'와 어울려 다니면서 제 나름대로 '버스킹 공연을 해봐야겠다.'라고 생각하고 있던 중에 도혁 군을 만났죠. 처음에는 사람들의 무관심과 얼마 되지 않는 돈벌이로 고민하던 시절도 있었어요. 그런데 횟수를 거듭할수록 저희만의 노하우가 생겼고, 공연 섭외도 들어오기 시작했어요. 버스킹은 참 정직한 시장인 것 같아요. 가수 하림 씨도 그런 얘길 했는데, 관객들이 저희의 음악을 듣고 1,000원의 가치를 느끼면 1,000원을 팁 박스에 넣어주고 만 원의 가치를 느끼면 만 원을 넣어주세요. 조금 거창한 말일지도 모르겠지만, 노동의 대가가 정직하게 느껴졌어요.

'일단은 준석이들'을 시작한 나이 스물일곱 살
어쩌면 이 시대 청춘 모두의 이야기

처음 밴드를 시작했던 때가 스물일곱 살이었어요.

'찌질한 스물일곱 살은 꿈을 꾸네.'라는 주제로 이야기를 해보고 싶어요. 사실 이 제목은 두 번째 앨범의 타이틀이기도 합니다. 어쩌면 이 짧은 문장은 지금 이 시대를 함께 살아가는 20대 청춘들이 가질 수 있는 공통의 실행파일이 아닌가 싶어요.

〈27살〉

내 나이 스물일곱 대기업에 인턴사원, 겉만 번지르르한 88만 원 세대
나이는 들어가고 해놓은 건 하나 없어, 말만 번지르르한 27살 인생

하고 싶은 건, 기타 매고 노랠 부르러 가는 일인데
해야 하는 건, 학점관리 토익점수가 800점
어쩌다보니 노래하는 게 사치가 되어버린 지금

그래도 나는 기타치고 노래할래

나는 노래하고 싶은데, 왜 지금은 안 되는지 나도 모르겠어
그대 걱정 모르는 건 아닌데, 먹고 살 계획 정돈 나도 있으니까
그대 근심 걱정일랑 집어치우고 우리 함께 놀아봐요
지금 이 순간이야 바로 우리가 함께 하는 내 노랠 들어봐요

오늘은 여기쯤에서 노래를 하고 있고,
내일도 어디쯤에서 노래하고 있겠지
오늘도 놀고 내일도 노는 인생이지만, 우리 다 함께 놀아봅시다

나는 노래하고 싶은데 왜 지금은 안 되는지 나도 모르겠어
그대 걱정 모르는 건 아닌데, 먹고 살 계획 정돈 나도 있으니까
그대 근심 걱정일랑 집어치우고 우리 함께 놀아봐요
지금 이 순간이야 바로 우리가 함께 하는 내 노랠 들어봐요

〈27살〉이란 노래를 앨범 타이틀곡으로 정했는데, 의도치 않게 '청춘의 아이콘을 대표하는 자유로운 밴드'로 저희의 인터뷰가 보도된 적이 있어요.

스물일곱 살, 생각만 해도 가슴 설레고, 즐겁고, 신나고, 흥분되고, 이런 파릇파릇한 감정들이 충만했던 시절이었던 것 같아요.

왜 대기업을 팽개치고 거리에 나와서 거리 공연을 했냐고요?

제가 스물일곱 살, 도혁이가 스물다섯 살 때 처음 밴드 공연을 시작했어요. 그때 제 복장을 보신 분들은 의문을 갖고 있었을 거예요. '왜 저렇게 불편해 보이는 양복을 입고 공연을 할까?' 여러분 역시 그렇게 생각할지도 모르겠어요. 그때는 퇴근하고 버스킹 공연을 하러 다녔거든요. 스물일곱 살 때 저는 대기업에서 일을 했어요. 여기서 또 제가 자주 듣는 질문이 있습니다.

"왜 대기업을 때려치우고 거리에 나와서 공연을 하느냐?"

이유는 간단했죠. 저는 정규직이 아니었으니까요. 정규직과 보수 차이가 3배 가까이 되었으니까요. 저는 대기업 협력업체의 계약직 사원이었습니다.

저희 둘이 처음 버스킹 공연을 시작했던 곳은 대학로에 있는 마로니에 공원이었어요. 제가 6시 10분쯤 빛의 속도로 퇴근하면, 도혁 군이 서울역 근처에서 기다리고 있다가 바로 차를 타고 대학로로 달려갔죠. 악기를 세팅하고 매일 밤 3~4시간쯤 서울 시내 두 곳을 돌아다니면서 공연을 했어요. 물론 그때도 음악을 '직업'으로 생각하지는 않았어요. 버스킹 공연 자체의 즐거움 때문에, 단지 그 이유 하나만으로 매일 밤거리에서 노래를 불렀죠.

그런데 일정을 무리하게 소화하다 보니까, 어느 순간 체력에 한계가 오더라고요. 다음 날 출근하면 오전 내내 피곤했어요. 그럼 이런 생각을 해요. '오늘은 절대 버스킹 공연 안 해! 오후에 얼른 퇴근하고, 집에 가서 12시간 동안 잠을 자겠어.'라고 말이죠. 그런데 오후 2시가 되면, 제 손은 도혁 군에게 문자를 보내고 있어요. 오늘 몇 시까지 올래?

당시에 고민이 많았어요. 그래도 회사에 다니는 몸이라서 일과 음악을 병행하는 게 생각처럼 쉽지 않았어요. '회사를 그만두고 음악을 해야 될까?' 이런 생각이 머릿속을 떠나지 않았죠. 〈27살〉이란 곡은 제 이야깁니다. 그 곡을 만들게 된 계기가 있었어요. 어느 날부터 주변 친구들이 제게 충고를 하더라고요. 너 미친 거 아니냐고.

고등학교 때 함께 음악을 하던 친구도 "네가 지금 이 나이에 무슨 음악이냐?"고 하더라고요. 그래서 저는 "지금이 아니면 못할 것 같다."고 대답했어요.

그 당시에는 그런 마음이 들더라고요. 지금이 아니면 내가 언제 거리에서 음악을 할 수 있을까? 그래서 그해 여름에 회사를 그만두고 도혁 군과 열심히 버스킹 공연을 다녔죠. 우연히 케이블 텔레비전 다큐 프로그램에 출연하면서 '일단은 준석이들'의 이름이 조금씩 알려지기 시작했고요. 그래서 결국은 밴드 이름을 바꿀 수 없게 됐어요.

어느 날 갑작스럽게 찾아온 긴 슬럼프
'지금 할 수 있는 일'이 있다는 게 가장 중요했어요

2010년에 생각지도 못한 깊은 슬럼프에 빠졌어요. 제 인생 계획에는 음악을 직업으로 삼겠다는 생각을 한 적이 없었거든요. 생활 속에서 음악은 평생 함께할 것이라고 생각했어요. 음악보다 즐거운 건 찾기 어려웠으니까요.

스물일곱 살, 회사를 그만두고 버스킹 공연을 하면서 즐거운 한 해를 보냈죠. 처음에는 미숙했지만, 어느 날부터 버스킹 공연으로 일상생활을 유지할 수 있을 정도의 수익이 생기더라고요. 저희는 정말 무식하리만큼 열심히 전국을 돌아다니면서 공연을 했거든요.

겨울이 찾아왔어요. 겨울에는 거리 공연을 할 수 없잖아요. 날씨도 춥고 손이 금방 얼어버리니까 공연을 할 수 없고, 관객들도 모이지 않죠. 돈벌이가 끊기니까, 자연스럽게 현실적인 고민들을 하게 되더라고요. 우리의 미래는 어떻게 될까?

실은 제가 아직 대학교를 졸업하지 못했거든요. 저는 음악과 관련된 학과도 아니었고, 기타를 배우거나 작사, 작곡을 배워본 적도 없어요. 말 그대로 취미로 음악을 해왔죠. 어느 날, 모든 상황들이 혼란스러워졌어요. 나는 음악을 하고 있고, 공연을 다니면서 돈을 벌고 있고, 앨범 작업을 하고 있고, 내 옆에는 함께 음악하고 있는 도혁 군이 있었죠. 이 모든 것들이 갑자기 고민거리로 찾아왔어요. 나는 지금 뭘 하고 있는 건가? 언제까지 음악을 할 수 있을까? 현실적인 고민을 많이 하게 되더라고요. 그때부터 찌질하게 신세한탄을 하면서 시간을 죽이게 되었죠.

그때 이런 생각을 타파할 수 있는 것은 단 한 가지였던 것 같아요. 지금 생각해 보면 정말 단순한 생각이었는데. 지금 할 수 있는 일이 있다는 사실이 가장 중요한 게 되더라고요.

생각해 보니 저는 '할 수 있는 일'을 하고 있더라고요. 무대 밖에서 찌질한 고민을 하면서 신세한탄을 하고 있다가도, 어느새 도혁 군과 무대에 올라가 많은 관객들 앞에서 공연하고 있는 제 자신을 봤어요. 이건 지금 이 순간 나밖에 할 수 없는 일이더라고요. 내가 할 수 있는 일, 그게 새삼 제게 감동을 주더군요. 물론 가끔 통장을 보면서 감동도 하게 되고요.

하나 둘씩 목표가 생겨 가는 거예요. 처음에는 '거리 공연을 잘하고 싶다.'라는 목표가 있었고요, 그 다음엔 '앨범을 잘 만들고 싶다.'는 목표가 생겼어요. 또 그 다음에는 더 많은 사람들에게 '우리가 하고 있는 음악을 인정받고 싶다.'는 생각을 했어요. 즐거운 마음으로 열심히 놀다 보니 운 좋게도 한 계단씩 목표를 이뤄가고 있더라고요.

2011년을 시작하면서 세운 목표는 큰 페스티벌 무대에 정식으로 초대를 받아 공연을 하는 것이었어요. 2010년 그랜드 민트 페스티벌에서 '버스킹 인 더 파크'라는 비공식 무대에 서게 되었는데요, 놀랄 만큼 정말 많은 관객들이 저희 공연을 보러 찾아오셔서 감격스럽더라고요. 공연이 끝날 때쯤, 관객들 앞에서 제가 약속을 했어요. 다음 해에는 정식으로 초청을 받아서 좀 더 갖춰진 무대에서 공연을 하겠다고요.

그 약속을 지키고 싶었어요. 부지런한 도혁 군과 열심히 공연을 하고, 음악을 만들었죠. 그 다음 해에 정식으로 페스티벌에 초청을 받았어요. 정말 기쁜 마음으로 무대에 섰죠.

사실 자랑스럽게 할 수 있는 이야기는 아닌 것 같아요. 하지만 목표를 세우니까, 생활 속에 많은 변화가 있었던 것이 사실이었고요. 음악하는데 조금 더 힘을 낼 수 있는 원동력이 되었던 것 같아요. 찌질한 고민에 빠져서 한해를 보냈지만, 더 즐거운 마음으로 다시 음악을 하고 있네요.

〈꿈을 꾸네〉

지금, 어떤 꿈을 꾸고 있나요? ★ 일단은 준석이들

늘 꾸던 꿈을 그때는 당연한 거라 여겼지

어제의 내가 했던 말은 내일 이뤄져 있다고

지금 나는 그때의 어리석음조차 그리워하고 있진 않은지

이루지 못했던 내 꿈이 다시 생각나지는 않을까

그때를 기억이나 할까 조금은 생각이나 할까

이렇게 가슴 아프게 그땔 그리워하고 있잖아

울고 웃던 그때를 기억이나 할까 조금은 생각이나 할까

이렇게 노래 부르네 다시 그 꿈을 꾸려 하네

나는 지금 여기 서 있네 그때의 나는 지금 없네

다시 그때의 꿈을 꾸네 이 노래를 부르네

나는 지금 여기 서 있네 그때의 나는 지금 없네

다시 그 꿈을 꾸네 이 노래를 부르네

그때를 기억이나 할까 조금은 생각이나 할까

이렇게 가슴 아프게 그땔 그리워하고 있잖아

울고 웃던 그때를 기억이나 할까 조금은 생각이나 할까

이렇게 노래 부르네 다시 그 꿈을 꾸려 하네

많은 음악인들이 그렇겠지만, 저는 노래를 만들 때 제 이야기를 하는 경우가 많아요. 〈꿈을 꾸네〉라는 곡도 제 얘기라고 할 수 있어요. 후렴 부분에 '늘 꾸던 꿈을 그때는 당연한 거라 여겼지 어제의 내가 했던 말은 내일 이뤄져 있다고'라는 가사가 있는데요. 당시에는 이 가사를 먼저 썼는데, 다른 가사는 떠오르지 않아서 두 달 넘게 고민했던 곡입니다. 어느 날, '하고 싶은 것'보다 '해야 되는 것'을 먼저 좇다 보니 지금 내가 '할 수 있는 것'을 놓치고 있는 건 아닌가 하는 생각이 들었습니다.

여러분은 지금 어떤 꿈을 꾸고 계세요? 그 누구보다 자신이 가장 잘할 수 있는 일, 잘 알고 있는 일을 하기 위해 땀을 흘리고 계시겠죠. 저 역시, 지금 그렇게 살아가고 있습니다.

제 꿈은 뮤지션이 되는 거예요. 인터뷰할 때마다 언제나 이 질문을 받습니다.

"앞으로 목표가 뭐예요?"

그럼 저는 이렇게 답합니다.

"뮤지션이 되는 겁니다."

그러면 다시 질문이 돌아옵니다.

"지금 뮤지션 아닌가요?"

네, 뮤지션 맞죠. 제 이야기를 담아서 곡도 쓰고, 많은 관객들 앞에서 노래를 하고 있으니까요. 지금 이 순간에도 제 스스로에게 묻고 있습니다. 뮤지션이 내 직업이 맞는지, 과연 내게 그런 능력이 있는지 말입니다. 하지만 저는 지금 할 수 있는 일인 음악을 통해서 계속 도혁 군과 함께 음악을 할 겁니다. 소박한 목표들을 세우고, 차근차근 이뤄가기 위해 노력하고 있죠.

그래서 제 꿈은 뮤지션입니다. 잘 아시겠지만, 무엇보다 여러분의 사랑이 필요합니다. 불법 다운로드하지 마시고, CD를 구입해 주세요. 그럼 음악 하는 사람들에게 큰 힘이 됩니다.

'지금을 살아가는 게 꿈에 가장 근접한 일'이라는 생각을 여러분과 나누고 싶었습니다.

지금까지 '일단은 준석이들'의 이준석이었습니다.